Sonya
ソーニャ文庫

純愛の業火

荷鴣

JN132315

イースト・プレス

contents

序章

その口から真実が語られることはない。

その顔は心を表すことはない。

その思考は人を人とも思わず、欺《あざむ》き、利用することだけを考える。


香炉《こうろ》から白いけむりがたなびき、甘ったるい香りが辺りを満たしていた。

広い寝台には気だるげに天井を眺める美しい青年が座っている。彼はどこか退廃《たいはい》的で、昼よりも夜がよく似合う。蠟燭《ろうそく》に照らされた姿は、月の光を編みこんだかのように神秘的で、現実味がなく、さながら夢の世界の住人だ。

その容姿はあまりに整いすぎていて不気味に感じるほどだった。すばらしい銀色の髪に透けるような白皙《はくせき》の肌。切れ長の瞳もまた青みを帯びた銀の色。彼を一度でも見れば、目を背けるのは難しいだろう。魔物に魅入られたかのように惹きつけられてしまうのだ。

「ねえ、ルトヘル。なにを見ているの？」

ねっとりと絡みつくような甘ったるい声だった。長いまつげを伏せた彼――ルトヘルは寝そべる女に目をやった。一糸纏《まと》わぬ女の首にはルビーの首飾りが光る。豊満な胸に細い腰、すべらかな肌は男を誘うためにあるようだ。現に、女は訪ねた時から裸でいた。

なにも答えることなく視線を戻せば、女の目がそれを追う。先にあったのは天井の明かり取りだった。光が細い筋《すじ》となって落ちている。隙間の夜空に、まるい月が浮いていた。

「今宵は満月ね。……満月の夜はね、人はみなぎるの。飢えて、飢えてたまらなくなる」

語りながら四つ這いになった女は、彼の下衣をまさぐってくつろげた。露《あら》わになった性器に音を立ててくちづけて、みだらにしゃぶりつく。

「……ルトヘル、愛しているわ。あなたは？　わたくしを、愛してる？」

「バッヘム夫人、もちろんです」

「夫人だなんて、その呼び方はやめて？　わたくしを、エルヴィーラと」

「それはできません」

女は不満げに眉をひそめて、彼の下腹から顔を上げた。

「なぜ？　わたくしはあなたの恋人だわ。そうでしょう？」

「ええ。あなたがそう思ってくださるなら」

「なによそれ……わたくしが思うのならだなんて。あなたの意志は？　ねえ、あなたは言ったわ。未婚の女のものにはならないと。だからわたくしは結婚を急いだのに、話が違うじゃない。あなたは以前となにも変わっていない。わたくしのものになっていない！」

女は言い足りないのか、唇をわななかせた。

「わたくしは知っているのよ。あなたはわたくし以外にも女がいるわ。カサンドラ、エッバ、ユーリア。昨夜はコリンナ。気が狂いそう。わたくし以外の女と別れてよ。それに、どうしてなの？　わたくしが肌を見せているのに、あなたは触れるどころか服さえ脱ごうとしないじゃない。しかも、少しも反応しないだなんて……。どうして？　ひどいわ！」

「美しい人、機嫌をなおしてください。うるわしいあなたに怒りは似合いません」

「わたくし、泣いてしまいたいのを抑えているのよ？　恋人に他の女がいると知って、平気でなんていられるものですか！　ひどい人！　あなたには女心がわからないのよ！」

「バッヘム夫人、あなたのほうこそわかっていません。ぼくがどれほど今日を待ち焦《こ》がれていたか。本来なら、ぼくは断頭台に消えるさだめにありました。ご存知でしょう？　しかしいまだに生きている。当然ながら、この〝生〟は条件付きではありますが。ぼくは伴《はん》侶《りょ》を持てず、血を繋ぐことを禁じられている。普通といえる夢を見ることさえ叶わない」

彼の手が女のあごに添えられて、鼻先どうしがつく寸前まで近づいた。

「あなたを夫人とお呼びするのは望めぬ未来を望まぬための、ぼくなりの戒めです。あなたの名をひとたび呼べばどうなるか。バッヘム侯は妻のあなたを当然抱いている。想像するだけで狂いそうです。張り裂けそうな心を持て余し、ぼくは他の女で憂さ晴らしするしかありません。そうでもしなければあなたを求めて死にたくなるのです。ぼくは、弱い」

話を聞く女の瞳は揺れている。その手が、彼の頬をやさしく包む。

「どうかわたくしを許して。責めてしまってごめんなさい。あなたはわたくしを深く愛し、わたくしの代わりに他の女を抱いていたのね？　本当の望みはわたくしとの結婚？」

「どうやらあなたには、ぼくの心が見えているようです」

女の口端は晴れやかに持ち上がる。自尊心が保たれて、機嫌もすっかり直ったようだ。

「……ルトヘル、お願い抱いて。早く、わたくしをあなたのものに」

唇同士が重なれば、女の手が彼の首に回されて、キスは濃厚なものに移ってゆく。舌が絡まり、女の瞳は満足そうに細まった。対して、彼の銀の瞳はどこまでも冷ややかだ。

「愛しい人、ひとつお伝えさせてください。ぼくは境遇も、性質も、普通とはかけ離れた男です。なぜなら、月と同じく闇のなかでしか輝けません」

女の顔が、どういうこと？　と言わんばかりに傾いた。

「ぼくは明かりが灯るなかでは、どれほど強く想っていても、あなたを抱けません。ぼくは闇に生きている、しょせんは日陰の男です。部屋を暗闇に変えてもかまいませんか？」

「もちろんかまわないわ」

「覚悟してください。ひとたび光が消えれば、ぼくは、朝まで止まる自信がない」

乱れた下衣を正して寝台から立ち上がったルトヘルは、女に背を向け、ふたつの杯にそれぞれ瓶《びん》を傾ける。酒が満ちれば、袖《そで》からひそかに出した包みを片方の杯に振りかけて、長い指でかき混ぜた。そして、何事もなかったかのように女のほうに向き直り、さも愛しているといわんばかりに目と目を合わす。

「こちらをどうぞ。いまは亡きアレンサナ国産の葡萄《ぶどう》酒です。お好きだといいのですが」

希少な酒だ。あでやかに笑んだ女は、「ええ好きよ」とルトヘルから杯を受け取った。

「祝杯です。ぼくたちのはじまりの夜に」

彼は女と杯を掲げあい、口に運びつつ、女の喉が動くさまを確かめた。見届ければ杯を置き、部屋に灯る蠟燭の火を消してゆく。途中で「愛しているわ」と囁かれれば優美な笑顔を作った。その隙に、女にわからないよう、かちりと扉を施錠《せじょう》する。

「ぼくもですよ、バッヘム夫人」

ルトヘルは、最後の火に近づいた。口もとにある微笑みは跡形もなく消えていた。銀色の髪をかきあげて息を吹きかければ、室内は、たちまち夜に閉ざされた。


ふくろうの地鳴きが辺りにこだまする。そのなかで、ひとつの塊《かたまり》が黒い部屋の窓から落ちた。塊は、すっと伸びて立ち上がる。月明かりがおぼろに照らし出したのは、幽鬼《ゆうき》のように淡い色の青年だ。彼が歩けば、見計らったようにして、影がひたりと近づいた。

「あんた、きれいだな。一瞬女かと思っちまった。にしては背が高すぎるけどよ」

突然話しかけられても、青年に驚いた様子は見られない。歩みを止めることもなかった。

「無視すんなって。あんたはおれのことは知らねえよな？　ダニオだ」

「許可なく話しかけるな。その首を切り落とされたいか」

「首？　あんたがおれを殺《や》れるわけねえだろ。おれは百戦錬磨《ひゃくせんれんま》のすご腕の暗殺者だぜ？」

ダニオは顔を布で覆っていたが、外して露わにしてみせた。

「ルトヘルさんよぉ、あんた、おれが怖くねえのか？　殺られると思わねえのかよ」

「殺るつもりはないだろう。殺るならば、話しかける前に殺っている」

「食えねえやつだ。さすがはオルフェオを手懐《てなず》けていただけはある。ああ、そう睨むな。オルフェオは怪我しちまったからよ、代わりにおれが来てやった。ありがたく思え」

オルフェオとは、ルトヘルが雇《やと》っている暗殺者だ。ルトヘルは相手を見ることもなく、「失せろ」と吐き捨てた。

「いいから聞けって。オルフェオはもう使いもんにならねえ。あんた、ラムブレヒトってやつの殺しを依頼しただろう。ラムブレヒトはおっ死《ち》んだけどよ、オルフェオはやつの隠《おん》密《みっ》にばっさりやられた。ってわけで新たなやつを雇いてえだろ？　そこでおれの登場だ」

オルフェオの状態を聞かされてもルトヘルの心が動くことはなかった。しょせんは金で結ばれた関係だ。有能であれば雇い続けて、無能であれば切り捨てる。それだけだ。

「なあ、数回おれを試せ。無償でやってやる。で、あんたが満足したらおれを雇え」

ようやく歩みを止めたルトヘルは、男を一瞥《いちべつ》した。

「しらじらしい。おまえがオルフェオの状態を知っている理由は場に居合わせたからだ。おまえは死んだラムブレヒトの隠密——つまり、オルフェオを殺ったのはおまえだ。次はぼくに雇われようと、ぼくがオルフェオに飛ばした鳩《はと》の手紙を見てここへ来たか」

ダニオは感心したように喉を鳴らし、黄色い歯をむき出しにした。

「あんた、鋭いな。てことはわかってんだろう？　オルフェオはくそ強《つえ》え。あんたに雇われていただけあるぜ。だがよ、そのオルフェオを殺ったおれは、もっともっとくそ強え」

「は？　おまえは雇い主《ラムプレヒト》を守れずに死なせた。無能にしか思えないが」

「おれは暗殺者だ。護衛に向かねえ。人には向き不向きがあんだろ？　鉾《ほこ》に盾《たて》のまねをしろっつっても、どだい無理な話よ。まあ、試してみろ。使いこなせば百人力だぜ」

　ルトヘルの目が懐疑《かいぎ》的に細まった。

「そこまで言うなら力を示せ。このひと月、ぼくのために働け。当然金は払わない」

「おいおいおい、ひと月だぁ？　ふざけんな、長えよ。試していいのは数回ったろ？」

「嫌なら去れ」

　顔をしかめたダニオだったが、「くそ。わかったよ、やってやらあ」としぶしぶ言った。

「で、あんたがオルフェオをここへ呼び出したわけはなんだ。殺しか？」

「ぼくが出てきた部屋へ向かい、寝台にいる女を朝まで犯せ。女はまだ殺すな」

　告げたとたん、ダニオは「まじかよ、こりゃあ傑作《けっさく》だ」と唾《つば》を飛ばして噴き出した。

「おれは暗殺者界隈でも有名な男だ。にもかかわらず必要なのは、おれのちんこだあ？」

「やるならこれをつけろ」

　ルトヘルがダニオに手渡したのは、意匠を凝らした香水の瓶だった。鼻をひくつかせたダニオは蓋を開け、「いやに高貴なにおいだな、おい」とぶつぶつ言いながら雑に塗る。

「一応聞くけどよ、外出しなんて無粋なことは言わねえよな？　おれは中出し主義者だ」

ダニオが香水の瓶を投げてよこすと、ルトヘルは「好きにしろ」と片手で受け止める。

「――はは。いいねいいね最高だ。貴族の女が下賎《げせん》なおれの子を孕《はら》むかもしれねえな」

ルトヘルが「行け」と言い残して歩き出すと、ダニオはげらげら笑う。

やがて、背後に聞こえるしゃがれた声は、闇に溶けてなくなった。


貴族にとって愛ほどばかげたものはない。自身に脆《もろ》さを与えるばかりか、枷《かせ》になる。それは病にも似ている。どれだけ高尚な目標を持っていても、ひとたび愛に侵食されれば意志は脆くも崩れ去る。どれほどの者が我を忘れて深みにはまり、陥《おとし》いれられ、断頭台に消えたか。

ルトヘルは、そんな愛を利用する。心ほど移ろいやすいものはないというのに、人は愛を確かなものだと錯覚《さっかく》し、乞うという愚かな行為をやめられない。破滅すると知っていても求めてしまう劇薬だ。

ルトヘルは己の美しさを知っている。幼少のころからよこしまな視線に晒され生きてきたからだ。近づけばうっとりされて、微笑みかければ相手の顔は朱に染まる。他人ののぼせあがった姿は滑稽《こっけい》で、知能が消えてゆくさまに辟易《へきえき》する。劣情、執着、征服欲に独占欲。それらはただの欲望だというのに、人は愛と呼んでいる。まやかしの愛にすがる者は後を絶たない。

——この国は、ばかしかいない。

通常、ルトヘルには表情らしいものはない。感情をむき出しにして他人に思考を読ませることは、命取りになるからだ。地獄ともいえるこの国において、日常は戦場だ。殺るか、殺られるか。微笑みや希望は虚構《きょこう》にすぎない。

そよそよと吹く夜風が銀の髪をなびかせる。月明かりのもとで、白色に見えていた。

冷ややかに前を見据えていたルトヘルは、おもむろに懐から葉を取り出して口にする。くちゃりくちゃりと咀嚼《そしゃく》をしながら服装を正し、小刀の位置を確かめた。

ほどなくして、前方にある山毛欅《ぶな》の木を捉えれば、端整な顔に笑みを貼り付ける。彼の美貌に夢中になるのは、なにも女だけではなかった。

木の下に立つのは筋骨隆々《きんこつりゅうりゅう》の騎士だった。数々の武勲《ぶくん》をあげた、王の覚えがめでたいヨハンネス。ルトヘルに気がつくと、いかめしい顔つきから一転、彼は気さくに手を上げた。

「やあ、来てくれたんだね、ルトヘル。きみのことを考えない日はなかった」

ヨハンネスは公爵家の次男であり、次期将軍になると噂されるほど前途有望だ。精悍《せいかん》な顔立ちも相まって女を惹きつけてやまないが、いかんせん興味はないらしい。

「きみは相変わらず美しい。私の愛はきみだけのものだ。受け止めてくれるだろうか」

情欲を宿した目に見つめられ、容姿を称える美辞麗句をひとしきり紡がれた後は、「愛している」と耳に熱い吐息を吹きかけられる。ルトヘルの、伏し目がちの瞳が陰る。

「ぼくもです」と返せば、騎士特有の無骨な手がルトヘルの頬に添えられる。先の女と交わしたように唇どうしがつくのはすぐだった。

ルトヘルにとって唇は、小さなころから奪われるものだった。かつては虫唾《むしず》が走るほど嫌悪を覚えていたが、じきになにも感じなくなった。利点を見出してからは、剣よりもはるかに鋭い武器となった。

ルトヘルは男の首に腕を巻きつけ、相手の唇を食みながらねっとりと舌を侵入させてゆく。同時に、仕込んだ葉を相手に埋めて、自身の唾液とともに飲みこませ、唇で蓋をした。一見、情熱的にも思える愛の表現だ。そのため、熱に浮かされた者は判断が遅れてしまう。そして、異変を感じた時には、すでに手遅れになる。

相手の身体ががたがた震え、呻《うめ》き声があがると、ルトヘルはゆっくり離れて後退る。瞠目し、信じられないとばかりにこちらを見つめる騎士に、ルトヘルは微笑んだ。

「今宵でお別れです。あなたが好きだと言った満月の夜に逝《い》けて本望でしょう」

「——……なにを……」

「身体が麻痺《まひ》してきましたか？　完全無欠の騎士だというのに愛という名のまやかしに溺れて油断してしまいましたね。ですが、つかの間の愛とやらは楽しかったでしょう。もっとも、ぼくは寒気や吐き気との戦いでしたが。愛の本質を知りもせずに笑わせる」

ルトヘルは、くずおれた騎士を見下ろしながらかすかに喉を鳴らした。嘲笑《ちょうしょう》だ。

「すべて知っていますよ。あなたは王からぼくを殺す命《めい》を受けていた。だが、ぼくの容姿はあなたの好みと合致し、惜しくなり、飽きるまで生かすことにした。今日、犯せると思いましたか？　あいにくぼくは犯させるつもりはない。――おまえたちはぼくを虫けらだと思っているようだが、ぼくのほうこそおまえたちは地に這う虫けらだと思っている」

男が真っ赤な顔でわななくのは、苦しみもあるが、猛烈な怒りや憎悪からだろう。けれど、あれほど自信に満ちあふれていた目には、絶望が色濃くにじみ出ている。

騎士は必死に剣を抜こうとしていたが、ルトヘルは柄の先を爪先で踏みつけ、軽々とさえぎった。そして、自身の背中に手を回し、腰につけた小刀をにぎりしめる。

「おまえから見ればぼくは軟弱者だろう。そんな男の手にかかって死ぬとはな。くやしいか。そもそもぼくに劣情を抱いたこと自体が間違いのはじまりだ。愚かな自分を悔やめ」

小刀を横に薙《な》ぎ、男の首に線を描けば、たちまち鮮血が飛び散った。

真紅に染まったルトヘルは、男の死体を蹴り転がして、ざくざくと胸を刺す。怨恨《えんこん》により狂った輩の犯行に見せるためだ。しかし、ほどなくして手を止めた。

浅い呼吸の音がした。耳を研ぎ澄まして気配をたどれば、木の向こうにうごめく影がある。見られていたのだ。ゆっくりと、逃さぬように近づくと、小さな悲鳴があがった。

歯をかちかちと鳴らし、怯《おび》えきっているのはまだ大人とは呼べないほどの少女だ。目撃者は即刻殺すべきだろう。けれど、ルトヘルは小刀をぴくりとも動かそうとはしなかった。

「アリーセ、このようなところでなにをなさっているのです？　――ああ、それは」

少女はいまにも倒れそうだったが、犬の死骸《しがい》をしっかと抱いていた。

ルトヘルが血まみれの手を差し出せば、彼女の瞳はこぼれ落ちそうなほどに見開かれた。

一章

銅鑼《どら》の音が鳴り響く。アリーセは、この音が身震いするほど怖くて嫌いだ。けれどこぶしをにぎりしめ、必死に平気なふりをした。

ふたたび、空いっぱいに音が轟《とどろ》くと、黒い頭巾で顔を隠した大男が、よたよたとふらつく女性を引っ立てて断頭台へ連れてゆく。

断頭台を中心にして円を描くように並び立つ男たちは総勢八名。いずれも筋骨隆々《きんこつりゅうりゅう》でおどろおどろしく、大男と同じく顔を黒い頭巾で隠し、黒い衣装を纏っている。まるで悪魔の儀式だ。毎日のように目にする光景だが、何度見ても慣れたりはしない。

円形状のこの遺跡は、かつては闘技場であったらしい。数えきれないほど残虐《ざんぎゃく》な殺し合いが行われ、人々は賭けに興じながら、命の駆け引きをさかんに観戦したという。けれど、いまは中央の広場に断頭台がもうけられ、処刑が行われるようになっていた。広場を囲む石段に座って見物するのが貴族たちの義務なのだ。

これは見せしめに他ならない。王の意に沿わぬ者は皆殺される。しかし、処刑に怯えることは禁忌といえた。犠牲となるのがたとえ家族だとしても、感情を露わにすれば後ろ暗いところがあることの証明となり、王に仇《あだ》なす者だと難癖をつけられ、牢獄に入れられる。血縁者への情よりも王への忠誠心が優先されると身をもって示さなければならない。

ひとたび牢獄に入れられれば、生きて帰れる者はいないと言っていい。よって、貴族は処刑を日常のこととして涼しい顔で受け止めるのが正解だ。そのため、いままさに処刑が行われようとしているのに、貴族たちは他愛無い世間話に花を咲かせている。

さまざまな声を断片的に拾いながら、アリーセは断頭台に目をやった。

これから処刑される女性は、顔を布で覆われているが、皆、誰であるかを知っている。半年前に愛妾から王の妃のひとりとなった公爵家の娘ミヒャエラだ。美しいドレスを纏い、城では花のように咲き誇っていたけれど、痩《や》せ衰《おとろ》えて、ぼろを纏ったいまの姿に当時の面影はない。彼女の両親も、娘が処刑されようとしているのに平然としている。

まるで見世物だ。この国では人の命はあまりに軽い。

アリーセは動悸《どうき》を覚え、さりげなく胸に手をやった。この状況が異常だとわかっていても、傍観者に徹《てっ》するしかなく、怖くて声をあげられない。いや、あげるつもりもさらさらないのだ。それでも一丁前に胸がずきずき痛むのだから、とんだ偽善者だ。

「ふん。王の妃でありながら不貞《ふてい》を働くとは、とんだあばずれだ。処刑は当然だな」

とある貴族が放った言葉に、隣に座る母がゆっくり頷いた。アリーセはそんな母が恐ろしい。「姉上、見てください。あそこにかわいい鳥が」と場違いな笑顔を向ける弟も恐ろしかった。けれど、最も恐ろしいのが、これほどおぞましいと思いながらも、涼しい顔で処刑を観覧しようとしている自分だ。

気分が悪くなったアリーセが、呼吸を整え、心を落ち着けようとしている時だった。突如、断頭台から叫び声があがった。きっと、女性の猿ぐつわが外れたのだ。

「嘘よ、お願いだからやめて！　わたくしはしていない！　不貞などしていない！」

牢獄で何度も叫んだのだろう。美しかった声は老婆のように嗄《か》れている。

いくら元妃が主張しようとも、王が反応を示さなければ、誰もが聞こえないふりをする。同情する者はいない。なぜなら冤罪《えんざい》は日常茶飯事で、罪と罰は王の匙《さじ》加減で決められる。

「ルードルフ陛下！　わたくしを信じて！」

決死の懇願《こんがん》は、大勢の貴族のざわめきにのまれて消えた。

名前を呼ばれて不快そうに眉をひそめた王が、右手を小さく挙げて合図を送ると、処刑人の大きな剣が振り上げられる。剣先に陽の光が重なって、アリーセは目を閉じた。

もしも王の目に留まることがなかったら、彼女はいま断頭台にいないだろう。思い出されるのは王に見初《みそ》められる一年前、彼女に求婚しようと列をなしていた貴族たちと、あでやかに微笑んでいた美しい彼女の姿だ。

「ひ……呪ってやる！　わたくしは呪うわ！　こんな国滅びてしまえ！　跡形もなく！」

このような呪詛の言葉とは似つかわしくない、幸せそうな人だった。けれど、叫んだ刹那、りんごのようにころりと、首が転がった。

その瞬間、示し合わせたかのように貴族たちは立ち上がり、拍手を送る。なぜ拍手をするのかわからないままアリーセも手を叩く。そうしなければ自分が罪人となってしまい、母や弟もろとも牢獄送りにされかねないからだ。

〝呪ってやる〟ミヒャエラの最後の言葉が耳について離れない。

……呪われて当然だ。

なぜ、こんなにも抑圧されて、鬱屈《うっくつ》とした毎日を送りながら、自分は生きることを選ぶのか。その答えは出ないまま、また、今日を生きようとしている。

「さあ、居室へ戻りましょう。アリーセ、あなたは覚えることがたくさんあるのよ。誰もが振り向く素敵な淑女になって、よりよい殿方と結ばれ、わたくしに恩返ししてね」

母の言葉に目がくらむ。そして、弟の言葉にも。

「そうだよ。でも変な男はだめだよ？　自分じゃなく、ぼくのためになる伴侶を選んで」

ふたりの態度は、まるでいまの処刑などなかったかのようだった。それが正解だとわかってはいるが、アリーセには心の置き場がない。頭のなかは自問自答でいっぱいだ。

アリーセはふたたび断頭台を一瞥し、くずおれそうな足を叱咤《しった》して、母と弟に続いて歩き出す。すると、近くの男たちの会話が聞こえた。

「今日の処刑人の太刀筋は見事だったな。おそらくは騎士のディートマーだろう」

「ああ、違いない。それにひきかえ三日前は最悪だった。一体あの下手くそは誰だ？　一太刀で首を落とせず、罪人がのたうちまわったからな。おかげであの日、肉は遠慮した」

アリーセの脳裏に、三日前の惨状がまざまざとよみがえる。血の気が引いて、知らず足もとがぐらついた。が、咄嗟《とっさ》に背後から助けられる。

肩と腕を支える形のいい大きな手。その手に胸が高鳴った。

「お気をつけください。この辺りは段差がひどいので、怪我をしてしまいますよ」

男性の、深みのあるきれいな声が耳もとで囁かれた。そして、ほのかに不思議な香りも漂《ただよ》う。この香りを知っている気がする。けれど、思い出すことができない。

アリーセが振り向こうとすると、母の手と声がさえぎった。

「まあ、お久しぶりですわね。わたくしの娘を助けてくださり感謝しますわ。けれど金輪際、関わらないでくださいませ。事情を察していただけるとよいのですけれど」

するとすぐに、彼の手がアリーセから離れてゆく。とたんに心もとなくなるのはどうしてだろうか。

「そうですね、お美しいアン＝ソフィーさま。あなたの事情をご息女に知られるわけにはいきませんからね。では、邪魔者はお言葉どおり退散いたします」

慇懃無礼《いんぎんぶれい》な物言いに、母は肩を震わせて憤慨《ふんがい》する。アリーセが振り返った時には、彼は背中を向けた後だった。そのすらりとした長い脚や広い背中もさることながら、最も印象に残ったのは、陽を浴びてきらめく銀色の髪の美しさだ。けれど、なぜか寒気がした。歩く姿や佇まいが美しすぎて、どことなく人離れして見えるのだ。

「お母さま、あの方はどなたですか？　やはり、助けていただいたお礼を……」

「必要ないよ、姉上。あの人には絶対近づかないで。話してもろくなことがないから」

弟の言葉に続き、母も言う。

「そうよアリーセ。あの人に近づいてはだめ。いまの出来事は忘れるの。いいわね？」

忘れろと言われてしまえばなおのこと忘れられない。処刑も、銀色の髪の人のことも。

けれど、アリーセは従順にできている。物わかりよく頷いた。

＊　＊　＊

エルメンライヒ国では年じゅう花が咲いている。建物も花も白で統一されているため、別名〝白の国〟と呼ばれているらしい。一見清い国に見えるが、それは大間違いだった。

風に乗り、どこからともなくかぐわしいにおいが香ってきても、白い花びらが雪のように舞い落ちて、景色を美しく彩っていても、アリーセは外を眺めたいとは思わない。うかつにも庭園を視界に入れようものなら、木に吊るされた死体と対面してしまうからだ。

現在、大木の枝からぶら下げられている遺骸はシュテファンだ。彼はこのエルメンライヒ国の第四王子で、ある日こつぜんとあの場に現れた。

城内のいつでも見られるところに死体がぶら下げられているのは、大抵は、王への反逆は許さないという警告だ。王は、自らが先代王から王位を簒奪《さんだつ》したこともあり、反逆を異様に恐れているふしがある。

そんな殺伐《さつばつ》とした国でも、王族であれば恵まれた生まれとして位置づけられる。しかし、そうは思わない。アリーセはエルメンライヒ国の第七王女だが、王の娘であっても、王から名前を呼ばれたことはないし、目が合ったこともない。王を父と思えたこともなかった。

国王が多くの妃を持つエルメンライヒでは、母親の実家が持つ地位や財力で子の将来が決まることが多いが、母の生国ヒルヴェラは、他の妃たちの国に比べて力が弱かった。それに加え、近年蛮族に荒らされ、さらに衰退したものだから、母アン＝ソフィーと娘のアリーセ、そして弟で第五王子のノアベルトは窮地に追いこまれつつあった。

王の興味が母にある時はまだよかった。王の訪れがあるため、母の居室は活気に溢れていたし、贈られるドレスや宝石も見事だった。しかし、近年では王の関心は他の妃や妾たちに移ってしまった。いまでは当時の家具も色褪《いろあ》せて、物悲しく部屋に残されている。

王の愛を失った母は、世界で最も不幸な人間だとでも言わんばかりに、暇さえあれば悲嘆に暮れている。このところ、母の生国ヒルヴェラに手紙を書いても返事がないこともあり、それがより母を病ませる結果となっていた。母は誰よりも輝いて、ふたたび王の目に留まることを願っているけれど、母国からの援助がなければ着飾ることもできない。

──お母さま、今日はわたしの誕生日なの。十六歳になったのよ。……知っている？

アリーセが長椅子に座る母を一瞥すると、気づいた母が手をかざし、うっとり笑う。

「見て……、この指輪、素敵でしょう？　やはり、わたくしに似合うわね」

指にきらめいているのは、サファイアの指輪だ。

「ルードルフさまは、わたくしのこの手をご覧になってなにをおっしゃるかしら？」

十六歳の娘と十四歳の息子がいても、母が口にするのは王のことばかりだ。十三歳でアリーセを身ごもった彼女はいまだに若い。親ではなく女であり続けたいのだろう。けれど、もう三十歳だ。どれだけ着飾ろうとも、若い娘好きの王の愛が母に戻ることはない。王が相手をするのは二十代も前半までだ。それを母は受け止められないでいる。

「母上はひどい。姉上の資金を毎回使い果たしている。あんな指輪なんかどうするのさ」

弟のノアベルトが憤慨している。アリーセは、建国の式典に参加するため、国からドレスの支度金を半年前に送られていたが、母に取り上げられていた。代わりに仕立てられたのは、母のドレスと指輪と首飾り。どれも見事な仕上がりだ。

「母上なんてもう価値はないのに。ドレスも指輪も首飾りも無用の長物だ。いま母上が生き残るためにしなければならないのは、ぼくと姉上への投資なのに、ばかだから気づかず自分を飾り立ててばかりいる。やることといったら、ぼくたちの足を引っ張ることだけなんて愚かの極みだ。これじゃあぼくたちは貧しくなる一方だよ。こんなの泥舟だっ」

「ノア、やめて、お母さまに聞こえてしまうわ」

「聞こえればいいんだ。どうして姉上は怒らないの？　姉上のための資金じゃないか」

「わたしはいいの。着飾りたいとは思わないわ。ドレスにも興味はないし……」

「なに言ってるの？　だから姉上は他の王女たちに蔑まれるんだ。消極的じゃ困るよ。出し抜くつもりでいてくれないと。この国では清いままでは生きていけない。正義なんかくそくらえだ。いい？　王が母上を娶《めと》ったのはヒルヴェラの力を期待してじゃない。母上の美しさが気に入ったからだ。ぼくには後ろ盾も先立つものもなにもない。だから姉上の夫になる人の力が不可欠なんだ。姉上は着飾って、ぼくのためによい男をつかまえないと」

ノアベルトの発言は、エルメンライヒ国が特殊なせいもある。王はいまだに王子を誰も立太子させることなく兄弟で競わせている。生まれた順番ではなく、力を見定め後継者を指名すると宣言したものだから、六人の王子の間で熾烈《しれつ》な蹴落としあいが起きていた。

アリーセがなにも言えないでいると、ノアベルトはいらいらと黒い髪をかきあげる。

「……母上を見ているとむかついてしょうがないよ。王に捨てられて当然だ。あの人のせいでぼくは蔑まれている。あんなばかな女から生まれたなんてつくづく嫌になる」

「それ以上はやめて。あなたの口から聞きたくないわ」

ノアベルトから母の悪口を聞くと居たたまれなくなる。これまで母はあからさまに弟を大切にしてきたし、アリーセは我慢を強いられた。不満に耐えた日々が無駄に思えるのだ。

「ふん、姉上はばかみたいに従順だものね。……それよりドレスはどうするの？　言っておくけれど、処刑以上に、式典に不参加なんてありえないからね。不敬だと罰せられるし、見せしめになにをされるかわからないんだから」

考えこんだアリーセに焦れたのか、ノアベルトは緑の瞳を細めて言った。

「わかってる？　昨日処刑されたホーエン卿はただ王の馬を追い越しただけなんだよ？　それで首をちょん切られるんだから。もうなにがなんだかわからない。姉上が罰せられたら、間違いなくこのぼくも不興を買ってしまう」

弟は正しい。王は情け容赦がない。殺された王族は数知れず、自身の妃や子どもですら平気で排除する。五年前まで王子は十一人いたが、いまでは激減して六人だ。

「大丈夫よ。前に着た黄色のドレスを着るわ。形も気に入っているし……」

「またあれ？　嘘でしょう？　何度も着ているじゃないか。しかも母上のお下がりだよ。姉上がみすぼらしいとぼくまでばかにされるんだ。これ以上ぼくをみじめにさせないで」

ノアベルトは姉を心配しているように見えても、むかしから自分の保身を最も大切にしている。それは母も同じだったが、自分が一番かわいいのは誰もがそうだ。利用できるかできないか。家族の間柄であっても、献身や愛といった感情は、はじめからないのだ。

アリーセは、ふいに断頭台での光景を思い出す。

もしも断頭台に向かう罪人がアリーセだったとしたら、母や弟はどうしただろう。頭に浮かぶのは、命の嘆願をしないどころか家の恥だとなじり、憎々しげに睨むふたりだ。

──では、わたしは？　もしもお母さまやノアベルトが断頭台に向かうのだとしたら。

「姉上、聞いてる？　あのさ、今度スリフカ国からラドミル王子が来るでしょう？　あれ、実際には花嫁探しだから彼を落として。それから、とにかくドレスをなんとかしてよ。母上の国が頼りにならない以上、ぼくには姉上しかいないんだから。第五王子の唯一の姉だということを忘れないで。ぼくらは一蓮托生《いちれんたくしょう》だ。……じゃあもう行くね。乗馬の時間だ」

弟の背中を見送りながら、アリーセは途方に暮れてうつむいた。

ドレスをどうにかなんてできるわけがなかった。宝石や花でもごまかせるものではない。

——きっとノアベルトは、今日がわたしの誕生日だなんて知らないわね。

ひと月前、弟の十四歳の誕生日を祝ったことが思い出されて、鼻の奥がつんとした。心にずしりとした錘《おもり》を感じながら、長椅子に座る母の様子をうかがえば、いまだに手を掲げて指輪にうっとりしている。

たまらなくなったアリーセは、母に背を向け、とぼとぼと居室を後にした。

「バーデ、バーデ？　どこにいるの？　わたしよ、アリーセよ。パンを持ってきたわ」

アリーセは第四王子の死体を避け、遠回りして庭園へやって来た。顔がりんごのように赤いのは、途中、木陰でキスをする男女を見かけたり、女性の胸をいかがわしくまさぐる男性に出くわしてしまったからだ。動悸が激しくなり、気持ちを落ち着けるのが大変だったが、四阿《あずまや》まで突き進むと、なんとか呼吸を整えて、きょろきょろとバーデを探した。

名前を呼びかけて五回目の時だった。ちょこちょことバーデが駆けてきた。アリーセの足もとまで来ると、ぴょんぴょん跳ねて、尻尾をけんめいに動かしている。

バーデは、王子たちや王女たちにひどくいじめられていた犬で、見かねてアリーセが連れ出した。本当は居室に連れて行きたかったけれど、母を説得してもだめだった。

アリーセは、所々禿《は》げている毛並みをそっと撫《な》でつけて、バーデを抱き上げる。連れ出してから二十日経ち、ようやく心を開いてくれたようだった。最初は泥まみれで、哀れにもぶるぶる震え、まともに目も開けられなかったが、いまではつぶらな瞳が覗いている。

「それにしても驚いたわ。この辺りは男女が寝室で行うようなことを平気で外でしているの。……バーデは雌《めす》を見かけてもまねしちゃだめよ？　はしたないもの」

話しながらアリーセは、人気《ひとけ》のないところを探し、池のほとりに腰を落ち着けた。バーデを隣に下ろすと、ポケットからパンを取り出して、がつがつ食べる姿を見守った。

本当は、もっとたくさん持ってきたいが、母が食に興味がないせいもあり、アリーセの食事は王族らしからぬ貧しさだ。母は倒れるほどの儚《はかな》さを演出したいのか、小鳥がつつくほどしか食べない。そのため、育ちざかりのアリーセもノアベルトもつねに空腹の状態だ。それでもアリーセは自分のパンをポケットにしのばせ、いつもバーデに運んでいる。

アリーセが、極力人がいない場所を選ぶのは、バーデが人を怖がることもあるが、彼に不満や愚痴《ぐち》を打ち明けているからだ。じっと黙って抱えこんでいられるほど、アリーセは大人でもないし、強くもない。どこかで発散しなければ壊れてしまう。

「どうして生きるのはこんなにも苦しいのかしら。以前教師は言ったわ。なにもかもに理由と意味があるのだって。でも、わたしは生きる意味が見出せないの。ずっと考えているのだけれどわからない。考えて考えて思ったことは、やっぱりつらくて苦しいということ。幸せってなんなのかしら。生まれてこなければ楽だったのにって思う。悩みが多いの」

アリーセはバーデに目をやった。舌を動かし、はっ、はっ、と息をしている。その姿は一生懸命この瞬間を生きているのだと感じられて、眩しく見えた。

「……そうね。バーデを助けられたことは、生まれてよかったことのひとつなのかもしれないわ。あんなにもひどくいじめられていたのだから、あなたのほうがつらかったはず」

当時を思い出し、アリーセは顔を曇らせる。いじめは凄惨だった。異母兄や異母姉たちは、バーデを殴ったり、蹴ったり、投げつけたりしていた。

「人は残酷だわ。あなたを殺そうとしていた。断頭台もそう。平気で殺す。こんなことを言っていると知られたら、わたしは断頭台送りになるわ。でも、それでもいい気もする」

バーデの小さな頭を撫でると、お返しとばかりに手をぺろぺろ舐められる。

「あなたはいくつ？　その大きさだと子犬と成犬の中間かしら。わたしはね、今日十六歳になったの。でも、誰からもおめでとうって言ってもらえないわ。みんなわたしのことを忘れているのね。――わたしも、忘れていることがあるのだけれど。……あのね、わたしには秘密があるの。じつはわたし、五歳までの記憶がないの。覚えているのは十一年ぶんのわたしだけ。だから時々思ってしまう。わたしの本当の両親は別の場所にいるのではないかしらって。本当の両親なら、きっとおめでとうって言ってくれるはずだもの。いつかわたしに笑顔をくれて、大きくなったわねって。……だから、誕生日はいつも憂鬱《ゆううつ》」

おそらく、他国の王女は生誕の日に国をあげて祝われているに違いない。けれど、この国では王子の祝いはあっても王女の祝いはない。あったとしても、母親の生国の計らいがある時だけだ。だからアリーセは祝われたことはなかった。そもそも、もし母の国が資金を負担してくれたとしても、母は娘のためではなく自身のために使うだろう。

アリーセは、なにも盛大に祝われたいわけではない。ただ、他の王女たちのように誕生を祝福されてみたかった。そうすれば、自分が必要な人間なのだと思えるから。

「……バーデはわたしをお祝いしてくれる？　おめでとうって、言ってくれる？」

わん、とバーデが吠《ほ》えた。まるでアリーセの願いを叶えてくれたかのようだが違った。尻尾を振りたくりながら、アリーセの後ろめがけて駆けてゆく。

しょんぼりしたアリーセは、振り返った時、思いがけないものを見て目をまるくした。背後に信じられないほど美しい男性が立っていたのだ。銀色の髪に透けるような白い肌、印象的な銀色の瞳。まるで腕のいい画家の描いた名画から抜け出したかのような人だ。

なかば放心していると、彼は長い腕でバーデを抱き上げた。

「こんにちは。ぼくはあなたの本当の両親ではないですが、言わせてください。十六歳の誕生日おめでとうございます。きっと憂鬱を吹き飛ばすような、よいことがありますよ」

胸が高鳴るのは、いつの間にか背後に立たれていたというのもあるが、彼の美貌に戸惑っているからだ。これまでこんなにきれいな人を見たことがない。

「ありがとう。……もしかして、わたしの声が聞こえていたの？」

「ええ、はしたないまねをして申し訳ありません。ですが、ぼくは少々耳がよいのです。はじめまして、というべきなのでしょうが、ぼくはあなたを知っています」

「わたしを？　……どうして？」

「アリーセさま、あなたが第七王女殿下だからです。これは答えになっていますか？」

頷くだけなのに羞恥心を覚える。美しい瞳で見下ろされていること自体が恥ずかしい。きっと、彼はアリーセの着古したドレスにあきれているだろう。それが嫌だった。

「王女は十二人もいるわ。全員のことを知っているの？」

彼は肩をすくめて、「まさか」と言った。

「ぼくは不要なものは記憶に留めない主義です」

「でも……、わたしは十二人のなかでも一番目立たない、地味な王女だわ」

「そうは思いませんが。地味とは容姿のことをおっしゃっていますか？　あなたは母君のアン＝ソフィーさまゆずりの金色の髪に緑色の瞳です。目を引く方だと思いますが」

「お母さまのような素敵な金色の髪ではないわ。残念な色ってよく言われるし」

「母君にそう言われるのですか？　正しくは金茶色ですが、ぼくはいい色だと思います」

いい色――その言葉はアリーセにとって嬉しいものだった。あまりに母が残念がるものだから、ずっと髪の色で悩んでいたのだ。ひとつ、悩みが軽くなった気がした。

「……ありがとう。あなたはどなた？　お名前を聞いてもいいかしら」

「ルトヘルです。フローリスという名も持ちますが、こちらはまだ使う予定はありません。ところで、この犬の名前はバーデですか？」

どちらもきれいな名前だと思いながら、アリーセの視線はバーデに移った。

バーデは満足そうな顔つきだ。品のいい衣装を纏う彼の腕のなかでバーデのみすぼらしさは際立ってしまっているが、彼は汚れるのもかまわず抱いてくれている。王子や王女は

皆、殴る時以外は穢らわしいと言って触れようとしなかったから、好ましかった。

「そうよ、バーデ。でも、居室で飼うことができないから、ここに食事を運んでいるの」

「では、ぼくも食事を運んでも構いませんか？　じつはすでに与えているのですが」

「だからあなたに懐いているのね。バーデの食事をどうもありがとう」

「どういたしまして」と彼は言う。風に銀色の髪がそよいでいる。その光を浴びた美しい髪には覚えがあった。それに、鼻腔をくすぐるこの不思議な香り。やはり知っている。

「……あなたはもしかして、処刑場から帰る時、わたしを助けてくれた方？」

彼の切れ長の瞳が細まった。そのまつげの長さや色気に、アリーセは知らず赤くなる。

「ええ、そうです。覚えていらしたのですね」

「やっぱりあなただったのね。お礼を言いたいと思っていたの。感謝しているわ、ありがとう。……あの、それで……いい香りね。あなたのにおいかしら」

「香水をつけています。それでしょうか」

「香水？　不思議だわ。なぜわたしはこのにおいを知っていると思ってしまうのかしら。あなたとはこの間はじめて会ったのに変ね。……ごめんなさい、おかしなことを言って」

彼は凝ったデザインの小瓶を取り出して、アリーセに見せてくれた。その小瓶は宝石のように美しい。うるわしい人は持ち物に至るまで、すべてが素敵なのだと思った。

「とても綺麗ね。そういえば、香水はいまでは手に入りにくいのでしょう？　この国の調香師は、先代王のころに全員断頭台に消えたから入手がとても難しいと聞いたわ」

「はい。いまは商人が外国の香水を持ち寄りますが、法外な値段で取引されています」

アリーセは、母が次々と買い求めている外国の香水が高値だと知り、青ざめてしまった。

「法外な値段なの？　それは……いえ、なんでもないわ。……それよりも、ごめんなさい。あの時お母さまがあなたに失礼な態度をとったわ。気を悪くしたでしょう？」

「謝る必要はありません。気を悪くしてもいませんよ。ぼくは機嫌が悪く見えますか？」

「見えないけれど謝る必要はあるわ。じつは弟にも言われたの。あなたに近づいてはいけないって。近づいていないのにそう言われるのはどうしてなのかわからないのだけれど」

彼はバーデを地に下ろし、アリーセの隣に座った。肩を並べたとたん、彼の長い脚や腕が強調されて、頼もしさと同時にどこか気恥ずかしさを覚える。顔を上げれば目が合った。

「ぼくたちは近づいてしまいましたね。弟君に叱られますか？　……あなたの母君と弟君が、ぼくを遠ざけようとするのは当然だと思います。あなたは適齢期ですから」

声には出さずに「適齢期」とつぶやくと、彼が言う。

「あなたは結婚するのに丁度いい頃合いです。彼らはぼくだけではなく、理想にそぐわない男を排除するつもりでしょう。間違いが起きてからでは取り返しがつきませんからね」

「間違いとは、その……」

「平たく言えば性交です。男は既成事実さえ作ってしまえば望みの娘を手に入れることができます。男に一度でも抱かれた娘は傷物として扱われ、他の男に敬遠されてしまいますから。性交が未遂だったとしても、結局娘には自身を襲った男しか残らない。王侯貴族は政略結婚が主ですから、娘が変な男の毒牙にかからないよう家族は警戒するのです」

「それはわたしには当てはまらないわ。わたしは男性に気に入られるような娘ではないもの。うじうじしていて、地味で不細工で。王女だといっても立場は弱く、娶ったとしてもなんの得にもならないわ。それにわたしは……ううん。とにかく、誰も選ばないと思う」

「あなたは自己評価が大変低いのですね。ぼくには素敵な女性にしか見えませんが」

アリーセは、顔が熱くなるのを感じながら、どうか赤くなっていませんようにと願った。

「あなたは母君や弟君からどのような男を選べと言われていますか？」

「お母さまは資産を重視しているわ。ノアベルト――弟も、資産と、そして権力を」

「あなたの母君の生国は風前《ふうぜん》の灯ですからね。早々にあなたの夫の力が必要です」

アリーセはまつげをぱっと跳ね上げた。

「ヒルヴェラ国はそんなに危険な状態なの？　くわしく聞かせてほしいわ」

「最近ヒルヴェラとの便りが滞っていませんか」

「そういえば……、手紙を書いても返事がないのですって。お母さまが言っていたわ」

「やはりそうですか。ですが、ぼく自身確証を得ているわけではないので滅多なことは言えません。近々判明するでしょう。ところで、あなたはぼくを見てどう感じますか？」

予想だにしない問いかけに、アリーセはどう答えていいものかとそわそわした。

「……それは、きれいだと思うわ。現実ではないみたいに。だから少し得体が知れない気がするの。――あ、失礼なことを言ってしまったかしら。そうではないの。もしあなたが精霊だと言われたら、きっと信じてしまう。得体が知れないというのはそういうことよ」

「ご名答です、ぼくは精霊ですよ。あなたとは別の世界に生きていましたが、あなたを連れ去るために十六歳になるのを待ち続けていました。そしてようやく今日を迎えた」

アリーセが「あなたは冗談が好きなのね」と微笑むと、ルトヘルは側にある小さな桃色の花を手折って金茶色の髪に差しこんだ。アリーセは、思わずびくっと肩を跳ね上げる。失礼な反応をしてしまったと思ったけれど、こちらを見つめる彼の視線のやさしさに、ぞわぞわと肌が粟立ち、身体が底から火照ってくるのを感じた。

「アリーセさま、あなたは桃色の花がよく似合います。あなたのほうこそ精霊のようです。儚げで、悲しげで、憂《うれ》いがある。いまにも消えてしまいそうで怖くなります。ぼくにその悩みを打ち明けてくれませんか？　わずかな不安でも、すべて取り除いて差し上げたい」

悩みを聞きたいだなんて言われたのははじめてだ。気遣ってもらえたのも。

ただでさえ赤いアリーセの頬がさらに紅潮すると、彼は口の端を持ち上げた。

「きっとあなたはひとりで抱えこんでしまう方なのでしょう。それではじきにあなたの身体は悲鳴をあげます。もし話しにくければ、ぼくが当ててみましょう。……そうですね」

芝の上に置かれたアリーセの手に、突然ルトヘルの手が重なった。手を退かそうとすると、逆に強くにぎられる。あまりの出来事にくらくらした。

「あなたの憂いの原因は、母親違いの兄弟たちにあるのでは？　彼らは人を人とも思わない残虐な方ばかりです。もっとも、王侯貴族とは大抵似たようなものですが。牙をひけらかすか隠すか。後者が賢い方法です。しかし、ひけらかすばかのなんと多いことか」

それは、異母兄弟たちが、牙をひけらかすばかだと示唆《しさ》しているのだろうか。

アリーセは胸がすく思いでいた。王族に向けて辛辣《しんらつ》に言える者はなかなかいない。

「あの……、あなたは明け透けに話をしているけれど、大丈夫なの？　発言に気をつけないと、断頭台送りにされかねないわ」

「ここにはぼくたちしかいません。ですから大丈夫です。そう思いませんか？」

ぎこちなく頷いたアリーセは、いまだに繋がれている彼の手のぬくもりにどきどきし、さりげなく外そうとしたけれど、結ばれた手はゆるぎない。彼は放す気はなさそうだ。

戸惑いと気恥ずかしさと喜びと。思いはごちゃまぜだ。彼の意図はわからないけれど、いい予感がしていないとはいえない。はじめての味方かもしれないと期待してしまう。

「アリーセさま、残念ながらあなたの母違いの兄弟たちの攻撃は、いまのところ防ぐ手立てはありません。ですが、彼らの横暴は長続きしないでしょう。いまは激動の時代です。誰もが明日を保障されているわけではありません。確かな未来は誰の上にもないのです」

含みを持たせる言い方に、なにが起きるのかと思いをめぐらせていると、彼は続けた。

「いまは真夜中だと考えてください。夜明けが近づいていたとしてもなにも見えない。動けば闇のなかで迷ってしまう。ですが夜は明けます。あなたは目を閉じ、耳を塞《ふさ》いでいればいい。……それからぼくは、あなたの顔を曇らせるもうひとつの原因にも気づいています。あなたの母君と弟君ですね？」

否定をするべきだとわかっていても、こわばるアリーセはできないでいた。身内のことは人に悪く言ってはいけないというのに、胸にあるわだかまりが大きくて反応できない。

「この国は利己主義者の巣窟《そうくつ》です。あなたの母君と弟君もそのようにできています。彼らは変わりません。そういう生き物だからです。あなたがなぜつらい思いをするのか。それは利己主義者ではないからです。彼らは悪びれることもなく、当然のように他人から奪います。否定や搾取《さくしゅ》される側の人間は幸福からはほど遠い。望みは打ち砕かれ、大切なものは取り上げられる。もしくは壊される。利己主義者に慈悲を期待するだけ無駄です」

聞き入っているうちに、背筋に寒気を感じた。彼の言う搾取の言葉が重い。これ以上なにかを取り上げられたら耐えられない。縮こまっていると、ルトヘルは耳もとで囁いた。

「生きることはつらいでしょう。日々、刃を突きつけられているような気がしませんか」

どきどきと鼓動が早鐘を打っている。彼に布を差し出され、頰を指差された時にようやく、涙が伝っているのだと気がついた。

「ぼくはあなたを憐れむことはしませんが、守って差し上げることはできます」

ゆっくりと首を動かして彼を見ると、彼も見ていたのだろう、銀色の瞳とぶつかった。

「……どうして、そんなことを？　なぜやさしくしてくれるの？　会ったばかりなのに」

声が震える。彼の手が伸びてきて、濡れた頰や目もとに布が当てられた。

「ぼくはあなたを知っています。このエルメンライヒは、あなたのような方には生きづらいようにできています。孤独を感じていませんか。居場所がないと思っていませんか」

それは、そのままアリーセの心を表す言葉だった。孤独だし、居場所がほしい。

「アリーセさま、ぼくたちは毎日会いませんか？　いまの時間、場所はこの池のほとりはいかがでしょうか。雨の日は四阿で。ぼくと過ごせばあなたは孤独を感じなくなりますし、居場所はぼくが保証します。あなたの家族には、秘密にしたほうがいいとは思いますが」

「あなたとふたりで会うの？　婚姻前の男の人と女の人は、ふたりきりでは……」

話しながら、いまもふたりきりなのだと思い至って、アリーセは口を閉じた。手も繋いだままだった。慌てて引くと、固く握られていたのが嘘のように手は解放された。

「そうですね。では、従者を連れてきます。それに、ぼくたちにはバーデもいますよ？」

彼が口笛を吹くと、離れたところで蝶《ちょう》を追いかけていたバーデが元気に駆けてきた。明らかにバーデはアリーセよりもルトヘルに懐いている。どうしてなのかわからないけれど。

「アリーセさま、ぼくとバーデとともに過ごしませんか。毎日穏やかで楽しい時間になると、ぼくはそう確信しているのですが、いかがですか？」

アリーセにはまだ迷いがあった。穏やかで楽しい時間になるとアリーセも思っている。けれど、これまで何度も人に裏切られ、そのたびに打ちひしがれてきたから、人を信じるのが怖かった。いま、彼のやさしい言葉に心惹かれているからといって、彼を信じきるのは難しい。それに、アリーセはまがりなりにも第七王女だ。軽率なことはできない。

答えが出せず、口をまごつかせている時だ。教会の鐘の音が鳴り響いた。

ぱっと弾かれたように鼻先を上げたアリーセは、とくに急ぐ用事もないくせに、「急がなくては」と口走り、慌てて彼のもとから立ち去った。

ようは結論を出せずに、尻尾を巻いて逃げてしまったのだ。


以前読んだ物語は、母親が身を挺《てい》して子を守り、遠く離れても子の幸せを祈る内容だった。別の物語でも、悪しき者に攫われた妹を、兄と父が命がけで助けに行った。世のなかには、血の絆で結ばれた者たちのやさしい物語が溢れている。

だが、しょせん夢物語だと思ってしまう。アリーセの母や弟、父である王、それから半分血の繋がる兄弟姉妹たちとの間には、血の絆の物語は起こり得ない。だからこそ、血の繋がらないルトヘルが示してくれたやさしさが、いまになって身にしみていた。

きっと、彼から逃げた罰があたったのだ。一夜明けた日の朝、アリーセは起きたとたんにじくじくと身体の奥でくすぶるような熱と倦怠感に見舞われた。こんな日は、のぼせたようにだるくて、しばらく頭が働かない。月の障りとはまた種類の違う気だるさだ。

これははじめてのことではなかった。二年ほど前からたびたび見舞われている。アリーセ付きの侍女ダクマは、風邪の一種だろうと言っていた。

寝台でゆっくり休み、頭が働くようになったころ、アリーセは母と弟にあいさつをして、パンをこっそりポケットにしのばせる。今日の母の機嫌はすこぶる悪くて当たり散らされ、弟には式典のドレスについて強く詰め寄られた。ほんのわずかだけでもいいから、家族にもやさしくされてみたい。けれど、生涯叶わないとわかっている。

肩を落としたアリーセは、現実から逃げるようにバーデに会いに庭園を目指したが、道すがら思い出すのはやはりルトヘルの姿や言葉の数々だ。

彼の提案はありがたかったし、とても嬉しいものだった。なのに裏切られた時の、もしものことばかりを考える。恐怖が勝り、前に一歩踏み出せない。こんなうじうじとした思いは彼に失礼だ。そのため、結論が出るまでルトヘルに会うのをやめておこうと思った。けれど、決めたとたんにアリーセは青ざめる。なにより、失礼にも逃げ帰ってしまった以上、ルトヘルに会う資格も、後悔する資格も自分にはないのだ。

——胸が苦しい。……どうしてわたしはこうなの？　ふがいなくて嫌になる。

アリーセは、ルトヘルに会わない自信を持っていた。エルメンライヒ国では毎朝男性は教会の広場へ礼拝に赴《おもむ》く義務があるが、女性は行かない。女人禁制の教会には近づいてはいけないしきたりがあるからだ。いまは礼拝の時間のため、男性に会うことはない。

男性と女性を区別する規律は、エルメンライヒにはそこかしこに散らばっている。それをうまく利用すれば、彼と会わずに生活できる。

それから五日、アリーセは時間を選んで行動し、いつもどおりの生活を送った。だが、彼に会わないようにする日々は、鬱々とした毎日をさらに鬱屈とさせるものだった。女性にとっては生きづらい国だと思っていたが、ますます生きづらくなったように感じた。

——思えばルトヘルさんは、女だからといってわたしを見下すことはなかったわ。

彼はアリーセを助けてくれた。気さくに声をかけてくれ、理解を示そうとしてくれた。そんな彼に自分はなにをしただろう。親切にしてもらっておきながら、答えがわからなくて五日間逃げまどっていただけだ。彼の申し出を受けるにしても断るにしても、誠実に接してくれた人には、誠実に返さなければならなかったのに。

——十六歳になってもだめね。わたしはまだまだ未熟で子どもだわ。恥ずかしい。

アリーセは、その日も重い足取りで庭園を訪れ、四阿までやってきた。すると、こちらに気づいたバーデが、わん、と吠え、ちょこちょこと元気に駆け寄ってくる。心なしか毛がふっくらと生え揃ってきた姿に、アリーセは涙ぐんでしまった。

バーデは成長している。ぴょんぴょん跳ねて、尻尾をけなげに動かしている。

——わたしも成長しなければ。これ以上気持ちを無視することはできない……。

バーデにパンを食べさせながら、アリーセはルトヘルに先日の非礼を謝りたいと思った。

あの日と同じ時間に、同じ場所——ルトヘルがいるだろう時間に庭園の池のほとりに行こうと決めたアリーセは、着替えたものの、直後に予定が変わってしまった。宰相の使いがやってきて、王女は皆、あかつきの間に集まるようにと告げられたのだ。宰相の使いということは、実質、王の命令だ。他の王女に会いたくなくても、必ず行かねばならない。

あれほど思いをめぐらせていたルトヘルのことがアリーセの頭のなかから瞬時に消える。

他の王女に会うことは、緊張と恐怖を否が応でも掻《か》き立てられることだった。とたんに彼女らのことしか考えられなくなるのだ。

彼女たちとドレスの色が被ればいじめられる。目立っていてもいじめられる。無視されたり嫌みを言われるだけならまだいいが、アリーセへのいじめは生やさしいものではない。彼女たちに命じられた従者や侍女たちにおなかや背中など、見えないところを殴られる。

たちが悪いのは、従者や侍女たちは命令で動いているだけで、彼らを責めても当の王女たちに少しも痛みがないことだ。はじめから狡猾《こうかつ》な予防線を張られている。そのため、アリーセは泣き寝入りするしかなかった。いままでもひとりでじっと耐えてきた。

いじめられているのはアリーセだけではなく弟のノアベルトもだった。彼の身体はいじめによって痣だらけだと知っているから、アリーセは弟に突っかかられても抵抗しようと思わない。弟の相手は王子たちだからきっと痛みは壮絶だ。王子たちの恐ろしさをアリーセは身をもって知っている。力の強い彼らの暴行は王女たちの比ではない。彼らは悪魔だ。

王子や王女たちが、アリーセやノアベルトを標的とするのは、やはり母の国ヒルヴェラが弱小国であるせいだった。最近いじめが激しさを増しているのは、ますます国力が弱まっているせいだろう。これでヒルヴェラが滅びようものなら、母も弟もアリーセも、明日をも知れぬ身になるのは疑いようもない事実。

エルメンライヒ国が実力主義で、王子や王女たちを競わせているのも苦しい立場に置かれている要因だ。この国ではいつだって王族も貴族も蹴落としあいのなかにいる。弱いものは淘汰されるのが自然の摂理だとでもいうように、処刑は毎日行われる。

アリーセは、心に錘を抱えたまま、六着の色褪せたドレスのなかから草木色のドレスを選んだ。手持ちのなかで最も地味なドレスは、他の王女と色が被ることはありえない。これだけは母のお下がりではなく、母が新たに仕立ててくれたものだった。アリーセは、苔《こけ》のようにひっそりとしていたい自分にふさわしいドレスだと思っている。

現在、召し使いは総出で母の身体を磨《みが》いているらしい。アリーセは、ひとりでドレスを纏い、金茶色の髪をくしけずる。

見送られることなくひとりで部屋を出たが、いつの間にか侍女のダクマが側にいた。彼女は四年ほど前からアリーセについてくれている。けれど、落ちぶれている第七王女になぜついてくれているのかがわからない。アリーセといるかぎり出世は望めないというのに。

「あの……ダクマは、わたしよりも他の王女の侍女になったほうがいいのではないの？」

ダクマは美しく有能だ。アリーセの心を察し、先回りして動いてくれる。王女たちのいじめからも何度も救ってくれた。だからこそ、彼女のためになれない自分がふがいない。

「アリーセさま。気を回す必要はありません。私は、お仕えする方は自ら選びます」

「でも、いくらわたしに仕えても、あなたの地位が上がることはないわ。ほら、見て」

回廊に出ると、第五王女のアウレリアが私兵や侍女を大勢引き連れて歩いている姿が見えた。遠目で見てもすばらしいドレスを纏っているのがわかる。いじわるだから近づきたいとは思わないが、ダクマはああいった王女に仕えたほうが出世できる。

「アウレリアのお母さまは大国ホルダの王女よ。だから、彼女の後ろ盾はとても……」

「アリーセさま、お静かに願います。あちらをご覧になっていただけますか」

途中で話をさえぎられたのでアリーセは少しだけむっとしてしまったが、ダクマに導かれて覗いた先の光景に度肝を抜かれた。アリーセは心臓がいまにも止まりそうになる。

信じがたかった。けれど、現実だ。なんと、弟のノアベルトが木の陰で召し使いの腹や背中を殴打している。顔を醜悪《しゅうあく》にゆがめ、アリーセが見たこともない顔つきをしている。

「どうして……、自分も王子たちに虐げられているのに、どうして人を虐げられるの？」

いじめられることの苦しみや痛みを知っているはずなのに。

「普段の鬱憤がたまって腹いせしているのでしょう。人は他者を同じ目に合わせなければ自分を慰められないものです。この国において、あなたのような方のほうが稀です」

アリーセがドレスをつまんで弟のもとへ向かおうとすると、ダクマに腕をつかまれた。

「王子を止めてはいけません。そのようなことをなされば、次からはあなたが狙われます。いまのところノアベルトさまはあなたに隠れて事を起こしています。おそらくあなたは箍《たが》のようなものなのでしょう。歯止めがなくなればどうなるか。あの方は暴走します」

「でも……、このままでは」

「あなたの居室に仕える者で王子に殴られていない者はいません。あなたがたの母君、アン＝ソフィーさまも例外ではありません」

アリーセは、愕然《がくぜん》としながらダクマを見た。

「先ほどアン＝ソフィーさまは身体を磨かれているとお伝えしましたが、真実は違います。手当てを受けていらっしゃいます。王子は、昨日あなたが出かけている時に手をつけられないほど暴れました。王子は普段、人から見えない部分を殴るのです」

思い出されるのは、他の王子や王女たちのことだ。弟は、彼らと同じことをしている。

アリーセは心臓をにぎりつぶされているような錯覚に陥《おちい》った。思えばノアベルトはいつの間にか母をばかだと罵《ののし》るようになっていた。母も以前にもましてドレスや宝石にのめりこみ、大切にしていた息子に構わなくなっていた。殴られているのであれば腑《ふ》に落ちる。

「あなたが思う以上にノアベルトさまは残忍です。あなたが一年ほど前に飼っていらした鳥のアンデも、あの方が腹いせに羽をむしりとり、殺しました」

ぞっとして緑の瞳を見開けば、ダクマは静かに頷いた。

「……ノアはあの時、アンデは窓を開けた隙に飛んでいってしまったと言ったわ」

「私は誓って偽りは申していません。召し使いのバルベも見ています」

「ノアはまだ十四歳の男の子よ？　なのに……なんてことなの」

「十四歳でもです。過去を思い出してください。あなたは何歳のころから異母兄弟にいじめられていましたか？　どれほど残酷なことをされましたか？　歳は関係ありません」

ふとアリーセの脳裏に、人を物のように壊す残虐な王の姿が思い浮かんだ。異母兄弟たちはその血を引いている。弟も、そして、当然アリーセも。

吸いこむ息はとぎれとぎれになっていた。自分の身体を抱きしめると、ダクマは言った。

「アリーセさま、お時間です。なにも知らず、見なかったことにして歩いてください」

「……できるかしら。いまにも倒れそう。頭がどうにかなりそうよ」

「やるしかありません。あなたは十六歳になられました。真実を知っていただいてもいい頃合いと判断し、お伝えいたしました。この先は日々警戒してください」

アリーセのひざはがくがくと震えていた。察したダクマが支えてくれる。

「ダクマ、わたしがもし残虐になったら、……人を人とも思わない悪魔になってしまったら、わたしを殺してくれる？　断頭台に突き出してほしいの。人を蔑むくらいなら、わたしは、わたしが蔑まれたほうがいいと思うから。自分が軽蔑しない自分でありたい」

「あなたがそう思っているかぎりは残虐にはならないと思いますが、いまは、はいとお答えします。その時は、私があなたを殺めますのでご心配なさいませんよう」

ダクマが途中で言葉を止めたのは、ノアベルトが「姉上」と声をかけてきたからだ。

彼はいつもと変わらぬ様子で駆けてくる。先ほどの暴挙などなかったかのようだ。だからこそ恐怖が身体を支配した。アリーセは弟ではなく他人を見ているような気分になった。

「ちょっと待ってよ姉上。嘘でしょう？　なんなのそのドレス。冗談じゃないよ。やめてよそんな色。それって母上が姉上の若さを妬《ねた》んで仕立てたドレスじゃないか。あの狂った女は、姉上が自分の若さを吸い取ったと思っているんだ。なのに、どうしてそんな老婆が着るような嫌がらせのドレスを着るの？　意味がわからない」

「老婆のようだなんて思わないわ。わたしは……これが気に入っているから……」

声が少し震えてしまった。彼が怖いのだ。

「……なに？　様子が変だよ？　怒ったの？　ぼくが老婆みたいだと言ったから？」

「怒っていないわ。わたしがノアを怒ったことがある？」

　十六歳のアリーセと十四歳のノアベルトは背丈が似ている。そのため目線の高さも同じぐらいで、目を逸らすのは難しい。おまけに、ふたりは顔も似ているため、アリーセは、どうしても自分の未来を弟と重ねてしまう。

「でもどうして？　なんでそんな馬の餌みたいな色のドレスを気に入るの？　姉上は頭がおかしいよ。いい？　これからあかつきの間に行くんでしょう？　いま、今度の式典の準備でスリフカ国から使者が来ているんだ。王女たちが集められたのは、使者が前もってラドミル王子の妃候補の目星をつけておくためだよ。なのにそんなドレスでどうするの？　こんなの召し使いみたいだ。……いや、召し使いのほうがはるかにましさ。ぼくらは一蓮《いちれん》托生《たくしょう》なのに……。姉上には失望した。みんなして、優秀なぼくの邪魔ばかりしてっ」

　腹を立てたノアベルトが、肩を怒らせて去ってゆく。アリーセは、そんな弟の後ろ姿を見ながら立ちつくしていた。色んなことが起きすぎて、平静を保っているのが難しく、いまにもくずおれてしまいそうだった。

＊　＊　＊

つややかな赤い唇が間近に迫る。青年は冷淡に一瞥した後、自身のそれをそこに重ねた。口に紅がつくから化粧をした女は嫌だが、接吻《せっぷん》をせがむ女は大抵紅をさしている。

女はまぶたを閉じていたが、彼は目を開けたままでいた。くちづけは次第に深まり、舌を絡めるものになったが、彼は、やはり目を閉じずにいた。女ではなく、その後ろにある窓を眺めているのだ。その部屋からは、王族のみが使用を許される回廊が見渡せた。

銀色の瞳が追いかけるのは、草木色のさえないドレスを着た娘。光が差しこみ、娘の金茶色の髪は、黄金色に輝いていた。

「ルトヘル……愛しているわ」

彼は、さっと視線を女に戻し、「ぼくもですよ、クラネルト夫人」と囁いた。

「ねえ、ルトヘル。気づいている？　あなたはちゃんと〝愛している〟と口にしたことがないの。これまで一度もね。わたくしには聞かせるつもりはないのかしら」

「言っていなかったですか？　あまり意識はしていませんでした。ですが、男は婦人と違い口べたです。真実だからこそ口にできない思いがある。そうお考えいただければ」

「では、いまのあなたはわたくしを愛していると思ってもいいのかしら」

彼の長い指が女の唇をなぞると、女は性を感じさせる動きでねっとりとその指を舐めた。

「もちろんです。いまはそう思ってください」

「……いまは？」

「ぼくは人の心ほど移ろいやすいものはないと思っています。ぼくの頭が禿げでもすれば、あなたの心は変わるでしょう。肥満になれば、或《あ》いはぼくの処刑が決定すれば。それでもあなたはぼくに愛を語りますか。ぼくにもあなたにも、大切なのはいまこの瞬間では？」

角度を変えて、ふたりは口を食みあった。

「あなたって怖いわ。裏を返せばこの瞬間しかわたくしを見ていないってことじゃない」

「それはぼくの特殊な立場のせいかもしれません。ほんの少しでも情勢が変われば、ぼくは真っ先に断頭台に立つ男です。まだ見ぬ未来を想像し、夢みるよりも、いまあるこの瞬間を大切にするほうが悪くない人生だと思えます。人生は、楽しんだ者勝ちです」

「そうね、楽しんだ者勝ち。……そうだわ」

女の手がルトヘルの上衣の飾りをいじくって、下腹に向けて這わされた。

「この服を脱いで？　あなたの裸を見たいわ。そして隙間なく肌を重ねるの」

「あいにく、ぼくは陽が出ているうちは脱ぎません。夜、あなたのもとへ出直します」

「だったら脱がなくてもいいわ。けれどいま試させて？　あなたを熱くさせてみたいの」

自身の胸もとの紐を解いた女は、つんと尖る豊満な胸を晒してみせた。

「いいですが、ぼくは勃《た》ちませんよ。光のなかで不能であることはお伝えしたはずです」

「してみなくては何事もわからないわ。ね？　お願い」

彼の衣服になまめかしく身体をすりつけてひざ立ちになった女は、上目遣いで彼を見ながらその下衣をくつろげる。露わになった性器を舌でもてあそびつつ、口に咥《くわ》えた。

そんな女を気にすることなく、ルトヘルはまっすぐ回廊を見ていた。

「ルトヘル……、そういえばあなた、ヒルヴェラ国の動向を気にしていたわね」

「ええ。ぼくの母の国、コーレインの敵国ですからね。ぼくは母に捨てられても、母を思うけなげな息子です。ヒルヴェラの地を手に入れることはコーレイン国の悲願です。かつての領地を取り戻したいのはどこの国も同じでは？」

「その悲願は叶いそうよ。先ほど夫宛てに鳩《はと》が来たわ。ヒルヴェラの城は蛮族たちに取り囲まれて、陥落は時間の問題なのですって。あなたの母君にお伝えしてはどうかしら。少なくとも、この半月の間でひとつ国が消えるわ。蛮族にやられるなんて滑稽《こっけい》ね」

ルトヘルは、執拗《しつよう》な女の愛撫にかまわず一歩下がって、乱れた下衣を正す。

「ちょっと待って。どうしたの？」

「急ぎ居室に戻ります。あなたのおっしゃるように、母に鳩を飛ばしたくなりました」

「だからといって、いま伝えなくてもいいじゃない。まだ途中よ。終わっていないわ」

「いまでなければなりません。クラネルト夫人、どうかぼくに母から感謝される機会を与えてください。鳩の手紙を見た瞬間だけは、母はぼくを思ってくれるでしょう」

微笑みを浮かべたルトヘルは、身をかがめ、女の口にあいさつ代わりにくちづける。

「機会をくださるやさしいあなたに、ぼくは、心から感謝します」

「こんな接吻ではごまかされないわよ？　夜に来て。あの日のようにわたくしを抱いて」

「ええ、もちろんうかがいます。あの日のように、存分に抱かせていただきますね」

背を向けたルトヘルは、ふたたび女を見ることなく、大股で部屋を後にした。

二章

あかつきの間に入ってまず目に飛びこんでくるのは、大きな水晶のシャンデリアだ。しかし、うつむき加減でいるアリーセはその眩しさに少しも気づかなかった。

会場は大人たちが入り乱れ、交渉ごとをしているのかにぎわっているようだった。着飾った王女たちが居並ぶ席に連れられる。だが、アリーセはその存在を気にする余裕もなく、放心したままでいた。王女たちはたしかに怖いが、弟の隠れた一面を知り、混乱し、そちらのほうが心にずっしりと重くのしかかっている。

これからどのような顔で弟と接すればいいのかわからない。弟の乱暴を見て見ぬふりをして生きていくのかと思うと、みぞおちを強い力で殴りつけられたような気分になる。

いますぐに遠くへ逃げていきたい気持ちでいっぱいだ。王女がいようがスリフカ国の人がいようが、どうでもよかった。母も弟もどうでもいいとさえ思う。これ以上つらくなりたくなかった。アリーセは、自分は戦うことを放棄した臆病者なのだと痛感していた。

必死に涙をこらえていると、肩を叩かれ、アリーセの肩は、びく、と跳ねる。

「これは失礼、驚かせてしまいましたね。無礼をお許しください」

アリーセに声をかけたのは、スリフカ国から来た三人の使者のうちのひとりだ。極力目立たないように壁の近くでひっそりしていたから、まさか声をかけられるとは思っておらず、落ち着かなくなった。使者たちは見目がよく、華やかなため、苦手意識があったのだ。

「あなたは第七王女殿下のアリーセさまですね？　少しお話をよろしいですか」

ぎこちなく頷いたアリーセは、内心、やっぱり苦手だと考えながらも、話しかけてきたのが目の前の男性でよかったと思った。彼は、三人のスリフカ国の使者たちのなかで最も落ち着いていて、おとなしそうな印象だからだ。

「……構いませんが、でも……話なら、わたしよりも、義姉や義妹のほうが……」

「すでに他の王女さま方とはお話ししました。彼女たちはもう別の者と談笑しています」

「ほら」と言われて目をやった。王女たちは、使者のふたりとほがらかに笑いあっている。豪奢な衣装の彼らはスリフカ国の有力貴族だろう。それに対し、アリーセに話しかけている男性は、機能的だが地味な服装で、彼らといると目立たない。

「あなたも彼女たちのように、結婚相手には美形で目を引く男性を好みますか？」

アリーセは首を横に振る。そして、使者には自分が誰かの結婚相手に選ばれるわけがないことと、選ばれるつもりもないことを説明した。

「それはつまり……あなたは生涯結婚をなさらないつもりだということですか？　だからそのような格好を？　不思議だったのです。他の王女さま方がきれいに着飾り、自分を高く見せようとしているなか、あなたは逆をいっている。そのうえ、国であなたの絵姿を拝見しましたが、実際に見たあなたとは大きな隔《へだ》たりがあります。申し訳ないですが、ひどい画家だと言わざるを得ません。あなたはこんなにもきれいなのに」

「それはありえません。お世辞が過ぎます」

「お世辞ではないのですが、その話は置いておくとして、一国の王女が結婚しないでいるのは無理です。あなたは必ず結婚なさいますよ。よければ、私と世間話をしませんか？」

アリーセが戸惑いながら縮こまっていると、使者が言う。

「あなたはひとりでずっとうつむいていらっしゃいます。なにか気に病むことでもあるのでは？　私は二十六歳です。あなたよりも十年長く生きていますから、十年分の助言ができると思います。ということでいかがでしょう、悩みを話してみませんか？」

アリーセはもちろん話すつもりはなかったが、その後も気さくな彼の話を聞くにつれ、少し会話をしてみる気になった。誰でもいいからすがりたかったのかもしれない。

「あの……、たとえばなのですが、いっそ死んだほうが楽かもしれないと思うほど悩んだ時、どのように気持ちを切り替えればいいのか、わたしにはわからなくて……」

「そうですね、世のなかはままならないことばかりですから生きることは大変です。私の場合は食事で発散します。酒を飲み、眠ります。つまり単純な行動をとるのです。すると不思議とあれこれ考えなくなります。悩みとは、いま解決できないからこそ悩みと呼びます。答えを出すのはいまではない。後回しにすることにより解決できることもありますから、考えすぎるのは禁物です。あなたがもし悩んでいるのなら後回しにしてみては？」

使者は肩をすくめて、「決断する時の悩みはまた別物なのですが」と微笑んだ。

「人間は知恵を持っているため、悩むようにできているそうです。その点、鳥や犬、猫などは単純明快だと思いませんか？　寿命が短いなかで、食べて寝て繁殖する。死んで次の世代に移ります。彼らと人との違いは過程がないことでしょう。はじまりと終わりのみ。人もはじまりと終わりがある。悩みや努力といったものは過程です。だから、悩んだ時の私は彼らのまねをして単純に過ごすというわけです。ひたすら食べて、寝て、酒を飲む」

アリーセは、うつろにこくんと頷いた。

「アリーセさまも存分に食事をして眠り、単純に過ごすことを心がけてみてください。食事といっても、しすぎると太る危険があるのですが、あなたは痩せぎみのように見受けられますので食べ過ぎくらいがちょうどいい。――ああ、すみません。話しすぎました」

「いいえ、あの……わたしは、第七王女ですが名ばかりです。……社交は得意ではありません。人と話すことは慣れていないので……あなたに失礼がなければいいのですが」

使者は、「私はあなたにとって目下の者だというのに」と目を細めて微笑んだ。

「おやさしい方ですね。あなたを見れば人に慣れていないとわかります。我々はあなた方の普段の姿を見せていただきたくて突発的に会う機会を設けていただきました。その……我が国のラドミル王子は結婚で二度失敗していますので、次こそは永久の妻を選びたいと切望しています。ですが、おかげで出向いた甲斐がありました。我が国にすばらしい妃をお迎えできそうです。アリーセ王女、式典はもうじきです。健やかにお過ごしください」

よくわからないまま会は終わった。使者とは他にも話したけれど、会話の中身はあまり覚えていなかった。それでも、悩みすぎず、食事をして眠ろうと思ったことだけは頭に残り、侍女のダクマが待つ控えの間に歩いていった。

ダクマを見つけて側に寄ると、なにかが香った気がした。真っ先に思い浮かんだのがルトヘルだ。また彼のことを考えてしまったと、アリーセは顔を赤らめる。

「アリーセさま、無事に終えられましたか。王女の方々は」

「今日はあまり嫌なことは言われなかったわ。あのね、この草木色のドレスはいじめを避ける効果があるみたいなの。だから、このドレスがお気に入りになりそう」

話の途中でダクマが手になにかを持っていることに気づいて、「それは？」と問いかける。

「先ほどあなたに渡してほしいと頼まれました。銀色の髪をした方です。ご存知ですか」

先ほどの香りは気のせいではなかったのだと、アリーセの心ははずむ。ルトヘルだ。

淑女らしい態度を装いながら、逸《はや》る気持ちで封筒を開いた。手紙には、〝明日、バーデとともに池のほとりで待っています〟と書かれていた。彼そのもののような流麗な文字だ。

アリーセは、丁寧に手紙をたたんでポケットにしまいこむ。謝る機会が訪れた。まるで、闇のなかに灯った火……、否、絶望のなかできらきら光る希望のようだった。

人は現金なものかもしれないとアリーセは考える。支えになるものがあれば、いつもよりも強い心でいられる。それほど彼の誘いは、嬉しくなるものだった。

翌日のアリーセは、何度も鏡を見ておかしなところがないか自分の姿を確かめた。ルトヘルに会うのは六日ぶりだ。髪を丁寧に梳《と》かして、ドレスも念入りに選んだ。

庭園に足を踏み入れた時から胸が早鐘を打っていた。池のほとりに座り、本を読む彼を視界に捉えてからは、心臓が口から飛び出そうだと思うくらいに脈打った。

アリーセの顔が見るからに赤いのは、ルトヘルを眺めていたせいもあるが、先日と同じく、淫らな行為をする男女の姿を三組ほど目撃してしまったからだ。

手でぱたぱたと顔をあおいで火照りを冷まそうとしていると、アリーセに気づいた彼がすっと立ち上がり、大股でこちらに歩いてきたものだから目を瞠《みは》る。

あたふたしている間に彼は優美なしぐさで手を取った。甲にくちづけをされ、アリーセは夢心地になる。とたん、ずっと考えて、用意していた謝罪の言葉が飛んでしまった。

「アリーセさま、お久しぶりです。今日はいい天気ですので少し散歩をしませんか」

空を仰いだアリーセは、今日が雲ひとつない青天であることをいまになって気がついた。周りを見る余裕がないほど緊張していたのだ。

「どうかされましたか？　顔が赤いようですが、体調がすぐれませんか？」

指摘をされるとさらに顔は真っ赤に染まってしまう。アリーセはしどろもどろに言った。

「体調は、いいわ。あの……、あちらの茂みで男の人と女の人が、その……」

「ああ、快楽主義者の密会ですね。暇を持て余した貴族のなかには、他人に行為を見せ、刺激を求める物好きな者たちがいます。ある種の病ですので、見て見ぬ振りが一番です」

「……病と言われると納得できるわ。彼らは熱に浮かされているのね」

「そうですね。性交とは麻薬にも似ているようですから、やめられないのでしょう」

「麻薬？」

「それがないと生きられなくなるほどのめりこんでしまう劇薬です。身体に異常をきたしてしまうので知らないでいたほうがいいかもしれません。しかし、なにかに夢中になるのは悪いこととは言えません。苦しみから解放されますから、ある意味幸せだと思います」

アリーセは、ルトヘルは話しやすい人だと思った。耳に届く声はやさしい。

「ルトヘルさんは、それがないと生きられなくなるほどのめりこんでいるものがあるの？　わたしは、なにかに夢中になれる人生はいいものだと思うわ。夢中になれる人は、自分のとっておきを見つけられたということだもの。わたしには、そういうものがないから」

「あなたが想像しているのは、麻薬とは違い健全なもののようです。ですが、そうですね。ぼくはすでに見つけています。あなたも必ず見つけられると思いますよ」

「……そう言ってもらえると、本当に見つけられるような気がするわ」

彼がのめりこんでいるものを知りたい。けれど、深く聞いては失礼だろう。

「でも……、せっかく人が来ない素敵な場所をバーデに見つけられたと思っていたのに、また移動しないといけないわ。密会の邪魔だからといって、いじめられるかもしれないもの。わたしは一日じゅうここにいて守ってあげられるわけではないから」

「移動させる必要はないと思います。この辺りの貴族は身持ちが悪いですが、行為にしか興味はないので、バーデに危害を加えることはありません。でも、どうしてですか？　回り道をせず、正面から庭園に入れば、あなたはいかがわしい彼らを見ずに済むのに」

「それは……、見たくないものがあるから……」

アリーセは、木にぶら下げられた第四王子の死体を思い出して青ざめた。直視したわけではないが、つねに鴉が大勢たむろしているから、見るに堪えない状態だろう。

「見たくないものとは、第四王子シュテファンさまの遺骸でしょうか。たしかにあなたが見るには刺激が強いといえます。初日で鴉《からす》に両目を抉られていましたから」

両耳を手で塞いだアリーセは、「やめて」とつぶやいた。

「……シュテファンは、わたしが殺してしまったのかもしれないわ」

「どういうことでしょう。第四王子には刺し傷があり、それが致命傷だったと聞いています。ぼくよりもさらに細腕のあなたには無理でしょう。刺すのは相当な力がいります」

「でも、わたしはシュテファンが消えてしまえばいいのにって、ずっと念じていたの」

「つまり、あなたが念じたから彼は呪われ、刺されて死んだと思っているのですか？」

縮こまりながら頷けば、肩にルトヘルの手が添えられた。

「アリーセさま。念じただけで人を殺すことができるのであれば、皆、そうしています」

肩に置かれた手がそっとアリーセの背中に回り、池のほとりに誘導される。

「たしかに、呪いはかつて試みられました。人は古来より戦争に明け暮れていて、呪詛があった時代もあります。ですが、人類は効き目がないと学びました。呪術師ではなく、騎士が活躍しているのがなによりの証拠です。それにもし、呪詛に絶大な効果があるのなら、ぼくは呪いを徹底的に学び、いまごろはこの国を滅ぼしています」

「滅ぼすって……、あなたもこの国が嫌いなの？」

「ここは地獄ですから、嫌う以外は難しいのではないでしょうか」

アリーセは、奇妙な連帯感を覚えた。彼を見上げれば、その口端がきれいに持ち上がる。

「そうね、地獄だわ。……もしも他の国に生まれていたら、幸せを感じられたのかしら。一度でいいから異国に行ってみたい。けれど、生涯、叶わない夢だわ」

「なぜですか？　王女には他国との縁談があるでしょう。異国に嫁げば夢は叶います」

「弟からはスリフカ国の王子を狙えと言われているわ。でも、わたしには関係ないから」

アリーセは誰にも選ばれない自信がある。暗い性格以前に、致命的な欠点があるのだ。

「それはラドミル王子ですね？　彼にはよい噂を聞きません。避けたほうがいいかと」

「わたしが避けなくても選ばれるわけがないわ。それに、選ばれたいとも思わない」

「今日は散歩がいいと思っていたのですが、お話ししましょうか。――ああ、その前に」

ルトヘルが目配せをした辺りの芝生に、彼の従者らしき男性が座っていた。その隣にはバーデがいて、なにかを食べている様子だ。まるでバーデは彼の飼い犬のようだった。

「アリーセさま、いつものパンはありますか？」

「あるわ。ここに……」

ルトヘルが短く口笛を吹くと、バーデは食事を途中で切り上げ、はっ、はっ、と息をしながらひたむきに駆けてくる。アリーセは驚いていた。バーデは食事を邪魔されるといつもうなっていたのに、いまは機嫌がよさそうだ。驚いたのはそれだけではない。〝いつものパン〟だなんて、彼はなぜ知っているのだろう。

　彼を見上げると頷きが返されて、アリーセはしゃがんでからパンを取り出した。はぐはぐと食べるかわいいバーデを見ていると、次第に疑問は消えてゆく。

　バーデが食事を終えてから、アリーセはルトヘルを窺った。彼は黒いケープを外して芝の上に広げながら「どうぞ」と座るように促した。しかし、確実に高価だとわかる上質な起毛の生地だった。即座に断ると、彼は根は強引なのだろう。無理に座らされてしまった。

　萎縮《いしゅく》したアリーセは居たたまれずに、その場しのぎで他愛無いことを口にした。

「あなたは黒色が好きなの？　先日の衣装も、今日の衣装も黒色ね」

「そうですね。ところでアリーセさまは、ぼくと会った日の処刑を覚えていますか」

「覚えているわ。あなたが助けてくれた日の処刑ね。王の妃のミヒャエラさんの」

　忘れるはずがなかった。呪いの言葉がいまだに脳裏にこびりついている。

「そうです。彼女が処刑されたのは不貞が理由ですが、相手とされているのが第四王子のシュテファンさまです。つまり、先の話に戻りますが、王子の死にあなたは関係ありません。あなたは自分が呪ったのだと気にし続けるでしょうから、お話ししておきます」

「たしかに気にしていたわ。でも、シュテファンがミヒャエラさんの相手だとしたら」

アリーセは迷った末に、声色を落として言った。

「あの、ミヒャエラさんは冤罪だと思う。男性に人気があった彼女がシュテファンを選ぶと思えないわ。わたしは、昔から彼にいじめられていたの。貞操も狙われたわ。『おまえで童貞を捨ててやるからありがたく思え』って。そう宣言されたのは、シュテファンが木に吊るされる前日よ。だから……ミヒャエラさんは、彼と不貞があったとは思えない」

アリーセは、シュテファンの死の前日を思い出して吐き気がした。彼にドレスを引っ張られて胸が露出したこと。スカートを捲られ、性器を見られてしまったこと。恐怖に駆られてろくに抵抗できなかった。ダクマが助けてくれなければ大変なことになっていた。

「そうでしょうね。不貞はでっち上げですから。大抵の処刑は政治的な理由により行われます。ミヒャエラさまが消された理由は、彼女の父親である公爵が力を持ちすぎたせいです。公爵は娘を犠牲にして生き延びました。シュテファンさまのほうは王弟に傾倒《けいとう》していたことが原因でしょう。……あなたは、王弟のマインラートさまを知っていますか？」

「お話ししたことはないけれど……、顔は知っているわ」

「王と王弟。あなたの目から見て、どちらが王位にふさわしいと思いますか？」

「それは……、わたしはふたりをよく知らないから……、だから比較はできないわ」

「いまの王は政治に関心がありません。支配にはなみなみならぬ関心があるようですが。おかげでこの国は衰退の一途を辿っています。よほど人心を惹きつけるカリスマ性がなければ絶対主義など続きません。王弟に国を治める素質があるかはまた別の話ですが」

ルトヘルは、足にまつわりつくバーデを撫でながらそう言った。

「アリーセさまが生まれる以前のことですが、現王のルードルフさまは弟のマインラートさまとともに先代王——おふたりにはいとこにあたる人物ですが、その彼から王位を簒奪しました。ところが弟のマインラートさまは王となった兄を支えるどころか、人の上に立つことを好む野心家です。王は好戦的な弟をなにより恐れています。それもあり、近ごろの王は王弟に近づく貴族をことごとく処刑するようになりました」

アリーセの頭に、処刑の日の母と弟の様子がよぎる。ルトヘルを遠ざけようとしていた。

「もしかして、あなたは王弟派なの？　だからお母さまやノアベルトは……」

「ご名答です」

こわばりながら彼を見るが、ルトヘルは平気な顔でバーデを抱きあげた。

「以前お話ししましたが、いまは激動の時代です。誰もが明日を保障されているわけではありません。明日には王弟派のほうが安全になっていてもおかしくはないと思います」

彼はバーデと鼻先を突き合わせながら付け足した。

「王弟派、それ以外にもあなたの母君がぼくを忌み嫌う理由があります。ぼくの母の生国はコーレインというのですが、コーレインはあなたの母君の生国ヒルヴェラの宿敵です。コーレインとヒルヴェラは長く争ってきました。いまも国境では小競り合いが絶えません。あなたの母君は、母国の衰退をコーレインのせいだと考えているようです」

コーレイン国の名は母の口からいまいましげに出てきたことがある。百五十年ほど前の戦争で、ヒルヴェラの南の豊かな穀倉地帯はコーレインに奪われた。だが、もともとヒルヴェラ自体、コーレインの一地方がおよそ三百年前に勝手に独立を宣言してできた国だから、コーレインからしてみれば、ヒルヴェラは奪われた土地なのだろう。

「お母さまから領土のことを聞いたことがあるわ。二国が争う理由はそれでしょう？」

「ええ、終わりのない問題です。彼らは長年いがみ合っていますからね。あなたの母君には、ぼくがコーレインそのものに見えるのでしょう。ぼくは関係がないというのに」

「そうね、あなたのお母さまの生国というだけだもの。……え？　あの、それって」

　エルメンライヒ国の貴族は、異国の者との婚姻を例外なく禁じられている。そのため、彼の母が異国の出身だというのはおかしなことだと気がついた。王族でもない限りありえないのだ。そんなアリーセの思いを察したのだろう。彼はおもむろに頷いた。

「ぼくの母が外国人なのは、ぼくの父にあたる人がこの国の先代王だからです」

　アリーセは瞠目した。父は——王は先代王を殺して王位についた際、先代王の妃たちは国へ返したが、王子や王女は恨みを残さないために、ことごとく斬首したと聞いている。

「その顔は、なぜぼくが生きているのか不思議、といったところでしょうか」

「だって……、先代王の血はすべて絶やされたのだと聞いたわ。でも、あなたが生きているのなら、あなたは正統な王子で、王になるべき人だわ。先代王の血筋が本筋ですもの」

「いえ、ぼくには資格はありません。あったとしても、エルメンライヒのために尽力するのはばかばかしい。もはやこの国は沈むしかありません。手の施しようがない状態です」

アリーセはなにも言えずにうつむいた。ルトヘルが王になったなら、この国は少しはましになるかもしれないと希望がよぎったのだ。けれど、手の施しようがないというのも理解できる。頻繁に処刑が行われ、恐怖で人を束ねる国は異常だと思うのだ。

「ぼくが生き延びている理由をお話ししましょう。母の生国コーレインの王族の特徴は、銀色の髪に銀色の目です。あなたの父君はこの髪と目を気に入り、ぼくを花としました」

「花？　それは……」

「部屋を華やかにするために花を生けるでしょう？　それと同じです。ぼくはエルメンライヒの飾りとして生かされています。生涯、城から出ることはできません」

あまりのことに放心していると、アリーセのひざの上にバーデがのせられ、つぶらな黒い瞳に見上げられる。

「ぼくを憐れむ必要はありません。第一あなたも異国に嫁がない限り城から出られないでしょう？　あなたの母君や弟君もそうです。勝手に出れば断頭台に消えることになる。ぼくがあなたたちと違うのは、生きるのに少し異なる条件があることです。剣の不所持、婚姻の不可、つまり、子は禁じられています。そして、資産は一代限りで没収」

「それは……、独身を強要されているということ？」

「ええ、聖職者のように。けれど仕方がありません。ぼくの子孫は実質先代王の関係者になりますから許されるわけがない。じつのところ、王はぼくの母に思いを寄せていたので、母の特徴を持つぼくは死を免れました。先代王の妃は皆、国に返されていますよね。事実を話せば、あなたの父君はぼくの母を娶ろうとしたのですが、母は一足先にコーレイン国へ逃げ帰りました。その失態を隠すため、先代王の妃たちは皆、国に返されたのです。いま思えば、ぼくは母を取り戻すための人質だったのかもしれません。さすがに王はもう、母に執着していないと思いますが。若い妃が大勢いますし、なにせ十六年前の話です」

父は、先日アリーセと同じ十六歳のフローラ妃を、ブラフタ国から娶ったばかりだ。

「わたしのお母さまは王の愛をほしがっているわ。いまも、昔も。……かつてあなたのお母さまを憎んでいたかもしれないわね。その、恋敵として。だからあなたを」

「ええ。あなたの母君のアン＝ソフィーさまは、母と同じ色の髪と瞳を持つぼくの存在は我慢ならないでしょう。しかも、王はぼくを飾りとして生かしているわけですから」

もしかして、母はルトヘルや彼の母に対抗するため、あそこまで美に執着しているのかもしれない。アリーセは、ため息を落としてから、最も気になることを口にした。

「あの……、あなたのお母さまは、息子のあなたを置いてコーレインに逃げ帰ったの？」

彼は、「そのような顔をするのはやめてください」と、アリーセを見つめながら言った。

「先ほども言いましたが、ぼくを憐れむ必要はありません。ぼくは母に情はない。母と子の関係についてはあなたもご存知では。アン＝ソフィーさまは母親らしいといえますか？　母がぼくを置いて逃げたのは、ぼくが四歳の時でした。彼女は息子を追っ手の目くらましとして使用しました。彼女にとって息子は道具です。幼いぼくはともに連れて行ってほしいと願いましたが、いまではこの国に置いていってくれたことに礼を言いたいです」

アリーセは、いままで自分の不幸を嘆《なげ》いてばかりいたけれど、彼もじゅうぶん過酷だ。

「どうしてお礼が言えるの？　わたしだったら恨んでしまいそう。この国は地獄なのに」

「苦労がなかったとは口が裂けても言えませんが、この国に残ったおかげで、死んでも手放さないと思えるものを見つけました。母に放り出されなければそれもなかった。この先、どのような地獄が待ち構えようと、ぼくはいまのぼくを選びます」

「……死んでも手放さないものって？　この国で、そのようなものが見つけられるの？」

「ええ。見つけられたぼくは誰よりも幸運です」

長いまつげに縁取られた銀色の瞳は、寒気を覚えるほどきれいだ。けれど、不気味にも感じてしまう。それはなぜなのか。アリーセはバーデの巻き毛をいじくりながら考える。

——どうしてこんなに不安なのかしら。いま、とても楽しいけれど……怖い。

「アリーセさまは運命を信じますか？」

「運命？　よくわからないわ。知ってみたいとは思うけれど」

「ぼくが見つけたものは運命ともいえるものです。あなたの運命も見つけて差し上げると言ったらどうしますか？　いまの自分の殻《から》を破り、前に進んでみたいと思いませんか？」

アリーセはうつむいた。運命を手に入れられるからといって、事を起こす気概はない。つらい現状から逃げ出したいと思っていながら、現状が変わってほしいとは思えないのだ。変化を恐れているし、日常がこれ以上壊れないでほしいと願っている。

「あなたは怖がりでいくじなしで、前へ進みたくても言い訳を作って進むことができない、足踏みを好む方です。けれど、ぼくはその姿はとてもいいと思います。人は悩む生き物ですから。……ぼくが王弟派だと知って、あなたのなかで恐れが生じていますか？」

たしかに、と思った。彼に不安や怖さを感じてしまうのは、王弟派だからかもしれない。

「……シュテファンは、王弟に傾倒していたから殺されたのでしょう？」

「そうですね。ですが、第四王子は極めて愚かだから殺されたのです。死んで当然の人間です。ところで、あなたの目から見て、王弟派は風前の灯に見えるのでしょうか。ぼくからすれば、焦って王弟派を処刑しなければならない王のほうこそ風前の灯に見えますが」

アリーセの耳に彼の唇が近づいた。吹きかかる息がなまめかしくて、胸が異様に高鳴る。

「ぼくを選んでください」

突然の脈絡のない言葉に、まつげを跳ね上げると、彼は言う。

「母君と弟君に従って生きていても、いまの苦しみは果てなく続くだけです。この先いくら待っても、事態が好転することはありません。それとも、他人のような父親と、あなたを顧みない母親と、自己顕示欲の強い弟と未来をともにしますか？　それこそ人生の無駄遣いですし、命を短くする行為です。アリーセさま、どうかぼくを選んでください」

「……どうして選べだなんて言うの？　あなたとは出会ったばかりだわ。もしもわたしが絶世の美女だとしたら理由がわかるけれど。わたしはなんの特徴もないし、特技もない。平凡だし、うじうじしている取るに足らない娘だわ。価値はないのに。どうして？」

「どうしてなどと。いけませんか？　そのあたりはぼくの自由意志を尊重していただきたい。アリーセさま、あなたほど慈悲深い方をぼくは知りません。この地獄のなかで弱者のバーデにどれほどの者が手を差し伸べられるでしょう。多くは素通り、もしくは見て見ぬ振りです。ぼくも、あなたがバーデを飼わなければ、彼に目を留めることはなかった。あなたの慈悲がぼくを動かしたのです。これは、あなたの問いの答えになっていますか？」

彼が纏う空気が変わっているような気がした。怒らせてしまったのだろうか。アリーセはそわそわと落ち着かなくなった。恐れと不安で声も震える。

「ごめんなさい。わたしは……どうしても、人を信じられないの。みんなが怖いわ。あなたのことを信じたい。けれど……。わたしは毒を盛られたことがあって……じつは、背中と腕にひどい火傷の痕があるの。本当は、毎日あなたに会いたいと思う。でも……怖い」

ぼたぼたと、バーデの小さな頭に涙が落ちる。バーデはぷる、と身体を震わせた。

「あなたが他人を怖がっていることは知っています。無理もない、王子や王女に長くいじめられているのですから。彼らに手酷く騙されてきたことも、母君や弟君に搾取されていることもわかっています。ですが、ぼくは毎日会ってほしいと頼むしかありません。あなたがぼくを信じられるように提案しています。そうでもしないとあなたはぼくのことを知ろうとしないでしょう。どうか、きっかけをください」

アリーセの濡れた左の頬は、バーデがぺろぺろ舐めている。右の目は、ルトヘルの布がやさしく当たる。それでも溢れる涙に追いつかず、あごからしずくが滴《したた》った。

「ぼくにはある計画があります。この国に留まっていても意味はない。そう感じています。

そもそもぼくのような男が終生飾りでいられるとは思いません。いまはよくても人は必ず歳を取ります。飾りは不要になれば無用の長物。飽きれば新たなものに取り替えられる。ですが、終わりを見据えて過ごすなどばかばかしい。なのでぼくは近々この国を出ます」

国を出るのは不可能だと思った。この国は、人の出入りを極限まで制限している。

エルメンライヒの城と町は、古くは城郭都市だったため、頑丈な高い城壁に囲まれ、外敵はもちろん、内部の者も容易に出入りはできない。アリーセたちのいる庭園からも白亜の壁を臨むことができるが、外に出たいと思っていながらも近づきたいと思わなかった。それは、壁を越えようとした者たちの死体が槍に串刺しにされ、見せしめとして無惨に掲げられているからだ。王は、禁忌を犯す者に容赦はしない。

「……この国を出る？　無理よ。ありえないわ」

ルトヘルはアリーセの両目を拭いながら、「出られますよ」と励ますように言う。

「ぼくはあなたを連れて行きます。ですから毎日ぼくに会い、ぼくを信じる努力をしてください。互いに信じていないと、あなたを守りきれませんから。ね、アリーセさま」

「その言い方は、まるで断る選択肢がないみたいだわ」

「はい。断られてもしつこく説得します。断るおつもりですか？」

アリーセは首を横に振る。振った直後も、後悔はなかった。うじうじしているだめな自分に辛抱強く言い聞かせてくれた彼を信じたかった。

「断らないわ。……できれば、あなたとともに国を出てみたいと思うから」

「できればではなく、出るのです。アリーセさま、決断をありがとうございます。では、あなたの気が変わらないうちに、ぼくたちはいまから身体を繋げて契約しましょう」

――え……？

最初、なにを言われたのかわからなかった。彼の言葉を頭のなかで反芻《はんすう》してみて、冗談だと思った。けれど、穏やかな表情の彼は冗談を言っているようには見えない。

「身体を繋げる……。あの……それは、その…………性交するの？」

「はい、ぼくたちは性交します。あなたは約束するには傷つきすぎていますから、揺るぎない契約が必要でしょう。また、ぼくは計画を練り、命をかけて実行する以上、気分の変化で急に反故《ほご》にされてはたまりません。ぼくたちには消えることのない誓約が必要です」

彼の言葉に血が駆けめぐり、アリーセの肌はこれ以上赤くなれないほどに赤くなる。

「ま……、待って……。そんな。あの、わたしには、考える時間が……」

「時間は与えません。あなたは逃げるでしょう？　そして、深く迷ってしまいます。その迷いが建設的なものならばいくらでも待ちますが、あなたの場合はそうではありません。あなたは恐怖に支配されています。母君や弟君に逆らえないようにできています。ですから、彼らの目のないいま決断してください。理由を説明しますから、聞いてください」

アリーセは、これが現実だとは思えず、混乱しながらも頷いた。

「ぼくは、性交による誓約は最善だと思っています。ぼくがあなたを抱けばあなたに対して責任が生じますし、あなたはぼくに抱かれることによって、ぼくの身体の一部になります。つまり、ぼくたちは誰にも侵すことができない絆で結ばれるということです。精神的にも肉体的にも支えがあることは、あなたの力になるでしょう。ぼくたちは決して互いを裏切らない。身体を差し出しあい、互いの存在を刻みつけ、信じるために交わります」

彼の語る言葉は、それ以上の誓約がないかのようにアリーセの心に染みていた。誰にも侵すことができない絆がほしい。決して裏切らない人が側にいてほしい。信じたいし、信じてほしい。彼の声が心の奥に響くのは、弟のこともあって、いまどん底を味わっているせいもあるだろう。けれど、間違いなく彼に惹かれている。

それに、ルトヘルが言う性交と、亡くなったシュテファンがしようとした性交は、結果的には同じ行為でも、アリーセのなかでは大きく意味が違っていた。シュテファンが欲望まみれであるのに対し、ルトヘルからは真心が強く感じられる。

アリーセは頷きかけていたが、隠しておけない秘密がある。たとえ彼が心変わりをしたとしても、勇気を出して伝えなければと思った。けれど、打ち明けるのはやはり怖い。

「あの……、ルトヘルさま。わたしは……」

「アリーセさま。その呼び方はやめてください。ぼくのことはルトヘルと」

彼からは断固とした拒絶を感じる。そのため、口ごもりながら言い直した。

「……ルトヘルさん。わたしは、その、傷物なの。さっきも言ったように背中と腕に火傷の痕があるわ。醜い傷よ。とても見るに堪えないの。お母さまに目を逸らされるほどひどくて……。火傷は弟にも秘密にしているの。男の人は、傷物の女性は嫌でしょう？」

「アリーセさま」と、彼に手を握られて、もうひとつの手で甲を撫でられる。

「火傷ごときであなたの価値が損なわれることはありません。たとえあなたの顔が焼け爛《ただ》れていても、眼球が抉れていても、あなたはあなたです。ぼくはあなただから選びました。嫁ぐことが使命とされる王女のあなたが傷をひとりで抱えているのはつらかったでしょう。その苦しみはぼくも背負います。……それに、ぼくは、当時のことを知っています」

アリーセが「え」と鼻先を上げれば、覗きこんだルトヘルが目線の高さを合わせてきた。

「あれは四年前ですから、あなたが十二歳の時です。あなたは王子や王女にひどくいじめられ、いまは亡きハーゲン王子に火をつけられました。火傷はそれが原因です。水をかけたのはぼくです。燃えるあなたを抱えて池に飛びこみました。当時、何度もあなたを見舞ったのですが、一度も会うことは叶いませんでした」

アリーセは、目を潤ませながら声を震わせた。

「あなたが……わたしを助けてくれたの？　目が覚めた時、寝台にいて不思議だったの。ごめんなさい。お母さまがあなたを手酷く追い払ったのでしょう？　ごめんなさい」

彼はふたたび布を取り出して、アリーセの濡れた目もとを拭う。

「アリーセさま、間違えていますよ。ごめんなさいではなく、いまの場合はありがとうではないですか？　ぼくは謝ってほしいなどと思っていません。感謝してほしいとも思っていませんが、まだ感謝のほうがいい。今後、謝罪は控えてください」

頷くと、彼の瞳がすうっと細まった。笑っている。

「……ありがとう。わたしは、あなたを信じるわ。……従いたい。そう、思ったの」

差し出された形のいい大きな手。アリーセが手を重ねると、力強く握られた。


銀色の髪に白磁の肌。そして優美な佇まい。彼は、背は高いが中性的でもある人だ。きらきらと風に髪が吹かれるさまや、欠点のない整った横顔を見ていると、アリーセは身体がこわばり、どうしようもなくなった。これからこの夢のような人と性交するのだ。

うつむくと、みすぼらしい靴とドレスの裾が視界に入る。いずれもアリーセにとっては一張羅《いっちょうら》だけれど、彼と並べば見劣りしてひどいありさまだ。ここまで釣り合わないふたりは、きっと世界中を探してもどこにもいないだろう。そう思った瞬間、臆病風に吹かれる。

すっかり萎縮したアリーセは、彼はさぞすばらしい部屋の住人に違いないと考えて、尻込みしていたが、いざ、案内された彼の部屋を見て意外だと思った。

先代王の息子にしては殺風景で寒々しい。寝台と机と椅子が置かれているだけで、あとは本がぎっしりとつまった大きな本棚があるだけだ。住むための部屋というよりも、本のための部屋に見える。人の気配がまるでない部屋を見るのははじめてのことだった。

けれど、その質素なさまは、アリーセをほのかに安心させていた。

「…………あの、ここにはどのくらい住んでいるの？」

「十六年ほどです」

想像よりも長く住んでいて驚いた。人はここまで生活感を消せるものだろうか。

しかし、アリーセは彼の境遇に思い至って納得した。彼は国の飾りとして生かされている人だ。だからこそ、本人は飾りを必要としないのだろう。

「あなたはこの国を出る計画があると言ったわ。だからあまり物を置いていないの？」

「そうですね。家財を処分して二年になります。けれど、ここ以外の部屋には、あえて残しています。すべてを捨ててしまえば、計画が露呈しかねません」

相づちを打ちながら彼の視線を追いかけると、寝台に行き着いた。とたん、性交を強く意識する。アリーセの胸は、壊れるくらいに早鐘を打ち出した。

「その顔、怖いですか？　いまのあなたはまるでけものに狙われたうさぎのようです。ですが、無理もありません。誰でもはじめて挑むことは怖く、緊張するものです」

ふいに、彼に手を包まれる。大きな手はあたたかい。

「アリーセさま、ぼくたちにとって性交はそう悪いものではないと思います。厳冬において動物たちは、寒さをしのぐために身を寄せ、温めあうでしょう？　彼らは互いを励ましながら春を待ちわびます。考え方としては同じことです。気負わず、ただこの地獄にひとりではないと実感するために、ぼくと身を寄せあう。そう思ってください」

「やさしいのね。あなたは、先ほどからずっとわたしを励ましてくれているわ」

「あなたはひとりではないとお伝えしたいだけです。じつのところぼくも緊張しています。性交は男が主導しなければなりませんから。『すべては殿方にお任せしなさい』と聞いたことはありませんか？　とんだ精神的重圧です。正直、手も足も震えてしまいそうですが、虚勢をはってごまかしています。どうか、失敗しても大目に見てください」

　彼が顔を突き合わせてくるので、アリーセは笑ってしまう。すると彼も微笑んだ。

「……そうよね、主導するほうが緊張するに決まっているのに。わたしってだめね」

「ぼくはあなたがはじめての相手ですよ。貞操を捧げます」

　こんなにも美しい人が、そんなことがありえるのだろうか。しかし、嘘でも嬉しい。

「……この場合は、つつしんでお受けしますと言えばいいの？」

　整った顔がくしゃりとゆがみ、彼は肩を震わせる。彼がいくつなのかはまだ知らないけれど、案外若いような気がした。

「手探りではじめましょう。緊張を覚えたら、ぼくはあなた以上に緊張していると思ってください。格好悪いと思いますが、見逃してくださいね」

「わたしも、……あなた以上にとても格好悪いと思うけれど、どうか、見逃してね」

　銀色の瞳と見つめあう。手は、会話の途中で指のひとつひとつが絡まって、十指が繋がりあっている。

　アリーセは、性交はこの延長なのではないかと考えた。だとしたら素敵な時間を過ごせるかもしれない。それを思えば、身体を支配していたこわばりが消えてゆく。

「ところでアリーセさま、ドレスを脱いでください。性交の前に採寸しましょう」

「……採寸？　どうして？」

「あなたの母君を宝石商のもとで見ました。国から支給されたあなたの資金は、すべて使い果たされてしまったのでは？　建国記念の式典のドレスはぼくが用意します」

アリーセはすぐに首を振り「いいの」と遠慮した。

「ドレスはいらないわ。わたしには似合わないもの。宝の持ち腐れになってしまうから」

「自虐がお好きなのですね。ですが、ぼくは着飾ったあなたを見たいのです。あなたのためではなく、ぼくのためにお願いします。十六歳の祝いの品とでも思っていただければ」

「それは嬉しいけれど、でも……とても高いから。職人も雇う必要があるし、それに」

「その辺りは気にしないでください。あなたのためにぼくの資産を使うのは道理に適っています。今日をもって、あなたはぼくのものになるのですから」

顔を紅潮させながら緑の目をまるくしていると、彼が覗きこんでくる。

「アリーセさま、ぼくにとって性交の意味は非常に重いのです。行為をすれば、あなたは身ごもる可能性があります。ぼくは国に婚姻も子作りも禁じられていますから、国を出る前提でなければあなたを抱けません。結ばれた瞬間から、ぼくはあなたを自分のものとします。自分のために資産を使うのは当然ではないですか？」

アリーセはあまりのことに放心しそうになる。けれど、彼が淡々と「採寸しますので脱いでください」とふたたび言うものだから、すぐに我に返った。

「そうね、性交は……身ごもるかもしれないのだわ。それに思いが及ばなかったなんて」

「あなたとの子どもは愛らしいと思います。会えるなら、これほど幸せなことはない」

ごくりと唾をのんだアリーセは、ケープを外して椅子にかけた。ちらりとルトヘルを窺うと、頷きが返されて、その真摯な表情に、すべてを晒す覚悟を決めた。

胸のりぼんをこわごわ解けば、背後にあるボタンは、言わなくても彼が手伝ってくれた。衣ずれの音とともに背中に風を感じて、肌が露わになっているのだとわかる。火傷の痕が、彼の目に確実に晒されている。

アリーセは、四年前にこの火傷を負ってから、傷は確認していなかった。一度見ればじゅうぶんだった。右側の二の腕や、肩から腰にかけて皮膚がひきつれ、醜く爛れていた。ひどい状態だと知っている。彼の反応が怖くて目を閉じていると、やさしいぬくもりを感じてまつげを上げた。彼がアリーセの下着を解き、火傷の部分にくちづけしているのだ。

「ルトヘルさん……、そんな」

「ぼくのことはルトヘルでいいですよ。触れていますが、どうか許してください」

ぎこちなく頷いたアリーセは、もう一度しっかり頷いた。

アリーセはドレスと下着が落ちないように胸を押さえていたが、彼に手を外されて、生地は肌をすべってすとんと落ちる。たちまち一糸纏わぬ姿になった。

とてつもなく心もとなくなっても嫌ではなかった。彼の火傷へのくちづけは終わらない。動くに動けず、静まり返る室内で、自身の鼓動だけがばくばくとうるさく音を立てていた。

目のやり場に困り果て、所在なく明かり取りを見つめる。光のすじが差しこんでいた。

「アリーセさま、火傷はずいぶん治っています。ぼくは気になりませんよ」

アリーセはうつろに頷いた。彼は四年前に助けてくれたのだから、ひどい状態を知っているのは当然だ。けれど、違和感を覚える。母は第五王子である弟ならまだしも、アリーセの火傷を治すために手を尽くすだろうか。そうは思えない。なにより医術師を呼ぶには大金が必要だ。母はお金があるなら、その分ドレスや宝石を仕立てたはずだ。

「……もしかして、あなたはわたしを助けただけではなく、手当てもしてくれたのではないの？　お母さまはわたしを治療しなかったはずだわ。わたしには、わかるの……」

「ええ、火急でしたので処置しました。このぼくの部屋には幸いたくさんの本があり、医術が発展した国、バルヴィーンの書物を参考にしたので、下手な医術師よりも腕はよかったかもしれません。この国は、バルヴィーンよりも十年は後《おく》れをとっていますから」

思わずアリーセは振り向いて、彼を仰いだ。顔を合わせても、すぐに言葉は出てこない。虐げられていたアリーセは、言葉にして発するのが苦手だ。

口をまごつかせていると、ルトヘルの手が伸びてきて、頬を撫でられる。

「あなたにお話しするのは酷だと思い、黙っていましたが……。母君のアン＝ソフィーさまは、当初あなたの治療を拒んでいました。ですからぼくは彼女にお金を渡してあなたを生かしてほしいと頼んだのですが、結局、それはすべて彼女の装飾品に消えてしまいました。けれど、あなたは生きています。その結末がぼくにはなによりも重要です」

「……やっぱりそうなのね。お母さまは、……そうなのね」

「アリーセさま。ぼくは処置というきっかけを作りましたが、生き延びたのはあなたの力です。あなたは見事に回復しました。強い方です。ですからこの先、火傷の痕を卑下することはありません。身体の一部としていたわってください。あなた自身が戦った証なのだということを忘れてはいけません。ぼくは、あなたが生きていて嬉しいです」

まさかそのように言ってもらえるとは思っておらず、アリーセはきゅっと唇を引き結ぶ。母は娘が傷物だと王に知られることを、極度に恐れていたというのに、この人は……。

目を閉じると、はらはらと頬に涙が落ちてゆく。

アリーセは、普段あまり泣くことはない。いじめられても、ぐっとこらえて我慢する。理不尽な目にあったとしても、すべてをあきらめているからか涙はこぼれなかった。

けれど、二度しか会っていないのに、ルトヘルの前ではなぜかはわからないけれど、泣いてしまっている。そんなアリーセの頬を、彼はまた、布で拭ってくれた。

アリーセは、彼が好きだと思った。きっと、これからもっと好きになってゆくだろう。


美しい顔が、いまにも触れそうなほど近くにあった。吐息がじかに感じられる。

アリーセが吐き気を催すほどの緊張を覚えていると、ルトヘルは自身も緊張しているようなことを言う。だがその表情は歯がゆくなるほど涼しげだ。先ほども手際よく、淡々とアリーセの身体の採寸をやってのけた。アリーセは、彼の衣ずれの音にびくびくしたたし、手は汗ばみ、がたがたとひざを震わせていたというのに。

「あなたは、まったく緊張して見えないわ」

「そうですか？　とても緊張していますよ」

「あなたは服を着ているけれど……その……わたしは」

そわそわと窓に目をやった。時刻は真昼ぐらいだろう。誰かが覗けば見られてしまう。

「服はぼくも後で脱ぎますから、まずはこちらを飲んでください」

アリーセは小さな包みを渡されて、「……これは？」と覗きこむ。

「医術師が使う薬ですよ。破瓜は痛いと聞きますから一応飲んでください」

「ルトヘルさんも飲むの？」

「いいえ。はじめての性交で痛みを伴うのは女性だけです。この薬は医術師が裂傷の縫合の時などに患者の痛みを軽減させるために用いるのですが、患者はこの薬を服用すると、痛みが軽減するばかりか、おおらかな気持ちとなり、恐怖を感じにくくなります」

「いま、わたしはとても緊張しているわ。わたしのような臆病者にこそ効果があるのね」

「量は調整しています。多少は眠くなりますが身体に害はありません。飲んでください」

頷いたアリーセが包みを口に含むと、恐ろしく苦い味が広がった。顔をしかめたアリーセに、ルトヘルは水が入った杯をくれた。飲み終えれば取り上げられて、彼が側机に杯を置く。その隣には革張りの本が置かれていて、書かれてある文字に目が留まった。

「……これは、ヒルヴェラ国の本なのかしら」

母の国を告げると、彼は首を横に振る。それは彼の母の生国、コーレインの本だという。

「ヒルヴェラもコーレインももとはひとつの国ですからね。発音に少し違いはありますが、単語は似ているものが多いです。アリーセさまはヒルヴェラの文字が読めるのですか？」

「ほんの少しだけなら読めるわ。その本は、えっと……………兵法の本？」

かつてアリーセは、資金がない母が荒れるのを見かねて、ヒルヴェラ国に援助を求めて手紙をいくつもしたためた。独学だったが、その時のなごりがいまだに残っている。

〈文字は読めても、言葉の聞き取りはどうでしょうか。私と話せますか？〉

突然異国の言葉で話しかけられ、目をしばたたかせたアリーセは、困惑しながら言う。

「それは、コーレインの言葉なの？」

「ええ。コーレインの言葉だとわかるのならば、聞き取りは可能ですね。話せますか？」

〈…………えっ、と……。きこえる、はな、せる。とても……じしんは、ない〉

必死に頭を働かせ、言葉を探りながら口にすると、ルトヘルの唇の端が上がった。

〈たどたどしくてかわいらしいです。まるで二歳の幼子ですね。ねえ、アリーセ。これから、ふたりの時はこの言語を使いましょう。練習すれば上達しますから。ね？〉

アリーセはかっと頬を赤らめる。首も振って「嫌よ」と拒否をした。

〈たんご、すこし……たくさん、わからない。……とても、……とてもむず、かしい〉

そこからは、どう言い表していいかわからなくて、自国の言葉で説明する。

「抑揚のつけ方もまったくわからないの。わたしには無理よ。話せないわ」

〈私が訛《なま》りを正しますし、単語も教えます。ですから、この言葉に慣れてください〉

アリーセが「あの……」と言いかけた言葉を引っこめたのは、自身の上衣に手をかけたルトヘルが、こちらを見つめたまま、ゆっくりと素肌を露わにしているからだ。

彼は服を纏った姿は細身だけれど、脱げばしっかりと筋肉がついており、鍛えているのがわかる。顔や手と同じく肌の色は乳白色で、整った顔と肢体は、銀色の髪も合わさって耽美な雰囲気だ。宗教画で見た神の化身を思わせる。

「あなたって、ハーゲンベックが描いた絵画のようだわ。はじめてあなたを見た時からずっと思っていたの。ハーゲンベックの絵は、黒を基調に幻想的な白皙の肌が特徴で」

〈アリーセ、ヒルヴェラの言葉を使ってください。あなたは国を出る練習をしなければ〉

声をつまらせたアリーセは、そわそわと目を泳がせた。

〈……でも……ヒルヴェラ、の、ことば、つかう〉

彼は下衣を脱ごうとしていたが、途中で手を止め、代わりにアリーセの腰に腕を回した。彼の肌に自身の胸がつきそうで、アリーセはむずむずと背すじを駆け上がるものを感じる。裸の彼を見るのは恥ずかしい。自分の裸を見るのも恥ずかしい。目のやり場がなくてまつげを伏せれば、あごに手を添えられて持ち上げられる。銀色の瞳と目があった。

〈接吻してもいいですか〉

そう問われ、おろおろと戸惑うアリーセがこくんと頷くと、彼の整った顔が恐ろしいほど近くにきた。彼の顔を認識できないほどめいっぱいまで近づけば、ふに、とやわらかな唇が押し当たる。頭のなかがざわついて大変だ。これが、接吻なのだとアリーセは思った。

無理やり口をつけてきたシュテファンとは、天と地ほどの差があった。

　ばくばくと鼓動を響かせながら目をまんまるにしていると、ルトヘルは小さく笑った。

〈アリーセ、接吻の時は目を閉じてください。あまり見つめられると恥ずかしいです〉

　彼に従うと、〈息は鼻で。そう〉と教わりながら、三回、唇どうしがくっついた。

〈……私からすれば、あなたこそ絵画のようです。美しいアリーセ、寝台に座って〉

　言われるがまま、寝台に足を揃えて座れば、髪飾りを取られ、金茶色の長い髪が肩に滑り落ちてゆく。高鳴る鼓動を抑えるのに苦心していると、彼にそっと横にさせられた。

　心臓の動きに合わせて胸が小刻みに揺れている。少し落ち着く時間がほしかった。けれど彼はアリーセに顔を近づけて、唇にそっとくちづけた。

〈様子を見ながら進めます。怖かったらすぐに言ってください〉

　彼に肌をすり合わされ、じかに熱が伝わった。アリーセは、思わず深い吐息をこぼす。熱も重みもすべらかな感触もなにもかもが心地いい。

　ぎゅっと彼が抱きしめてくれたから、アリーセも彼の背中に手を回す。身体が隙間なくぴたりとくっついて、充足感が広がった。ひとりではないと強く思える。

〈気持ちがいいですね。つねにこうして重なっていたくなります。あなたは？〉

〈きもち、いい。……とても〉と伝えると、まなじりから涙が伝う。悲しいからではなく、嫌だからでもない。感極まっているのだ。彼は、その涙を唇で吸い取った。

〈涙のわけは察しがつきます。少し、性交のまねをして動いてみますね〉

彼がゆっくりと身体を揺らめかせると、アリーセの胸は硬い胸板にこすられた。なまめかしく肌が這うたびに、甘やかな刺激が走る。羞恥よりも心地よさが勝っていて、裸でいることも忘れてしまいそうだ。湧き上がる感情を、どう表していいのかわからなかった。

唇と唇がまた合わさった。細かく何度もついばみあえば、胸がきゅっと締めつけられる。苦しいけれど、嬉しくて、泣きたくて、笑顔になる。

〈アリーセ、気持ちがいいところはありますか？　触れてほしいところは？〉

薬を飲めばおおらかな気持ちになるのは本当らしい。普段ならできないこともたやすくできる。アリーセは、〈むね〉と小声で伝えた。彼の肌にこすられて気持ちがよかった。

アリーセの両手にそれぞれ大きな手が重ねられた。指のすべてを絡ませながら、彼は胸の突起にくちづける。こそばゆいようなせつないような、不思議なうずきがじわじわ迫る。

ルトヘルは乳首に丁寧なキスをした後、舌先でぺろりと舐めた。それが気持ちよくて、もっと強い刺激がほしいと思ったけれど、次第に眠気が襲ってきた。

アリーセは、「ルトヘルさん」とつぶやいて、しばしばする目をこすった。

「あの……わたし……」、"眠り"と表すヒルヴェラの単語がわからなくて……「眠いの」

ずぶずぶと沈みこむような眠気は、抗えそうもなかった。アリーセは、寝てはいけないと思いつつも、朦朧としながら「ごめんなさい」と口にする。

「わたしはなんて、失礼なのかしら……。あなたの居室に、……招いてもらったのに」

「謝るのはぼくのほうです。眠いのはぼくのせいなのですから、眠ってください。あとの

ことはぼくに任せて。……アリーセさま、頷いてください」

言われるがまま、アリーセは頷いた。しかし、彼の言葉を理解できないままでいた。

＊　＊　＊

規則正しい呼吸の音は眠りが深い証だ。目を閉じているアリーセは、部屋の片隅で積み上げられている本がくずれてもびくともしなかった。窓から落ちる光が顔に当たって眩しいだろうに、まつげすら動かさない。ルトヘルが、陽を避けて彼女の身体をずらしても、起きようとはしなかった。

金茶色の豊かな長い髪に、少しだらしなく開いた唇、上下をくり返すふくらむ胸。アリーセを隅々まで見つめていたルトヘルは、自身の下腹部に視線をすべらせる。下衣の前が高く押し上げられているのは、昂っているせいだ。

先ほどまで涼やかだった銀色の瞳は、情欲をはらんでぎらついていた。彼はアリーセの身体の両側に手をついて、自身の顔を流れるように下ろしていった。

口を開けてかぶりついたのは、先刻までやさしく愛撫していた薄桃色の胸先だ。彼は人が変わったかのように、形がくずれるほど荒々しくむさぼった。吸って、噛みつき、いじめ抜く。小粒の突起は翻弄《ほんろう》されて、悲鳴をあげているかのように赤くなる。もう片方の乳首は、つまんでねじり、引っ掻いた。彼女の身体は、いとも素直に彼の刺激に呼応する。

熟れた尖りを食みながら、彼女の秘部に手を差し入れれば、ぐずぐずに濡れていた。

細い脚をつかんで左右に大きく開かせ、ぬらぬらと照る秘部にべたりとくちづける。潤んだあわいを舌でなぞりあげ、秘められた突起を指でいじり、皮を剥《む》く。徹底的に扱《しご》けば彼女は身体を痙攣《けいれん》させて、あえなく果てた。しかし彼は、一度だけでは許さずに、三度果てるまで離さなかった。溢れた液は淫靡《いんび》な音を立てながら、あまさず彼が飲み干した。

彼が下衣をくつろげれば、ふくらみきった性器が跳ね上がる。先からは、とろりとしずくが滴って、添えた彼の手に落ちた。

〈アリーセ、たくさん愛しあいましょうね〉

ルトヘルは、ひくひくとうごめく彼女の秘部に自身の性器をあてがい、なじませるようにすりつける。腰をぐっと押し進めれば、果てたばかりのアリーセは、悶《もだ》えて小さな叫び声をあげる。狭い膣は清楚なふりをしているが、ルトヘルを欲していたのか、飢えているかのようにもっともっとと淫らにうごめき、容赦なく締めつける。まぎれもなく、アリーセの剥き出しの欲望だ。この瞬間こそ、ルトヘルが最も好むものだった。

彼は童貞ではなかった。アリーセも純潔ではない。二年前、ふたりは同時に貞操を失った。そして、同じ数だけ経験を重ね続けている。

〈――は。アリーセ、そんなに待っていたのですか？　欲張らなくてもすべてあげます〉

身体を突っ切る快感をねじ伏せながらも、一旦性器が抜けるほどに腰を引いたルトヘルは、ふくらんだ先を膣の入り口にこすこすと引っ掛けながら出し入れし、彼女をさらに喘がせ、糸を引く猛《たけ》りをふたたび奥へとねじこんだ。狙ったところを軽く打ち、ぐりぐりと腰を回して奥を掻き、アリーセが焦れたようにもぞりとお尻を動かせば、力の限りに突き上げた。この独特な緩急のつけ方は、アリーセの身体を知りつくしているからだ。

それからは、一心不乱に腰を振り、寝台は壊れるほどにきしみを上げる。

部屋には荒い呼吸の音と甘い声、小さな悲鳴とすすり泣き、ぬちゃぬちゃとした水音が終始響き、時折けもののような呻き声も聞こえていた。行為は濃厚で、激しく、時間をかけて行われる。ルトヘルは、出すものがなくなるまでやめたりしない。窓から差しこんでいた強い光も、徐々に力を失っていった。

体位は何度も変わり、その間にアリーセは数え切れないほど果てていた。シーツは乱れに乱れて、身体はふたりの汗と混ざりあった体液でべったり濡れてどろどろだ。

しばらくしてようやく落ち着きを取り戻したルトヘルだったが、依然としてアリーセと繋がったままでいた。汗が滴り落ちるのも構わずに、ルトヘルは彼女の細い腰を抱えて、ゆっくり抽送をくり返す。銀色の髪は乱れて濡れそぼち、西日で赤く色づいていた。

ルトヘルは、深々と満足そうに、快楽に染まりきった息を吐く。

〈ねえアリーセ。私たちはようやく出会いました。あなたにとって印象深い出会いだったらいいのですが。目覚めているあなたはこの世を悲観しているようですね。けれど緑色の瞳は相変わらずきれいです。出会ったころと変わらない。……二度と、私を忘れないで〉

話の途中で、アリーセがひくひくと痙攣する。あごを高く持ち上げ、爪先をぴんと伸ばした。余裕なく喘ぐ彼女の口に、ルトヘルは自身の口をくっつける。舌を絡めていると、彼女が果てているのが自身の性器に直接伝わった。つられて彼も、射精感に見舞われる。

まぶたを閉じ、促されるままどくりと吐精した。彼は息をつき、汗に濡れた髪をかきあげ、気だるげに扉に目をやる。人の気配を感じたからだ。

ほどなくして、二度ノックの音が響くと、ルトヘルはたちまち不機嫌になり、ため息混じりに「去れ」と言った。

「そう言わないでくれ。俺だ。さっきも訪ねたが、盛《さか》ってるようだから遠慮して出直した。しかし、まだ終わっていないとは……。ちょっとだけ俺に時間をくれ。入っていいか？」

その低い声の主は、ルトヘルが雇っているオルフェオという名の暗殺者だ。

「入るな。要件はそこで言え」

「ええ……ここ？　なんだよそれ、女を優先するなんてはじめてだな。とうとう本気の女が現れたか？　美形のあんたに女――興味あるな。もちろん美女だろ？　見せてくれ」

「妻をおまえに見せる気はない。話さないなら邪魔だ。去れ」

「妻？　え？　あんた妻がいたのか？」

ルトヘルは、ぐずぐずに蕩けた接合部を見てから、執拗な愛撫で開花した裸身を眺める。初々しくも、においたつような色気が放たれている。まだ快楽のなかにあるのか、彼女は気持ちよさそうに身をよじる。

吐精した直後にもかかわらずすぐに昂った。たまらず、ぷくりとした唇にしゃぶりつく。

「妻か……。あんたもひどい男だな。妻がいるくせに、あんなにたくさん女作ってよ」

アリーセの唇から口を離すと銀糸が伝う。ややあってそれは、ぷつんと切れた。

「オルフェオ、いつまでいる気だ」

「おっと、いけねえ。あんたが俺を驚かせるから目的を忘れちまうところだった。で、要件は、雲隠れしていたラムブレヒトの居場所がわかった。どうする？　殺しか監視か」

「殺せ。だが、ラムブレヒトは護衛を相当雇っていると聞く」

「相当？　めんどくせえなあ……。護衛から片づけるしかなさそうだ。終えるまで俺は消えるぜ。……しかしあんた、ほんと得体が知れねえな。詮索《せんさく》はしないがよ」

ルトヘルは男の声が消え去ると、なにもなかったかのように、ふたたび彼女に楔《くさび》を穿《うが》つ。ほどなくして、切羽詰まったアリーセが、甘やかに高く鳴き始めた。

陽を遮るためだけの飾り気のないカーテンに、冴えない土色の絨毯。簡素な机と椅子、壁を埋める本棚。ルトヘルの部屋はそれだけで構成されている。以前の居室は、母が先代王の寵愛を受けていたこともあり、豪華絢爛《けんらん》なものだった。だが、自身をみすぼらしいと思いこんでいるアリーセを萎縮させないために、二年前、贅《ぜい》を尽くした家具や装飾物を一切排除した。そして今日、ようやく彼女を招くことができたのだ。

〈アリーセ、この部屋はどうですか。あなたにとって居心地が悪くないといいのですが〉

アリーセの乱れた髪を直しながら、ルトヘルは彼女の頬にくちづける。そして、自身の子種をたっぷり注いだ小さなおなかをゆっくり撫でた。とろみのある濁った液が秘部から溢れてこぼれたが、すでにぐっしょり濡れたシーツは、見た目はなにも変わらない。

〈目覚めているあなたと早く交わりたい。どのような気分になるのでしょう。けれど、あなたが私を愛してくれるまで待ちます。その間、眠るあなたとの営みはいつもどおりさせてくださいね。この地獄のような世界であなたを抱く時だけは、私は息ができるのです〉

彼は長い指を膣に入れ、ぐちゅ、ぐちゅ、となかのものをかき出すように出し入れし、吐いた精を片づける。途中、快楽を期待してか、アリーセが甘えた声で誘うが、彼はふたたび行為はしなかった。そのつど余力を残さないため、限界に達しているのだ。

ルトヘルが銀色の目を細め、心の底から嬉しそうな笑顔を見せたのは、アリーセが眠りながらも、ぴたりと身体をすりよせてきた時だ。それは、かつての彼女の片鱗《くせ》だからだ。さみしがりやで甘えん坊な女の子。

〈アリ、いいこだね。きみがせがんだとおり、ぼくたちは夫婦だよ。嬉しい？〉

彼はアリーセの頭のてっぺんにキスをしながら目を閉じた。すると、当時の彼女が脳裏に浮かぶ。抱きしめれば猫のように頬ずりされて、彼は、より一層腕に力をこめた。

＊　＊　＊

寝ぼけまなこのアリーセは、またあれがきたと思った。腰の奥に熱がこもっているようなじくじくしたうずきと、のぼせたような倦怠感が身体をむしばんでいる。そんな時は、だるくて頭が働かないからなにもせずに横になり、しばらくゆっくり過ごすようにしている。

身じろぎすると、ふんわりと不思議な香りが鼻に届く。寝返りを打ち、香りに浸っていると、寝台が自分のものではないような気がしてきて、まつげをもったり持ち上げる。

「目が覚めましたね」

アリーセは、出し抜けにかけられた声に驚いた。ルトヘルだ。彼は上質なレースが施された白いシャツに黒い上衣を着こなして、椅子に座って本を読んでいたようだ。目をまるくしていると、彼はおもむろに立ち上がり、寝台に腰かける。

「よく眠っていたので起こさずにいたのですが、体調はどうですか？」

どきどきと高鳴る鼓動に邪魔されながらも、アリーセは、毛布のなかの自分がなにも着ていないことに気がついて、わけを考える。窓の外は真っ暗だ。陽は沈んでいるようだ。

「体調は……あの、わたし……」とつぶやけば、靄《もや》がかかった思考が次第にはっきりしてきて、性交の最中、眠気に抗えなかったことを思い出す。

「どうしよう……ごめんなさい。わたし、眠ってしまったのね」

声は若干かすれていた。咳払いをすると、彼がすかさず水の杯を渡してくれる。

「いいえ、謝らないでください。ぼくが渡した薬の量が多すぎたのでしょう。けれど寝ていただいてもよかったので、お気になさらず。今日の本来の目的は接合ではありません。ぼくに慣れていただくことでした。あなたはもう、ぼくが怖くないでしょう？」

たしかに、なぜか怖さはまったくない。アリーセは水を飲みながら頷いた。

杯が空になると、彼はアリーセからそれをそっと取り上げ、側机にことりと置いた。簡単なしぐさでも、所作がきれいで見惚れてしまう。細部まで洗練された人だ。

「ところでぼくは今日、未婚のあなたに接吻し、身体にも触れました。ですから男として責任を取らせていただきたい。あなたはもう、ぼく以外には嫁げません。つまり、あなたをぼくのものだと思ってもいいでしょうか。ぜひ、そう思わせてください」

彼の声を聞きながら脳裏に蘇るのは、肌と肌を合わせた時のすべらかなぬくもりと、いたわるようなやさしい接吻だ。彼はアリーセを怖がらせないように、終始配慮してくれた。こんなに臆病で、うじうじしていて、無価値な自分に。

もう彼以外の人は考えられなかった。ともにいたいのは、彼しかいない。

アリーセは、神妙な顔つきでその場に座り直した。

「わたしは自らあなたのもとに来たわ。欠点ばかりのわたしをあなたは認めてくれた。嬉しかったし、信じられない。いまこうしていることが夢みたいで……。わたしは、あなたのものになれるのなら、ぜひなりたいと思っているの」

こんなに人と見つめあったことがあっただろうか。アリーセは、人を恐れるあまりに、目を逸らすくせがついていた。けれど、この銀色の瞳だけはずっと見つめていたかった。

「アリーセ。あなたをそう呼ばせてください」

手を引かれ、彼に抱きしめられて、唇が熱に包まれる。いままでにない強い接吻だ。

わずかに口が離れた隙に、彼の手で頭を引き寄せられ、さらに深くくちづけられる。

「ぼくたちは毎日こうして触れあって、互いを確かめあいましょう」

胸がぎゅっとせつなくなった。アリーセは、彼の背中に手を回す。

「ええ。あなたと触れあっていると、ひとりじゃないと思えるわ。こんな気持ち、はじめて」

「あなたはぼくのものですからひとりではありません。立場上、公表は叶いませんが、ふたりだけの誓いとしましょう。ともに城を出て、生涯離れず暮らすのです」

「そこまで言ってもらえるなんて……わたし」

布を取り出した彼が、そっと目を拭ってくれたから、泣いているのだと気がついた。

「……あなたの前では泣いてばかりだわ。わたしはこんなに泣き虫ではないはずなのに」

「これまで我慢して生きてきたのでしょう。よくがんばりましたね。アリーセ、ぼくの前では存分に感情を見せてください。あなたのすべてを受け止めます」

彼の言葉はやわらかく耳をくすぐり、アリーセの心に浸透する。素敵な人だ。

「わたしは幸せね。怖いくらい」

「あなたはさらに幸せになります。今日を祝ってふたりで祝杯をあげたいのですが、またの機会に。名残惜しいですが夜も深まっているので仕度をしましょう。居室へお送りします。あなたの母君や弟君に不審に思われては、うまくいく計画も台無しになりますから」

ルトヘルに促され、ドレスを身につけていく。けれど、その最中にも彼の顔が近づいて、唇が熱に包まれた。ふたりで抱きしめあうと、つねにつきまとう地獄の気配が薄くなるのを感じる。アリーセは、彼がいればなにがあっても生きていけそうだと思った。

三章

「笑っちゃったわ。アリーセのドレスったら信じられないくらいにみすぼらしいの」

「アリーセ？　それはどなたでしょう」

どぎつい花のにおいが充満している部屋だった。置かれている流行りの家具は、ひとつひとつが金で装飾された華美なもので、それはそのまま、目の前の娘の地位を示している。

招かれた青年は起毛生地の長椅子に腰かける。その彼にしゃなりしゃなりと妖艶に歩み寄り、ひざの上に座った黒い髪の娘は、満足そうに口の端を持ち上げた。

「あなた、アリーセを知らないのね？　それも仕方ないわ。あなたの視界には一生入らないような子ですもの。ねえルトヘル、この銀色の瞳に映るのはわたくしだけだと言って」

娘がルトヘルの唇に口を寄せると、彼は遮るように手を置いた。

「アウレリアさま、前もってお伝えしたはずですが。ぼくは未婚の方と接触する気はありません。用事があると聞いて伺ったのですが、ないのなら帰らせていただきます」

頬をふくらませたアウレリアは、だめ、とばかりに彼の首に腕を巻きつける。

「なによ、接吻もだめなの？　ユーリアとはしていたじゃない。わたくしは見たわ」

第五王女のアウレリアは、社交界では清楚だと評判だが、いまは薄い化粧着一枚しか纏っていない。身体の線は露わになっていて、もはや裸も同然だった。

「彼女は既婚者ですから。ぼくは未婚の方とは接吻しません」

「ひどいわ、あなたは他の人には甘い顔をしているのに、わたくしには冷たすぎるじゃない。知っているのよ、結婚したばかりのバッヘム夫人とは、婚姻前から接吻していたわ」

「ぼくは年上の女性が好きですから。あなたは十八歳、幼くて理想とかけ離れています」

「理想って、あなたはまだ二十歳だわ。わたくしとさほど変わらないじゃない」

そう言われ、側にあるクッションで叩かれたが、ルトヘルは軽々受け止める。

「あなたって鈍感？　それともわざと？　このわたくしの姿を見て熱くならないの？」

「ええ、少しも。アウレリアさま、ぼくとの触れあいをお望みでしたら既婚者になっていただかないと。王女の貞操を奪うほどぼくは考えなしではありません。退いてください」

アウレリアは拗ねたように「もう」と唇を尖らせる。

「あなたって意地悪。いつもすげない態度ばかり。……わたくし、もうじき結婚するわ。相手はスリフカ国のラドミル王子よ。あの方、王女のなかでもわたくしの絵姿が一番気に入っていたのですって。最近、スリフカ国の使者たちもわたくしを見に来たわ」

「ラドミル王子は次の式典で来国されるのでしたね。第三王女が選ばれるのだとばかり」

「あんなブスが選ばれるものですか。……ねえルトヘル。だからねわたくし、嫁ぐ前にあなたとの思い出がほしいの。ラドミル王子は三度目の結婚よ。彼にわたくしはもったいないわ。この身体が男性を知っていても文句は言えないはず。——ねえ、お願い。抱いて」

ルトヘルは、自身に絡みつくアウレリアの腕を外しながら言う。

「あなたはスリフカ国を甘く見すぎでは？　ラドミル王子は穏やかな方ですが、妻の貞操には大変きびしいと聞きます。彼の一度目の妃は、他の男と逢い引きをしたためその場で断罪されました。二度目の妃は純潔でなかったため、初夜に惨殺されたそうです」

アウレリアが「嘘でしょう？」と眉をひそめると、彼は彼女の鼻先に鼻を近づける。

「さあ、真偽はわかりませんが。……もしやあなたは純潔ではないのでは？」

「なにを言うの、そんなはずないじゃない。でも、純潔主義だなんて時代遅れよ」

「そうですね。ぼくも又聞きですので定かではないのですが。それはさておき、ぼくはスリフカ国の情報が知りたい。あなたが王子の妃となり、さまざまなことを教えてくださるのであれば、あなたの婚姻後、ぼくはあなたのものになります。あなたさえよければ」

「わたくしはスリフカ国へ行くのよ？　あなたはこの城から生涯出られないじゃない」

「ええ、出られません。ですが、あなたは出入りできます」

鼻を鳴らした彼女は、「ありえないわ、不可能よ」と肩をすくめた。

「他国へ嫁いだわたくしは外国人になるのよ？　この国は異国を排斥しているじゃない」

「虚弱なふりをなさっては？　幸いエルメンライヒには質のいい温泉も薬草もありますし、スリフカ国との関係も良好です。時折、療養のための帰国を許してもらえばいい」

ごく、と唾をのむ音が聞こえて、ルトヘルは笑みをたたえる。

「そのためにはラドミル王子の愛を勝ち取る必要がありますが。男という生き物は女性以上に愛に脆くできています。ひとたび愛を知れば、無条件で相手のために尽くしてしまう。あなたがいくら無理難題を告げても、すべてかわいいわがままとして叶えられます」

「本当かしら……。そういうあなたは愛を知っているの？」

「いいえ。いまだ運命の女性とは出会えていません。早く愛を知りたいのですが」

ルトヘルの肩に、アウレリアの頬がそっとのせられる。

「ねえ……。結婚すれば、本当にあなたはわたくしのものになる？　愛してくれる？」

「アウレリアさま、その言葉はラドミル王子を落としてから言ってください。早くしなければ王子の気が変わるかもしれません。なにせ、この国に王女は十二人もいますから」

顔をあげたアウレリアは、ふたたびルトヘルの首に腕を巻きつけた。

「ルトヘル、接吻して？　でないとわたくしはがんばれない。十年もあなたを想ってきたの。わたくしはどうしても美しいあなたがほしい。ねえお願い。いますぐに」

「仕方のない方ですね。一度だけですよ？」

ルトヘルが囁くように告げれば、アウレリアは思わせぶりに微笑んだ。

彼は冷ややかにそれを一瞥すると、ゆっくり顔を近づけた。

＊　＊　＊

「アリーセさま、おはようございます」

アリーセの朝は、四年前より侍女ダクマからのあいさつではじまる。

このところ、起きがけのアリーセがまず思うのはルトヘルのことだった。

ルトヘルとは毎日会うようになっていた。バーデの食事は彼の従者が用意してくれるので、パンを持ち寄ることはなくなった。ルトヘルやバーデとともに過ごすひとときは、アリーセにはかけがえのないものになっていた。

雨の日を苦手に思っていたアリーセだったが、彼と過ごす四阿での会話は楽しく、いつの間にか平気になっていた。また、晴れの日はなおさら、池のほとりでいっしょに風に吹かれているだけでも胸がはずんだ。

会えばふたりで触れあって、互いの存在を確かめた。指を絡ませ、誰の目もないことを確認してからひそかに唇を重ねあわせていた。彼の微笑みを見ていると、肩の力が抜けてゆく。抱きしめられて彼を感じていると、心の底から幸せだと思えた。

そんな日々は、二週間ほど続いていた。

アリーセが重いまぶたを持ち上げると、甘い香りが鼻の奥にこびりついていた。おそらくは、寝ている間にダクマが香をいつものものから変えたのだろう。

彼女にあいさつされたアリーセは、身体を起こしたが、倦怠感を覚えて額に手を当てた。

「……おはよう、ダクマ。お水をもらえる？」

ダクマはアリーセの指示どおりに動き、杯を渡してくれた。それをひと口飲んで言う。

「いつものあれみたい。頭がぼうっとするし、気だるいわ。……あの、香を変えた？」

「はい。最近、だるいとおっしゃっていたので、寝つきが悪いからなのではとバルヴィーンの香を焚いてみました。いかがでしょうか。眠りが深くなる香だと聞いています」

「いいと思うわ。好きな香りだし、とてもよく眠れた気がする。ありがとう」

アリーセはぼんやりする頭を無理に動かしながら、香を買うお金のことを考えた。かなり香っているが、アリーセのための資金が残っていたのだろうか。いかにも高級な香りだ。

「アリーセさま、今日もバーデのもとへ行かれますか？」

「もちろん行くわ。バーデに贈り物があるから早めに行こうと思っているの」

バーデを飼い始めてから、アリーセは空いた時間にせっせと革を編み、彼の首輪をこしらえていた。それをつけてあげたいのだ。

「では、私もお供させていただきます。バーデに蚤《のみ》の薬をつけたいので」

「ありがとう。バーデはとても喜ぶと思うわ」

寝台を下りようとしたアリーセは、ふと、シーツに落ちていたきらめくものに目を留めた。それはひとすじの銀色の髪だ。アリーセの髪にもルトヘルに似た色があるのだろうか。だとしたら嬉しい。捨ててしまうのがしのびなくて、思わず宝石箱にしまいこむ。

仕度を終えてもぼんやりしていたアリーセが我に返ったのは、部屋を出てすぐだった。

「なんだか姉上が変わった気がする。ねえ、なにかあった？」

部屋を出た直後に弟のノアベルトに声をかけられ、どきりとした。もちろん外見はいつもどおりの弟だったが、乱暴な姿を見てからはどうしても構えてしまう。

「いつもどおりだと思うけれど。でも、いまは身体がだるいから違って見えるのかしら」

「そういう変化じゃないよ。でもなにそれ、病気？　医術師に診せないと」

「医術師はわたしの居室には来てくれないと思うわ。でも、体調は悪くないから平気よ」

ノアベルトは不機嫌そうに鼻を鳴らした。

「平気なもんか。ここに医術師が来ないのは母上が仮病を使って彼らを呼び寄せてばかりいたからだ。そんなことをしても王は母上の心配なんかしないのに。しかもあの女は医術師に金を払っていないから、避けられるのも当然だ。そうやってぼくの評判まで貶める。本当にばかでろくでもない。あいつのせいでぼくは王子なのにこんなにもみじめだ」

「ノア、やめて。お母さまには、お母さまなりのわけがあるのよ」

「そんなの、どんなわけがあるっていうのさ。どうせくだらないことだよ」

以前のアリーセならば答えられなかっただろう。けれどいまは違った。

「あなたも恋をすればわかると思うわ。お母さまにはそれしか方法がなかったのよ」

アリーセとて、ルトヘルに冷たくされたら、ありとあらゆる手を尽くすかもしれない。それほどに、彼はアリーセの中で大きな存在になっている。だが、アリーセの言葉は弟を納得させられなかったようだった。ばかにしたように「ふん」と鼻で笑われた。

「さすがはあの女の娘だね。なにが恋なの？　くだらない。そんなものにうつつを抜かすなんてばかばかしいよ。ぼくたちは平民じゃない、王族だ。もっと大事な、優先すべきことがあるでしょう？　……それより姉上。昨日の夜、部屋に誰かいなかった？」

「いるはずがないわ。誰も招いたことがないもの。昨日は首輪を仕上げてから眠ったわ」

「そうよね？」と、背後に控えている侍女に目配せすると、彼女は静かに頷いた。

「ノアベルトさま、アリーセさまの部屋にはどなたもお訪ねになっておりません」

「信じられるものか。後で姉上の部屋に人を向かわせる。純潔かどうか調べてもらう」

出し抜けの暴言にアリーセが絶句していると、前に進み出たダクマが言った。

「全力でお止めします。ノアベルトさま、失礼がすぎます。女性が純潔を疑われる意味をお考えください。あなたはアリーセさまを侮辱なさっているのです」

ダクマの淡い茶色のひっつめ髪と冬空のような青い瞳は、彼女が笑顔を見せないこともあり、冷たい印象を与える。それが迫力を増幅させているのだろう、弟はたじろいだ。

「疑いのまなざしを向けることは、姉君を断頭台に突き出すことと同義です。疑われた時点で、アリーセさまは生涯婚姻できない可能性があります。根拠はありますか？　姉君が潔白であった時は、あなたが罪に問われます。覚悟はありますか」

「ぼくは根拠がないわけじゃない。昨日、姉上の部屋の窓に背の高いやつがいた。たしかに夜中、用を足しに行く時、窓に立っているやつを見たんだ。……でも、起きがけだったから、気のせいじゃないとは断言できない。──まあいい、見なかったことにする」

弟はアリーセを不満げに見据える。

「けどさ姉上、とにかく絶対に男は連れこまないで。純潔じゃない王女なんてなんの価値もないごみだ。姉上はただでさえ役立たずなんだから、ぼくの足枷にだけはならないで」

いつから弟は辛辣《しんらつ》になったのだろう。異母兄弟たちに感化されたかのようだった。

「しばらく姉上のことは信用しない。今日はなにをするの？　全部ぼくに話して」

「やめてノア。わたしを管理しようとしないで。あなたまでそんな……悲しくなるわ」

「だったら姉らしくぼくの役に立ってよ。やましいことがあるから歯向かうんでしょ？」

ノアベルトに強く腕をつかまれて、恐怖がせり上がる。殴られるのかと思った。

「違うわ……。放して。今日はダクマとともに、バーデのもとへ行くの」

「ふん、あの汚い犬のところに？　気が知れないよ。放っておけばいいのにどうかしてる。助けてほしいのはぼくの方なのに。……なのに犬なんかを優先して。姉上は偽善者だっ」

「……ノアは自分のことばかりだけれど、わたしのことを考えてくれたことはある？」

「なんでぼくが姉上のことを考えるの？　ぼくは第五王子だよ？　それより姉上は？　ぼくのことを考えてる？　姉上こそわたしわたしって、自分のことばかりじゃないか！」

これ以上はつらかった。うつむいたアリーセは、弟の嫌みをひたすら受け止めていたが、腕を放されたとたん距離を取り、部屋に逃げこんだ。いまは顔を見たくなかった。


アリーセがバーデの居場所を庭園に定めたのは、王族が近づかないからだった。庭園は二代前の王が暗殺されたところだ。彼らはいわくつきのものを避けるふしがある。

庭園を歩くアリーセのあとを、侍女のダクマがしずしずとついてくる。アリーセは、弟に疑われている以上、ダクマにルトヘルのことを伝えておくべきか迷っていた。

考えをめぐらせているアリーセがふいに顔を紅潮させたのは、いつもの光景が見えたからだ。今日も変わりなく、木の陰や花壇の隙間で貴族たちによる退廃的な交流が行われている。腰を動かしながら喘ぐ男女の姿に、目のやり場がなくなった。

「……ねえダクマ。今日は満月かしら」

このいかがわしい道を無言で歩くのが耐えられず、アリーセはダクマに話を振った。

「そうですね、昨夜の月はかなりまるかったと思います」

「こんな話を知ってる？　満月の光を浴びながら埋葬された死者はいずれ還ってくるの」

「復活の儀式の逸話ですね。ヒルヴェラ国を含む北方に伝わる神話だったかと」

「そう。だからわたしは飼っていた動物たちが亡くなると、満月の夜に送り出しているの。そんな時、こう思ってしまう。この世界にもう一度わたしに会いたくて、満月の夜に復活を願い、埋葬する人はいるのかしらって。……でね、いないと感じて打ちひしがれるの」

「あなたの復活を願う人がいるかは、あなたが生きている限りわかりませんが、死んでほしくないと願っている人はいます。ですからいま、あなたは生きているのだと思います」

聞きながら思い出されるのは、ルトヘルが言ってくれた言葉だ。

〝ぼくは、あなたが生きていて嬉しいです〟

この命は彼が一度救ってくれたのだ。唇をかみしめたアリーセは、小さく息を落とした。

「そうね、死んだ後のことを気にするよりも、生きているいまのことを考えるべきね」

「そう思います。……アリーセさま、バーデのもとにどなたかいらっしゃるようですが」

ダクマに言われて四阿を見やると、ルトヘルと彼の従者がしゃがみこみ、バーデの世話をしている様子が窺えた。

アリーセは感動を覚えた。ルトヘルは廃嫡されているといっても王族だ。動物はごみに等しいと考えている他の王族たちとはまったく違う。

これまでは、自分をとりまく世界は白と黒でできているかのようだった。けれど、彼のいる景色はきらきらしていて、色鮮やかで美しい。見慣れたはずの風景が、日を重ねるごとにますます色づき、地獄のはずのこの世が天国のように素敵になる。

アリーセに気づいた彼がこちらに手を振ってくる。アリーセも、小さく手を振り返した。

バーデがこちらに向けて駆けてくる。その後ろを悠然と歩く彼を見ていると、アリーセの視界がにじんだ。どうしようもなく、彼に惹かれている。

革の首輪をつけたバーデが元気に跳ねている。アリーセは、ルトヘルと池のほとりに座り、従者に餌をねだるバーデを眺めていた。穏やかな時間が流れている。

ふたりはアリーセの広がるスカートの陰で、ひそかに手を繋いでいた。見上げると彼が微笑みかけてくれるから、アリーセはそのたびに頬を染めてうつむいた。

「ルトヘルさん」と声をかければ、彼はかすかに前のめりになり、耳を傾けてくれる。いつも声が小さくて申し訳なく思うけれど、彼は一度も咎めず、言葉を拾おうとしてくれる。

「あなたは、わたしがあなたを愛するまでいつまでも待つとおっしゃったわ」

「ええ、待ちます。ぼくは基本的にせっかちですが、あなたに関することは別です」

「あの……いつまでもって、だいたいどのくらいかしら？　わたしは、あなたが好きよ。朝起きた時も、夜眠る時も、一日中あなたのことを考えているの。これは、愛しているということにならないかしら？」

「いいのですか？　ぼくはあなたを愛しているので、その想いにつけこみますよ」

愛とはなにをもって愛というのか。アリーセには、好きと愛との違いがいまいちわからない。これまで恋をしたことがなかったからだ。けれど、いまはたしかに恋をしている。

「あなたはわたしの初恋よ。あの……わたしはいま、生まれてはじめて恋をしているの」

ルトヘルは、「ぼくもあなたが初恋です」と言ったが、どことなくさみしそうな顔をした。もしかして、言葉選びを間違えただろうか。

「でも、この想いはとても重いわ。愛だと思う。明日も明後日も変わらない気持ちよ」

「アリーセ、嬉しいです。あなたの気持ちが愛だというならば、接吻をくれませんか」

なぜこの素敵な人が、皆に忘れられたような王女に愛を語ったり、やさしく接してくれるのか。接吻など、わざわざ乞わなくても誰からも贈られそうなのに。けれど、この銀色の瞳に他の女性を映さないでほしいと、最近欲が出てきていた。

アリーセは、バーデにまんべんなく蚤除けの粉をまぶしているダクマと、嫌がるバーデを押さえている従者を確認し、ルトヘルの唇にすばやく自分の唇を、ちゅ、とくっつけた。すぐに離れてりんごのように顔を真っ赤にさせていると、彼が肩を震わせた。

「笑ってる？　……笑っているのね？　……あの、わたし、下手だった？」

「とんでもない、あなたらしいかわいい接吻でした。好きですよ」

気恥ずかしさに唇を結んでいると、立ち上がった彼が手を差し出して立たせてくれる。

「ところで今日は侍女の方と来ていただいてよかったです。ぼくの居室に行きませんか？　先日採寸したドレスの仮縫いができたので着てみてください」

その後、彼の言葉に従って訪れた居室は、以前とは別の部屋だった。深い緑色の壁に銀の飾りがあしらわれた室内の雰囲気は重厚で、アリーセは堅苦しさを覚えて萎縮してしまったが、隣にルトヘルがいたから取り繕うことができた。初対面のおしゃれな仕立屋の人や、彼の侍女がいても平気だったのは、ルトヘルが先回りして取り次いでくれたからだ。

ドレスの生地は黄みがかった白色で、アリーセの髪と肌をきれいに見せてくれるものだった。飾り紐や凝ったひだ飾りがあしらわれていて、あまりに素敵で見入ってしまう。華美すぎず、地味でもないため、他の王女たちから反感を買いにくいつくりになっていた。ルトヘルが、アリーセのことをアリーセ以上に理解してくれていると感じられるドレスだ。

「アリーセ、まだ仮縫いなので仕上げが残っていますが、いかがですか？」

「わたしにはもったいないくらい、とても素敵だわ……。こんなのはじめて」

「じつは仕立屋にずいぶんやり直しをさせました。ぼくは間違いなく憎まれています」

「憎まれるほどに？　謝らなくては。……どれだけやり直しをさせてしまったの？」

「そんなに困った顔をしないでください。冗談ですよ」

顔を突き合わせて微笑みあっていると、彼の背後のふたつの肖像画が目についた。

黒いドレスを纏った銀色の髪の女性が椅子に腰かけ、純白の服を着た男の子の肩に手をのせている。男の子の髪も銀色で、どちらも精霊にしか見えないほどうるわしい容姿をしている。おそらくルトヘルと彼の母親だ。その隣にかけられている絵は青い衣装を身につけた少年だった。その彼も銀色の髪をしていて、ルトヘルなのだと思った。

「あの肖像画はあなたね？　母子の絵のほうは、もしかしてハーゲンベック？」

「そうです。人を描くことを嫌う彼ですが、めずらしく肖像画を描いてくれたようです」

ルトヘルから離れて絵のほうに近づいていくと、彼が後ろからついてきた。

「あなたは神秘的ですもの、彼の画風に合っているわ。この絵はいくつの時のなの？」

「母と描かれているこのぼくは四歳で、ひとりで立つこちらは六歳です。肖像画を描かれる機会は多かったのですが、必要ないので他は処分しました。残るのはこのふたつです」

アリーセは首を傾げた。彼は母親を恨んでいるのだと思っていたけれど、他の絵画を捨ててまで、なぜこれを残したのだろうか。

「この四歳と六歳の絵画は、あなたにとってなにか意味があるの？」

「転機でしょうか。ぼくにとって節目の歳ですので飾りました。戒めとなっています」

――戒め？　ルトヘルさんは四歳の時にお母さまに捨てられたのだと言っていたわ。たしかに転機ね。この頃に簒奪があったのだわ……。では、六歳の時は？

アリーセはもう一度、六歳のルトヘルを見つめた。四歳の彼にくらべて、ずいぶん大人びて、悲愴感も漂っているように見える。

「王位の簒奪があった年から計算してみたのだけれど。ルトヘルさんはいま、二十歳？」

「ええそうです。年上が嫌いでないといいのですが」

「年上なのはわかっていたわ。でも、わたしが好きなのは年齢ではなくルトヘルさんよ。……では、この六歳のあなたが描かれた時、わたしは二歳ね。年下は嫌いではない？」

彼に微笑みかけたとたん、アリーセは瞠目した。

銀色の瞳に見つめられている。その瞳は雄弁で、胸に訴えかけてくる。彼の浮かべる表情も脳裏にこびりつく。なんてせつなげな顔をするのだろう。同時に悟ってしまった。

「…………あなたは本当に、わたしを愛してくれているのね」

「ええ、アリーセ。心から愛しています」

真っ赤になったアリーセが、口をまごつかせていると、彼に耳もとで囁かれた。

〈式典の日に計画を実行できればと思っています。すべてを捨てて国を出ることになりますので、その心づもりでいてください。私は仕度があるので明日からしばらくあなたに会えなくなります。式典の日まで会うのは難しいかもしれません。バーデの餌やりは従者のセースが責任を持って行います。式典の日が待ち遠しい。――聞き取れましたか？〉

咄嗟に返事ができず、アリーセは唇をわななかせていただけだった。

どきどきと早鐘を打つ心臓が苦しかったが、なんとかこくんと頷くと、彼の顔が間近に迫り、頬に唇が押し当てられる。次は口を塞がれたが、離れる時に、〈いまから抱かせてください〉と告げられて、赤い顔がいよいよ茹《ゆ》だってしまった。


《ねえアリーセ。ぼくは心待ちにしていました。ですから浮かれています。手加減できないかもしれません。後で、ひどいと怒っても構いませんから、許してください》

アリーセは、どうしてあの言葉に頷いてしまったのかと後悔していた。

口から出るのは、自分のものとは思えないような甘い声。出したくなくても勝手に漏れてしまうのだ。

部屋の隅に置かれた姿見に、アリーセとルトヘルが映っている。なによりも恥ずかしいのは、アリーセは裸でいるが、彼は衣装をきっちりと着こんでいることだ。アリーセのドレスはしわになると言って脱がせたのに、彼の服はしわにならないとでも言うのだろうか。

「は……。もう、……もうやめて…………だめなの」

移動した部屋は客間だろうか。萎縮するほど豪華な部屋だった。その扉が閉まった瞬間に、彼のくちづけははじまった。アリーセは事がはじまる前に、以前のように薬を飲むのだと思っていたが、今回はそれは使わず、ルトヘルが手ずから仕度をするのだと言った。

そのためなのだろうか。前回とは、手つきが違う。アリーセはこの部屋で彼に触れられた瞬間から身体の火照りがとまらない。

「……あ。ルトヘルさん。――ふ。……もう。……う……怖い」

刺激に晒され、自分ではないかのように身体がぐねりとうごめいている。アリーセは余裕を失い、鏡を気にするどころではなくなっていた。

「アリ、大丈夫。怖くない」

寝台に仰向けになったアリーセの胸には彼の両手が這っている。淡く色づいた乳首は、それぞれ彼の指につぶされたり、掻かれたり、つままれたりしてもてあそばれる。

彼に広げるように指示された脚は、だらしなくシーツの上で震えていた。その脚の間にあるのは銀色の美しい髪だった。彼がアリーセの股間に顔をうずめているのだ。

「だめ、閉じないで。仕度ができない」

身体は燃えるように熱かった。肌は湿って髪は顔に張りついている。腰の奥がうずいて、なにも考えられなくなっていた。この感覚をどう表せばいいのかわからない。彼はこれを〝果て〟だと教えてくれたが、これが果てならアリーセはすでにたくさん果てていた。

ぴちゃぴちゃという水音が立ち、すする音も聞こえる。なぜ、彼が得体の知れないなにかを飲むのかがわからない。汚くなければいいと願った。

ひときわ強い刺激にアリーセがびくんと跳ねて身をよじらせると、彼が顔を持ち上げた。

「一生舐めていたい。かわいいね。……ねえアリ、ぼくは三つほしいものがある」

アリとはアリーセのことだろうか。彼は先ほどから何度もそう呼びかけている。

天井に向かい、はっ、はっ、と息を吐く。震えながらわずかに身を起こすと、下腹にある銀色の瞳と目があった。ルトヘルの唇が弧を描く。その口もとはぬらぬらと濡れていて、いつも以上になまめかしく、色気があった。快感にむせぶアリーセは、思わず息をのんだ。

「ここと、ここと、これ。ぼくにくれる？」

ルトヘルが長い指でつんと指差したものは、アリーセの小さな乳首ふたつと、秘部にある秘めた芽だ。こんなものをほしがるなんて、意味がわからない。

アリーセが唇をわななかせると、彼はねっとりと秘裂を舐め上げ、舌先で突起をつつく。それからおもむろに、いとおしそうにくちづけた。もう自分のものだとでもいうように。

「ずっとほしかった。もらうよ。大切にするから」

言葉に違和感を覚えてまぶたをしばたたかせれば、身を乗り出した彼がアリーセの上に重なり、ふたりの唇どうしがくっついた。アリーセは思わず彼の衣装をぎゅっと握った。

「アリ、愛してる。きみは？　愛してる？」

こくんと頷くと、彼はちゅ、ちゅ、とキスをくり返しながら自身の下衣をまさぐった。

「……は。……気が狂いそうだ。思い出して？」

「……え？」

なにを思い出すのか。だが、アリーセが問いかけた声は、んむ、とわけのわからない声となり、彼の口のなかに消えてゆく。

彼がいまなにをしているのか、顔が近すぎてわからない。けれど、息を溶かしあいながらの接吻は幸せで、素敵で、アリーセの瞳がにじむ。その目を、彼は逸らさず見ていた。

「緑の目がきれいだ」

彼の名前を呼ぼうとしたのに、猛烈な刺激を受けて、アリーセのあごが持ち上がる。彼の唇がその唇を追いかけてきて蓋をする。下腹部からせり上がってくる圧迫感。その熱くて硬い大きな塊をアリーセの身体は心待ちにしていたかのように、ぐねぐねと身体の奥に取りこもうとしている。

入っている。きっと――否、これは確実に性交だ。

けれど、違うとも思えて混乱する。伝え聞く性交は大変なもののはずなのに痛みがない。それればかりか、アリーセのおなかのなかにいるのが当然であるかのように、しっくりと居座っている。まるで、アリーセの身体自体が彼の性器をしまう場所であるかのようだった。

まなじりから涙が伝う。身体を貫くじくじくとした官能に泣かされる。とてつもなく気持ちがいい。ルトヘルにそのわけを聞きたくても、口のなかに侵入している彼の舌がアリーセに絡みついて話せない。勝手に腰が揺らめいた。信じがたいことに、彼を自分の奥にこすりつけている。

彼の口が糸を引いて離れると、アリーセは高く啼《な》く。

腰が止まらない。どうして自分は動いているのか。わけがわからず、また泣けた。

「アリ、上手。でも止まって？　はじめての行為はぼくが先導したい」

「あ……、どうして……わたし、こんなこと。——あ……。腰が動いてしまう……」

「疑問に思わないで。なにも変じゃない。ぼくたちが合いすぎているからだよ。ほら」

ルトヘルの掌が白いおなかを押しこんで、みっちりと埋まった性器の形を知らしめる。

「ふ。……は。……これが、破瓜なの？　どうしよう……、まったく痛くないわ」

「痛くないほうがいいのに、おかしいね。なにが不安？」

「裂けて血が出ると聞いたのに……でも……。あの……わたしはもう純潔ではないの？」

彼の指が、アリーセの顔に張りついた髪をとる。

「うん。純潔はいまぼくがもらった。——アリ、だめ。目を閉じないで開けていて」

改めて見る彼の顔はやはり整いすぎている。その切れ長の瞳にアリーセが映りこむ。

彼は唇を重ねると、アリーセの手をそれぞれとって、十指を絡ませた。

「……ルトヘルさんも、いま、純潔を失ったの？」

「そうだね。アリ、性交中はぼくの目を見ること。約束して」

「わかったわ。……でもどうして？　それが作法なの？」

「きみが好きだから。つねに目を見ていたいんだ」

ぼっと顔が熱くなる。彼は頷くと、アリーセの目を見つめながら腰をゆるゆる動かした。

見つめられながらの抽送は、まるで心を見透かされているようで胸が高鳴る。彼の熱い息が吹きかかり、淫靡な気分にさせられる。

苦しげに眉をひそめた彼は、噛みつくようにくちづけをすると、身体を起こし、アリー

セの脚を抱えた。彼の性器の角度が変わり、なかがぐりっと抉られる。

小さく叫ぶと、彼は満足そうに息をついた。

「やっぱり違うね。……締まる。――は。動くよ」

なにと違うのだろう。なにとくらべているのだろう。そう思うけど考えられなくなる。強く腰を穿たれて、アリーセは息が止まりそうになった。一気に快感が突き抜ける。彼が人が変わったように律動するから、翻弄されて、ひたすら喘ぐことしかできない。アリーセの思考は、ぱっと蒸発してしまったかのようだった。めくるめく刺激に頭のなかは真っ白だ。けれど、ひとつだけ言えることがある。

彼の温度と吐息と喘ぎ。おなかのなかの存在感。彼がいる。性交は幸せに直結している。けれど同時に、胸がうずいて不安になるのはなぜだろう。

アリーセは、閉じかけた目を懸命に開いて、こちらを甘く見つめる彼を見続けた。


空いっぱいに響く銅鑼の音。処刑の日は憂鬱だ。アリーセは毎回身を切られるような思いがする。今日も人が物のように扱われ、その命を終えてゆく。どんな罪を犯したのかは知らされない。

この世に生まれたのはなにか意味があるはずだ。結末を誰かが勝手に決めていいはずがない。かといって、覆す力も気概もない。どうにもならない現状を耐えるだけだ。

――お願い早くきて。……会いたい、ルトヘルさん。

これまでは、ルトヘルに会えることを励みに処刑を乗り越えてきたが、会えなくなってからというもの、式典の日を指折り数え、あと少しだと自分をなぐさめるしかなかった。

母と弟は相変わらずだった。しかしアリーセはいまになって、処刑を見る際に母と弟の間に自分が座っていることに気がついた。いったいいつから母と弟に亀裂が走り、距離が開いたのかが思い出せない。だがそれは、自分が家族に興味がないことを物語っていた。

式典の後、ふたりと永久の別れがやってくる。母も弟もアリーセにとっては唯一といえる家族だ。けれど、城を去ることに後悔はないどころか、心待ちにしている。

「ねえ姉上。式典まであと十日だよ。ドレスはどうなってるの？」

母と弟がルトヘルのことを知ればどうなるだろう。アリーセはうつろに頷いた。

母はドレスの話題に参加しようとはせず、隣の婦人と話している。弟は「ふうん」と言いつつ、耳に顔を近づけてくるから、アリーセは仰け反りそうになった。

「変な姉上。なんでぼくにまでびくびくしているの？　ぼくはなにもしないよ」

耳もとで囁かれた言葉に、アリーセの肌は総毛立つ。

「ねえ、スリフカ国ってすごく豊かだよ。鉄が採れるし農業も盛んなんだ。だからさ、ラドミル王子の部屋を調べておくね。夜しのびこんで？　裸で王子の隣に寝そべれば彼の妃になれるよ。口べたな姉上はそうでもしないと選ばれないから、協力してあげる」

目を見開いて弟を見やれば、うっとりと笑われた。

「王子の妃になってよ。で、ぼくたち、いっしょに権力を手にしよう。姉上は、ゆくゆくはスリフカ国の王妃になる。すばらしい未来だよ？　ぼくはもう虐げられるのは嫌なんだ。姉上もでしょう？　ぼくたちは母上のせいでいじめられている。なにもしていないのに、嘲笑われて殴られる。姉上にも、殴られたひどい痕を見せてあげるよ。痛くて眠れないから寝不足なんだ。……苦しいよ。お願いだからぼくを助けて、姉上」

ばくばくと鼓動が荒くなる。この弟はなんてことを言うのだろう。自分が助かりたいためにアリーセに犠牲になれと言っている。跳ね除けたい衝動に駆られるけれど、アリーセはなにもできないままでいる。自分の意見をはっきり言える心の強さはなかった。家の道具なのだと知っている。少しでも弟の役に立つのが務めだ。そう洗脳されている。

「ねえ、どうして黙りこむのさ。ここはがんばるって言うところじゃないの？　姉上はもう断れないいんだよ？　ぼくは限界なんだ。……話は変わるけど、バーデはなかなかかわいい犬になったね。みすぼらしくて仕方がなかったのに、ふっくらしていて気に入った」

「……やめて、ノア。バーデになにをするつもり？」

「なにもしないよ。撫でただけ。喜んで尻尾を振っていたよ。元気でいてほしいよね」

ぞっとして、自分の身体を抱きしめると、じくじくした痛みが蘇った。昨日、母違いの王子や王女たちとはち合わせになり、階段から突き落とされたのだ。足は無事だったが、打ち身がひどい。もしもあの場にダクマがいなかったら、ひどい怪我を負っていただろう。

けれどいま、それにも増して、この弟が不気味で怖かった。

四章

その人物は夜でも光って見えていた。こと、月明かりのなかでは、この世の者ではないかのように、幻想的に照らし出される。銀色の髪は光を含み、淡く発光しているようだった。はっきり見えずとも、陰影の刻まれた顔は、まつげの動きや鼻や唇、あごの輪郭を見ただけでも美しさがわかり、否が応でも目を引いた。

しかし、行いは褒められたものではなかった。彼が手に持つのは短剣だ。その刃が、ふくよかな男の胸に深々と突き刺さる。刺された男は、緑色の豪奢な服を纏っていた。

「あなたはぼくをただの城の飾りだと思っていたでしょう。この腕は頼りなく、女のひとりも抱きあげられない。そう言っていましたね。抱きあげられますよ。人も殺せますし」

絶望に染まった顔だった。男は血を吐き、言葉を紡ぐことはできないようだ。

「あなたが放った暗殺者は生きていません。とはいえぼくは平和主義者です。ぼくのかわいい妻は処刑を見ただけで倒れかけるほどのやさしい子ですから残虐なことは避けたい。しかし、あなたが悪いので仕方がありません。ぼくを殺そうとしたのですから。妻はぼくがいないと生きていけない。ぼくが死ねば妻が死ぬ。彼女の損失はこの世で最も重い大罪だ。あなたが次々と刺客を放つものだから、ぼくは妻を遠ざけるしかありませんでした。妻に会えなかったのはあなたのせいだ。罪を贖《あがな》うべきです」

ルトヘルは、すうと切れ長の瞳を細めた。男は息をしていない。言葉の途中で事切れた。短剣を突き刺したまま、男を蹴り転がすと、指を鳴らして人を呼ぶ。闇にまぎれて現れた黒ずくめの男に、中庭の山毛欅の木に吊るしておけと命じた。

死体を運ぶ男を背にして向かった先は、かぐわしい香炉がけぶる赤い壁の部屋だった。大きな寝台で、男が女ふたりと絡みあっている。男はルトヘルに気づくと顔を持ち上げた。

「首尾はどうだ」

「上々です。滞りなく進んでいますが、気づかれたのでしょうか。ぼくのもとに刺客が来ました。といってもすでに片づけましたが。殿下も気をおつけになってください」

ルトヘルが〝殿下〟と呼ぶのはただひとり、王弟のマインラートだ。彼とは十六年前からの腐れ縁で、許可なく拝謁が叶うのはルトヘルだけだ。

「誰にものを言っている。余の守りは鉄壁であることはおまえも知っておろう。……して、いまいましいラムブレヒトはいつ消える？」

「じきに片づくかと。そうなれば障害はなくなり、あなたの世が迫りますね」

「新たに来る我が世ではおまえを重用してやろう。妻帯を認め、子も家も許す」

「よろしいのですか？　ぼくは先代王の息子です。反旗をひるがえしかねないのでは？」

「おまえの忠義は時が証明している。ルトヘル、加われ。ともに楽しもうではないか」

王弟に指示された女のひとりが、ルトヘルを誘うように濡れそぼつ秘部を露わにする。彼はそれを見ることなく、表情も変えずに言った。

「恐れながら、ぼくは男色ですので行為に混ざることはできかねます」

「なんと。しかし、おまえは付き合いのある女があまたいるではないか」

「はい。ですがすべては殿下の礎《いしずえ》のため。人は閨《ねや》において口が軽くなる生き物ですから情報を得るのに適しています。また、どのような権力があろうと男は若い女に目がなく、美しい妻をあてがえば意のままになりやすい。女は剣より鋭い武器となります」

王弟は、側の女に自身の乳首を舐めさせ、腰に跨がる女には、律動をはじめさせた。

「……は……善い。おまえは武芸を禁じられているからな。剣など振れまい。その美貌で女を惑わせ、武器とするとは頭が切れる。……食えないやつだ」

「いずれも国王派に嫁いでいますので、女ともども処分はたやすくできます」

「一網打尽にできるというわけか。して、男色のおまえが女を抱くのか」

「ぼくは女に猛ることはないので無理です。闇を利用し、代理の者に任せています」

あごをさすった王弟は、快楽に耽る女を強引な手つきで退かした。

「ならば褒美だ。余がおまえを抱いてやる。来るがいい」

「……あなたともあろう方が、ぼくの前で四つ這いになってくださるのですか？」

目を瞠った王弟は高らかに笑った。王侯貴族は性別の垣根なく行為をたしなむ者が多いが、挿入される側になるのは屈辱的なことだった。そのため、相手となるのは大抵小姓だ。

「なんと、おまえは余の尻を狙うか。ばか者、余が四つ這いになどなるわけがなかろう」

「だと思いました。残念ですが、ご厚意は別の形でいただければ」

王弟は「よい」と口走ると、ふたたびふたりの女に取り掛かる。手を払うしぐさは、退出を促す合図だ。

無言で居室を出たルトヘルは、その足で、陽が当たらない部屋へゆく。

窓の鍵はかかっていない。静かに開ければ、質素な服を身につけた女が近づいてきた。

〈今日はいらっしゃらないかと思っていたのですが〉

発せられたのは、流暢《りゅうちょう》なコーレイン国の言葉だ。淡い茶色の髪をひっつめている女は、ルトヘルが纏っていたローブを預かった。

〈少しでも時間があれば、夫が妻に会うのは当然だ。彼女の様子は〉

〈眠っておられます。お会いする前にお伝えしたいことが。よろしいですか〉

ルトヘルが、邪魔だとばかりに女に向けてあごをしゃくると、察した女は遠ざかる。

奥に進み、天鵞絨《ビロード》の布を捲れば、寝台で儚げな少女が静かに眠っていた。

布の隙間から光が差しこみ、金茶色の髪はところどころ光を反射している。まつげの粒がきらめいて見えるが、それは濡れているからだ。ルトヘルは涙をやさしく吸い取ると、身をかがめ、その小さな額に唇を押し当てる。

〈アリ、またひとりで泣いていたの？　なにがあった？〉

額にあった彼の唇は、アリーセのすべらかな頬へ移り、ぷくりとした唇にのった。

〈きみはひとりじゃない、私がいる。それを忘れちゃだめだ。……アリ、愛してる〉

　唇についばむようなくちづけをくり返しながら、大きな手はアリーセの化粧着をまさぐった。彼女の身体を隅々まで確かめるのはいつものことだ。そして、くつろげた瞬間に、銀色の瞳は誰かを射殺《いころ》しそうなほどに鋭くなった。

　わななく手ではだけた化粧着をきっちり正し、彼女を毛布でくるんで寝かせると、自身は身を起こす。事を起こしたのは、アリーセから遠ざかってからだった。

　ルトヘルは、杯を運んできた女の首もとをひっつかみ、ひねりあげると、鼻先がつきそうになるほど顔を近づけた。彼の美しい鼻には怒りのしわが寄っていた。

〈ダクマ、アリーセの傷はなんだ。説明しろ。おまえがいながらどういうことだ〉

〈ルトヘルさま、酒がこぼれてしまいますので放してください。怒りを静めていただけませんか。先にお伝えしたいことがあるとお話ししたはずですが、聞かなかったのはあなたです。それとも、怒りに燃える姿をアリーセさまに晒すつもりですか。虐げられてきたあの方は怯えるでしょう。嫌われてしまいますよ？　短気は損気。落ち着かれてください〉

　悪態をついた後、荒々しく解放すると、ダクマは杯の中身をこぼすことなく、すっとルトヘルに差し出した。それを彼は一気に喉に流しこむ。

〈傷の原因は。状況を言え〉

〈母親違いの方々です。彼らに邪魔と言われ、アリーセさまは階段から落とされました。大事には至らないとわかっていましたので手出しは控えました〉

〈誰が突き落とした〉

〈第五王女、アウレリアさまの従者の方です。ですが、彼らの総意かと〉

〈やつらは揃いも揃って従者を使えば己に罰は及ばないと考えている。ごきぶりめ〉

〈駆除をお考えでしたら、私が行くのもやぶさかではありませんが。ご命令を〉

ルトヘルが空の杯をダクマに差し向けると、すぐに杯は満たされる。中身は葡萄《ぶどう》酒だ。

〈必要ない。じきにまとめて私が終わらせる。それより、あの女の国は保《も》たない〉

〈保たないとは。アン＝ソフィーさまの生国、ヒルヴェラが滅びるということですか〉

〈そうだ。ヒルヴェラはまもなく地図から消える。いつ滅亡してもおかしくはない〉

〈ついにヒルヴェラが滅び、コーレインがかの地を取り戻す時がきたのですね〉

表情を変えることなく、ルトヘルは鼻先を持ち上げた。それは彼の肯定を意味する。

〈滅べば即刻、王はアン＝ソフィーを捨てるだろう。利用価値がないあの女は国の穀潰《ごくつぶ》しとして扱われる。断頭台送りだ。あの女の性格上、ひとりでくたばるわけがない〉

〈つまり、アリーセさまとノアベルトさまに死が迫っているとおっしゃりたいのですね〉

ルトヘルは飄々《ひょうひょう》とするダクマを一瞥して頷いた後、酒をあおった。

＊　＊　＊

季節は雨季に移り変わろうとしていた。空には雲が蔓延《はびこ》り、どんよりしていて、吹きつける風も空気も重苦しい。それはアリーセが落ちこんでいるからかもしれないけれど、ひどく陰鬱に感じられた。両肩に錘がのせられているかのようだった。

普段から苦しみながら生きているが、近ごろの苦しみはより深くなっていた。悩みはもっぱら弟のノアベルト。アリーセは毎日のようにスリフカ国の王子を落とすように詰め寄られ、反論すればバーデのことを持ち出して脅された。

「アリーセさま、おはようございます。お手紙が届いています。どうぞ」

朝一番のダクマのあいさつの後、手渡されたものにアリーセの心は浮き立った。ダクマに返事をした時には気もそぞろで、慌てて手紙を開いて読んだ。

みるみるうちにアリーセの顔が明るくなる。ルトヘルからの誘いの手紙だ。

先ほどまでの重苦しさはどこへやら、化粧着を脱いだアリーセは、ダクマが背中に薬をつけてくれる間に金茶色の髪を梳く。心がこもっているのは、彼に会えるからだった。

「以前のあなたの髪は金色だったそうですね」

「ええ、七歳くらいまでかしら。お母さまと同じ色だったけれど次第に変わったの」

髪色の変化については、アリーセ以上に母が汚い色だと騒いでいた。アリーセもとても気にしていたが、ルトヘルにいい色だと言ってもらえてから気にならなくなった。

「あなたは五歳以前の記憶を持たないのだとか。少しも思い出していませんか？」

アリーセの櫛《くし》を持つ手がぴたりと止まる。その話はあまりしたくなかった。

「思い出していないわ。当時ひどい怪我をして、その時に記憶を無くしてしまったらしいの。見た目はわからないと思うけれど、その怪我が原因でいまもうまく走れないわ。……でも、たしかに五歳までの記憶はないけれど、人は普通にしていても幼いころの記憶はあいまいになるでしょう？　だから、些細なことだと思うようにしているの」

前向きに考えられるようになったのは、ルトヘルの影響だ。

「ひどい怪我は、第一王女のエデルトルートさまにテラスから落とされたからですね」

「ダクマ、その名前はここでは言ってもいいけれど、外ではだめよ？　気をつけて。第一王女は凄惨な亡くなり方をしたのですって。思い出したくない人が多いみたいなの」

「あなたは思うところはないのですか？　一週間も目覚めなかったと聞いています。エデルトルートさまはあなたを突き落としたあくる日の朝に亡くなったとか。罪は己に返るといいますが体現しています。罪人は、遅かれ早かれ死をもって贖わなければならない」

アリーセはうつむいた。当時は呪いとして騒がれていたようで、以来、アリーセの覚えていない過去を持ち出し、噂をしたり、いじめてくる異母兄弟たちもいた。特に第一王女の代わりにアレンサナ国に嫁ぐことになった第二王女のいじめがひどくて大変だった。アレンサナ国は七年前に国ごと滅びてしまい、いまでは彼女も生きていないが。

――そういえば……、アレンサナはたしかコーレインに滅ぼされたはずだわ。ルトヘルさんのお母さまの国。

「アリーセさま、もし過去の記憶が戻りましたら、私にお知らせください」

ダクマの声に我に返って、アリーセは髪をくしけずるのをやめた。すでにつやつやだ。

「あなたに？　いいけれど……。でもどうして？」

「私の知人にも記憶を失った者がいます。彼はあなたとは違い老人ですが、参考にさせていただきたく。……アリーセさま、背中の薬は塗り終えました。痛みはどうです？」

「もうまったく痛くないわ。あなたのおかげね。痣はどうかしら。薄くなった？」

「薄くなりました。銀色の髪の方が仕立ててくださるドレスを着ても目立たないかと」

「銀色の髪の方だなんて。ルトヘルさんよ。あなたに名前を教えていなかった？」

名前を口にしたからだろう。アリーセの頭はたちまちルトヘルでいっぱいになった。

「申し訳ありません、人の名前を覚えるのは不得意ですので」

「……あの、ダクマ。その……聞いてもいい？　あなたは愛についてどう思う？　……あ、やっぱりいいわ。答えないで。こういうものは、自分で答えを見つけるべきよね」

アリーセはルトヘルが大好きだし、愛している自覚がある。だが、だからといって、愛がなんであるかはっきりわかるわけではない。それが気になって仕方がなかった。

だが、庭園に向かったアリーセは、久しぶりに見たルトヘルに、この人を愛していると思った。ぶんぶんと身体を振って嫌がるバーデを押さえつけ、櫛で抜け毛を取っている。それが撫でる以上に愛情溢れるやさしい行為に思えて、胸がぎゅっと締めつけられた。

視線に気づいたのだろう。彼が見つめ返してきた。

「アリーセ、お会いできて嬉しいです。手紙を見てくださったのですね」

アリーセは、あいさつを返せずに唇をまごつかせた。尋常でない速さの鼓動が苦しくて声にならなかったのだ。彼には素敵に見せたいのにうまくいかない。焦っている間に、彼はバーデの世話を従者に託し、こちらに歩み寄ってきた。

アリーセはあわあわとポケットから手紙を取り出して、ルトヘルに差し出した。

「あの……わたしの侍女がこれを……。あなたに相談があると言っていたわ」

「たしかダクマという方ですね。ぼくの従者が素敵な方だと言っていました。ほら、いまバーデの世話をしている者です。彼はセースといいます。紹介がまだでした」

「セースというお名前は一度聞いた気がするわ」

微笑んだルトヘルは、従者を一瞥した後、封を解いて目を走らせる。

手紙は二枚に及んでいた。彼が読んでいる間、アリーセは所在なく、うつむいて指をいじくっていたが、風が吹き、乱れた髪を押さえたところでまつげを上げた。

ちょうど雲間から陽が差しこみ、彼の髪が神々しく光を帯びる。切れ長の瞳は、紙からアリーセに移動した。濃密な色気をたたえた瞳に、肌がぞくりと粟立った。

彼はただ美しいだけではないのだ。その一挙手一投足が人を惹きつけ、心を奪う。

好きだと思うと同時に、怖さもむくむく湧いてくる。自分が自分でなくなる感覚だ。たとえるなら、彼は精霊ではないかもしれない。どちらかといえば魔性の――。

動揺していると、銀色の瞳はふたたび手紙に移った。

「ねえアリーセ、式典の時、髪はぼくの侍女に任せてくれませんか。ドレスを纏ってからぼくの居室に来てください。しかし、嬉しい誤算です。あなたの侍女はよく気が回りますね。彼女にも計画に参加してもらいましょうか。彼女は信用に足る人物ですか？」

アリーセは彼をちらと窺って、「信用しているわ」と自信を持って頷いた。

おそらくダクマは、式典当日は、母が召し使いを独占し、アリーセのもとに誰もつかないことを見越して相談してくれたのだろう。

「いいの？　迷惑ではないかしら」

「まさか。ぜひ任せてください。――きれいですね」

出し抜けの言葉に思わず目をまたたかせれば、顔を近づけた彼の唇が間近に迫る。

「あなたは素敵です。ぼくはつねにこの瞳に見つめられていたいと願っています」

視線はアリーセに注がれたままでいた。鼓動は筒抜けなのだろう。胸にそっと手を当てられる。真っ赤になって縮こまっていると、「怖がらないで」と囁かれた。

「ぼくはあなたとの交接を夢見ない日はありません。あなたを愛しているから、じかにこの身で感じていたい。あなたは？」

「……わたしも、あの、わたしも夢見ているわ。あなたを愛しているから、だから……」

唇を引き結ぶと、その上に彼の熱がのせられる。

接吻だ。やわらかな唇が何度も当たる。この人を怖いと思うだなんて、どうかしている。

「繋がりませんか？　いますぐに。アリーセ、あなたが愛しくてたまらない。ぼくは最も愛を伝えられる行為が性交だと思っています。……アリ、もっとあなたに近づきたい」

アリーセは、胸にあるルトヘルの手に自身の手を重ね、そっと握った。

もう、彼と繋がることしか考えられなかった。

こくんと深く頷き、潤んだ瞳で彼を見上げれば、銀色の瞳とかちあった。

ふたりで熱く見つめあう。不安も悩みもなにもかも世界から消えていた。その時だった。

「姉上！　なにをしているんだ！」

弟のノアベルトが肩をいからせ、こちらに駆けてきた。いまにも湯気《ゆげ》がでそうなほど顔を紅潮させている。かんかんに怒っている姿にアリーセは怯んでしまった。

「こっそり後をつけてみればやっぱりだ。接吻なんて、接吻だなんてっ！　破廉恥だ！」

気圧されてよろめくと、咄嗟にルトヘルが支えてくれた。

「落ち着いてください、ノアベルト殿下。アリーセさまとぼくは」

「うるさいうるさい！　放蕩者《ほうとうもの》がこのぼくに話しかけるな！　ぼくまで穢れる！」

「ノア、やめて……。なんてひどいことを」

「ひどいもんか！　こいつには絶対近づくなって言ったのに、姉上は愚かな淫乱だ！」

アリーセがびく、と肩をゆらすと、ルトヘルに手を握られる。

ノアベルトは、口をつぐんだルトヘルを指差しながら、食ってかかる。

「ぼくは知っているんだ。こいつには数え切れないほど女がいる。こんな女好きの毒牙にかかるなんて、なんてばかなあばずれなんだ。これがぼくの姉だなんて嫌になる！」

いつの間に来たのか、ルトヘルの従者が近くにいた。その足もとでバーデも首を傾げている。ルトヘルはといえば、まるで観察しているかのように、弟を見つめるだけだった。

「短気は損気です。これはぼくの部下の口ぐせなのですが、少し落ち着かれては？」

顔を引きつらせたノアベルトは、怒りにまかせぶるぶる震えた。

「落ち着いていられるか！　最低最悪だっ。低俗な輩が、二度とぼくの姉上に会えると思うな！　おまえなんか断頭台送りにしてやるっ！」

「ノア、なんてことを言うの！　許さないわ」

「なにが許さないわ、だ。許さないのはぼくのほうだ！　この売女！」

ノアベルトはアリーセの手首を力まかせにつかみ、「来い！」と怒鳴って引っ張った。

アリーセはあぜんとするばかりだ。突然現れた弟に。そして、あっさりとアリーセの手を放したルトヘルに。

できれば手を放さないでいてほしかった。弟を止めてほしかった。反論してほしかった。けれど、ずるずると引かれるアリーセを懸命に追いかけてくれたのはバーデだけ。

――この期に及んでわたしは……、ルトヘルさんに止めてほしいだなんて。他力本願にしか考えられないなんて情けない。

涙ぐむアリーセが、バーデの名を口にしようとすると、甲高い悲痛な鳴き声が響いた。

「じゃまだっ、犬ころめ！」

ノアベルトが小さな身体を蹴り上げたのだ。

「なんてことをするの！」と、アリーセは弟の手を振り払おうとするが、払えない。

「バーデ……ひどいわバーデに。残酷な人！　あなたを弟だなんて思いたくない！」

「うるさいうるさい！　犬がなんだ。ぼくだって、ばかなおまえなんか姉だと思いたくない！　アリーセの分際でいい気になって、ぼくは第五王子だぞ。ぼくに逆らうな！」

「見損なったわ。あなたは最低な人。顔も見たくない。なんて乱暴なの」

姉弟で言いあっていると、ふたりは影に包まれる。長身のルトヘルがいつの間にか側に来ていたのだ。

光を背にして立つ彼は、黒を纏っていることもあり、威圧感がすさまじい。アリーセすらも、まるで知らない人のように感じられたほどだった。彼はノアベルトの首もとを強くつかむと、顔を近づける。

「……なんだよ、このぼくに……。お、おまえなんか怖くなんかないんだからな」

「その尊大な態度、感心しません。バーデへの仕打ちを含め、必ず後悔させます。……行け。視界から失せろ」

あまりに小さな声でアリーセには届かなかったが、弟はさらに立腹したようだった。

「言われなくても行くさ！　なんてむかつくくそ野郎だ。ごろつきめ。姉上っ、来い！」

引っ張られながらもアリーセが振り向けば、ルトヘルはこちらを見ていなかった。しょんぼりしているバーデをしゃがんで覗いている。

蹴られてしまったバーデを彼が心配するのは当然だし、そうしてほしいと思う。アリーセも心配だった。けれど、彼に一瞥すらされない自分がむなしくなってくる。バーデを優先してほしいのに、自分も同じくらい優先してほしいと願ってしまう。

どうしようもなくわがままで自己中心的な人間だ。恥ずかしくてたまらない。このまま消えてしまいたくなるほどに、自分が情けなかった。


「これで姉上も異常だってことがわかったでしょ」

「よくわかったわ。ノアは異常よ」

「ちがう、ぼくじゃない！　前王の息子のことだ！　あんなやつの名前なんか呼びたくない。ぼくまで王弟派だと思われる。ぼくが大事なら、あんなやつと金輪際付き合うな！」

がみがみとノアベルトの小言が飛んでくる。ここ数日、弟はアリーセから離れず、夜以外はアリーセの部屋に居座っていた。ルトヘルと会わないように監視されているのだ。


弟は侍女のことも気に入らないのだろう。ダクマを追い出そうとしているようだ。だが、飄々とした彼女はどこ吹く風だった。いまもアリーセのローブのしわを伸ばしている。

「だいたいなんであんな女狐が高貴なぼくたちに仕えているんだ。嫌なやつ！」

アリーセは抗議しようとしたが、その前にダクマが言った。

「ノアベルトさま、私がお仕えするのはアリーセさまであり、あなたではありません。あなたにはお仕えする気は毛頭ないので、そのあたり誤解なさらないようにお願いします」

「うるさい！　なんて不敬な女なんだっ。おまえなんかクビにしてやる！」

ノアベルトは赤い顔でわななきながら応戦するが、ダクマは余裕の表情だ。

アリーセは複雑な気分でいた。ルトヘルに会うのを弟に邪魔されて、良かったのか悪かったのか、どっちつかずの思いがせめぎあっている。いまのアリーセはひどく自信を失っていた。彼にこんな性根の悪い自分を知られ、嫌われてしまったら生きていけない。

「アリーセさま、バーデのもとへは行かれないのですか？　行かれるのでしたらノアベルトさまは私にお任せください。足止めさせていただきます」

と、ダクマは毎日聞いてくれるが、アリーセは言葉を濁してばかりいる。

「行きたいけれど、いまはノアに刺激を与えたくないから……。それにわたしは……」

そうしてぐずぐずと過ごして夜になり、朝が来て、また一日が終わりに向かってゆく。

その日は霧雨が辺りを湿らせているせいか、いつもよりも周囲は薄暗く感じられた。

アリーセが窓辺に立ってぼんやりしていると、息を切らせたノアベルトが突然部屋に入ってきた。ダクマは切り花を摘《つ》みに行っているので、弟の勢いを止められる者はいない。

「姉上、来いっ！」

「嫌よ、いきなりなんなの？　行きたくないわ」

「いいから来い！　あの男の正体を見せてやる。あいつが女といちゃついているんだっ」

――え……？

心臓をわしづかみにされた気分だ。

行ってはいけないと頭に警鐘《けいしょう》が鳴っている。ろくなことにならないという勘も働いた。

こんな時には当たってしまうのだ。小さなころから裏切られ、傷つけられるのが日常茶飯事だった自分が、やっと人を信じられたのに。

「わたしは……行かないわ。行きたくないの」

なにも知らなければ、アリーセはいまのままでいられる。

アリーセは、弟がルトヘルを放蕩者呼ばわりしたことや、他にたくさん女がいると言い放ったことを気にしていなかったわけではない。それをルトヘルが否定しなかったことも。ただ、つらくて考えないようにしていただけだ。

やさしく美しい彼を他の女性が放っておくはずがない。それに思い至らないほどアリーセは世間知らずでもばかでもない。じつのところ、弟の言葉に納得していた。けれど蓋をしたのだ。いまの幸せを失いたくなかった。彼の隣にいられるのならそれでいいと思った。

そもそも、アリーセにやさしくしてくれる人がいること自体、おかしなことなのに。

「やめて……やめて。見たくない……。なにも知りたくない」

大切なものが壊れてしまう。失いたくないものが消えてしまう。

「うるさい！　静かにしろっ。姉上はいつもいつも逃げてばかり。荒療治が必要だっ」

ノアベルトに手を引っ張られ、アリーセは回廊をよろよろ歩く。なぜ幸せを壊すまねをしなければならないのかわからないまま、息苦しくて、それでもなんとか息をした。

脳裏に蘇るのは、池のほとりでのルトヘルの笑顔。彼の居室で過ごしたこと。心をゆさぶられた言葉の数々。そして、やさしい視線とあたたかな接吻、行為のぬくもりだ。

回廊を逸れ、ざくざくと中庭の草を踏む。途中、小枝がアリーセの腕を引っ掻いた。

実際、ノアベルトが示したそれを見た時のアリーセは、〝ほらね〟と思った。

——ほら、壊れた。

ノアベルトに、絶対に物音を立てるなと言われて木の陰にしゃがみこみ、息をひそめながら見上げた窓。途中、景色がにじんでよく見えなくなって、何度も目を拭った。

アリーセが目撃したのは、窓が開け放たれた豪奢な部屋で、妖艶な女性と絡みつくように抱きあうルトヘルの姿だった。ふたりが交わしているのは、ねっとりと溶けあうような、官能的な接吻だ。それはまるで性交を思わせる。

この時、言われなくても理解した。彼にとってアリーセは戯《たわむ》れであり、本命はあの人だと。ふたりの関係は長年続いているとしか思えなかった。やけに手馴れて見えるのだ。

いまこの場で灰のように散り散りになり、儚くなれたらどんなにいいだろう。

「あ、見てよ。あの女、服を脱ぐよ。あの人の付き合いのある女は全員すぐに脱ぐんだ」

ノアベルトの言葉のとおり、女はドレスを脱いでゆく。アリーセとは違い、豊満な身体つきだ。その剝き出しの背中に回される彼の黒い袖。白い背中にやけに映えていた。

アリーセのひざはがくがくと震えた。

〝ぼくはあなたがはじめての相手ですよ。貞操を捧げます〟

頭に彼の甘い声が響く。けれどもそれはまやかしだった。身を切り刻まれるようだった。

もうこの場にはいられない。アリーセはノアベルトの制止に構わず踵を返す。本当は走り去ってしまいたかったが、この足ではできないのだ。それが恨めしくて仕方がない。

涙を必死に我慢した。矜持などないに等しいけれど、いまだけは泣きたくない。

無性にバーデに会いたくなって、庭園をひたすら目指す。

雨は本降りになっていた。ルトヘルと過ごした池や四阿がけぶって見えている。

この時ばかりは雨に感謝した。こらえきれずに泣いてしまったからだった。雨は涙を流してくれるから、実質泣いていないのと同じだ。

ひぐ、ひぐ、と肩をゆらしていると、アリーセを見つけてくれたのだろう。ぱしゃぱしゃとバーデが元気に駆けてくる。スカートに小さな身体が飛びつくたび、泥に汚れた足の跡がついたが構わない。アリーセはバーデを抱きあげ、ぎゅっと抱きしめる。

「バーデ……。わたしには、バーデだけよ。もう……、もう、あなただけ」

いままでも孤独だったが、これまで以上に猛烈な孤独を感じる。

アリーセは、幼子のように声をあげて泣いていた。その情けない顔をバーデが舐める。

どれほど泣いていただろうか。辺りはすっかり暗くなっていた。

バーデもどこかへ消えていた。まるで、世界にひとりぼっちでいるようだった。

＊　＊　＊

目が覚めた時、この四日の間、降り続いていた雨の音は聞こえなくなっていた。荒れていた風はぴたりとやんでいるようだ。毎日、鬱々と雨音を聞いていたというのに、いざなくなるとさみしさを感じている。

アリーセは、あの日から気力が湧かなくて、寝台を離れられなくなっていた。バーデの餌やりにも行くことができず、ダクマに代理を頼んでいた。そんななか、ルトヘルからは毎日手紙と花が届き、心が引き裂かれそうだった。見れば悲しみがこみあげて泣けてくるから、手紙は読まずにしまいこみ、花はすべてダクマにあげた。

横になったままアリーセが身じろぎすると、倦怠感に襲われる。このところ以前より頻繁に火照りとだるさを感じている。一日じゅう寝台の上でくよくよ悩んでいるせいだろう。

――すべてを忘れてしまえたらいいのに……。

ほどなくして、静寂のなかで鳥のさえずりが聞こえ始めた。かつて飼っていた鳥のアンデを思い出すけれど、弟が殺したというダクマの言葉も同時に蘇り、涙がでてきてしまう。

――望みは打ち砕かれ、大切なものは取り上げられる。もしくは、壊されるのだわ。

寝返りを打ったアリーセは、扉が開いたことに気がついて、慌てて眠ったふりをする。

「アリーセさま、おはようございます。……アリーセさま？」

このところ、いくじなしのアリーセはダクマにあいさつを返せない。彼女が去ることを望んでいる。口を開けばめそめそと泣いてしまうし、わけを話さなければならないからだ。

「ルトヘルさまが今日、式典のドレスを届けてくださるそうです。ぜひ、あなたが直接お受け取りください。あの方は毎日あなたに会いにいらしてますし、花も届いています」

受け取るだなんてできるわけがなかった。アリーセは、気づかれないよう薄目を開ける。

届けられたのは桃色の小さな花束だ。国の方針で白い花がほとんどのエルメンライヒにおいて、桃色の花はよほど探さなければ手に入れられない。彼が手ずからとってきたのだろうか。その姿が思い浮かんで、花の姿がにじんでいった。

思えば、池のほとりで彼がアリーセの髪に挿した花と同じ色だ。だが、いまのアリーセは素直に喜べない。ばらばらにしてやりたいと思ってしまうし、花でごまかそうなんてしらじらしいとさえ思う。

「ルトヘルさまは大変心配なさっていました。……アリーセさま、落ちこまれている理由を話していただけませんか？　あなたは最近、食も細くて心配です」

黙っていると、少し低い声でダクマは言った。

「アリーセさま、あなたは責任あるお立場です。そろそろ大人になってもよろしいのでは？　ルトヘルさまにドレスを仕立てていただいた以上、あなたが対応しなくては」

アリーセは歯をくいしばる。それはわかっている。けれど納得できないのだ。ひそかに恋人を持ちながら、のこのこと会いに来るなんてひどすぎる。まだ騙し足りないのだろうか。これを大目に見るのが大人の女性なら、大人などこちらから願い下げだ。

「…………会いたくないわ。ダクマが会って」

「なぜです？　わけをおっしゃってください」

「それは言えないの。……ドレスは、あの人に突き返して。……着たくないわ」

「アリーセさま、なにをおっしゃっているのです？　式典は明日です」

アリーセは、理性的になれない自分が嫌いだ。しかし、どうしても抑えられない。

「式典なんかどうでもいい。こんなわがままなわたしは嫌でしょう？　ダクマは他の人に仕えてくれていいわ。あなたには、ふさわしい人が他にいるから。……ひとりにして」

毛布を頭から被ってまるまった。ダクマには亀《かめ》のように見えているだろう。彼女は去ってしまうに違いない。けれど、たとえ後悔しても、とにかくいまは放っておいてほしい。

上から大きなため息が落とされて、その後彼女は部屋を出ていった。同時にアリーセは自分の身体を抱きしめる。

彼に純潔を捧げてしまったことが悲しくて、戯れの相手にされたことがつらかった。誰よりも信じていたかった。けれどもう無理だ。彼への信頼は跡形もなく壊れてしまった。

彼に突き返してと言ったのに、目の前にあるのはルトヘルが仕立ててくれたドレスだ。しかも小物まですべて揃っているようだ。先ほど受け取ったのだと報告に来たダクマは、あっさりと置いていってしまった。

悲しくなるほど美しいドレスは、あの時にはなかった真珠が朝露のように散りばめられ、さらにすばらしくなっていた。めずらしい生地なのだろう。陽のもとにある時、黄昏が近づいた時、蠟燭のもとで見た時と、光の具合で趣《おもむき》が変化する。その変化を、アリーセはひざを抱えて眺めていた。

見ているとつらくなるから見たくないのに見てしまう。思い出されるのは仮縫いのドレスを着た日だ。あの日彼と結ばれた。行為のことまで頭をよぎり、勝手に身体がうずいた。おぞましくて、穢らわしくて、でも、いとおしくて仕方がない。幸せが身体から抜けないまま留まっている。こんなものいらないのに。彼を思い出してしまうから。

――忘れたい……。深く眠れば忘れられる？

涙でびしょにびしょになりながら、アリーセは側机の引き出しから小瓶を取り出した。眠れない日は、飲み物に数滴混ぜて飲むといいとダクマに言われている。それを全部一気に口に流しこめば、喉が焼けつくように熱くなり、けほけほと咳きこんだ。

動悸にみまわれ、呼吸が浅くなる。寝台に横になりながら、激しいめまいに苦しんだ。次第に強い睡魔がやってきて、まぶたを閉じる。ふわふわしていて、くらくらした。世界が揺れているかのようだった。もう、すべてがどうでもいいと思った。

〈なぜこんな、アリ……。――ダクマ、どういうわけだ〉

それは、異国の言葉のようだが、頭がまったく働かなくて、意味はわからない。

〈アリーセさまは蒸留酒を飲んでしまわれたようです。数滴でも酔われる方ですのに〉

〈早く薬を持ってこい〉

ほどなくして、口はやわらかなもので蓋をされ、苦いものの後に水が流しこまれる。

〈アリ、明日には国を出られる。きみは誰よりも幸せになるんだ〉

ぎゅっと身体を抱きしめられる。大好きな香りに包まれて心地いい。

ふたたび唇に熱を感じて、涙がこぼれる。待っていたのはこれだった。

「姉上、なんなんだよ、なんなんだよ！　ぼくを陥れる気？　なにを考えているんだっ」

弟のノアベルトがアリーセのドレスを見てがなりたてている。無理もない、前にも着ていた黄色のドレスを纏っているからだ。着飾る母からも、侮蔑のまなざしを向けられる。

「恥ずかしいこと。アリーセ、くれぐれも会場ではわたくしに近づかないで頂戴」

アリーセは、母の凝りに凝って結い上げられた金色の髪と、首元の見事なサファイアの首飾り、それに合わせた真新しい青のドレスを見て、そっとため息をつく。

「わかりました。お母さまとノアには誓って近づきません」

今日の目覚めは最悪だった。目を開けた瞬間、猛烈な頭痛に襲われて、吐きそうだった。昨夜小瓶の中身を飲んでからの記憶がない。頭痛に阻まれ、深く考えることもできないままだった。

アリーセは頑《がん》としてルトヘルのドレスを拒絶した。ダクマには再三説得されたが纏うくらいなら死にたいと思った。彼の侍女が待ってくれているとわかっていても、彼の居室に訪ねることも、謝ることもできないでいた。良心がうずいても蓋をした。

気分は悪いし、足もふらつく。なにもかもが嫌になる。平気なふりをしていること自体が大変だった。髪もどうでもよくなって、ただ梳かした上に白い生花をつけるに留めた。

式典に向かう足どりは重かった。まだはじまらないのに早く終わってくれることを願う。アリーセのぎこちない歩みが止まったのは、柱の近くに妖艶な女性を見たからだ。豪奢に着飾ったその人は、ルトヘルと抱きあい、接吻していた女性に似ている。とたん、吐き気に襲われ、よろよろと回廊を逸れ、木の陰でうずくまる。両手を顔に宛てがった。頭をめぐるのは彼と女性の逢瀬だ。ふたりが裸で絡みあっている。

立ち直るには時間がかかった。

混雑していた回廊はもう人はいなかった。ぽつりぽつりと衛兵が立っているだけだ。動きたがらない足を叱咤して歩きだす。ルトヘルにだけは会いませんようにと願った。

会場は酔いそうになるほどの光と人に溢れていた。

シャンデリアのかがやきが殿方の衣装や婦人のドレス、宝石に反射する。国の催しは男女の出会いの場でもあるため、皆、いつも以上に華やかな装いだ。あでやかな笑顔を振りまき、心から楽しんでいるようだ。そのなかで、アリーセのみすぼらしさは際立った。場違いすぎて居たたまれない。

アリーセは壁ぎわに寄り、人の目につかない場所に立った。

奏でられる音楽が頭に響いて重圧がのしかかる。耳を塞いでしまいたい衝動に駆られた。

――もうここにいたくない。どのくらい会場にいたら式典に参加したことになるの？

柱の陰に隠れていようと考えたその時だ。アリーセは、呼吸を忘れそうになる。

これまでの催しではルトヘルを見かけたことはなかったから、今日も出会わなくて済むと思った。しかし、見つけてしまった。誰よりもきらきらしている彼は非常によく目立つ。長身を包む黒い衣装は、彼の銀色の髪を引き立て、足の長さや顔の小ささを見せつける。黒のマントや髪型は、どの角度からでも魅力的に見えるよう計算されているようだ。まさにエルメンライヒの飾りだ。欠点がない人は、きっとこの国では彼だけだろう。

　自分は本当にあんなに素敵な人と手を繋ぎ、会話をしていたのだろうか。

　知らず見惚れていたアリーセは目を逸らす。けれど、その直前に彼と視線が交わった。心臓が止まるかと思った。脳裏には、銀色の瞳を見開いた彼の顔が焼きついている。

　アリーセは、すぐさま人混みをかきわけて、彼から離れようと必死になった。

　途中で声をかけられた。異母兄や異母姉たちだった。ドレスや髪をけなされたが、会釈だけで通りすぎ、取りあわなかった。後からいじめられるだろうが、構わないと思った。

　――いっそ、いじめ殺してくれたらいいのに。生きていてもろくなことがないもの。

　痛いのも、苦しいのも、つらいのも、我慢するのも、もう限界だ。

　息を切らしたアリーセは、こわごわと後ろを振り返る。彼は追ってきていない。

　ほっとしなければならないのに、さみしく思うのはなぜだろう。逃げたのは自分だというのに、彼が追ってくるとでも思っていたのだろうか。

　――恥ずかしい……。わたしってとんでもないうぬぼれ屋だわ。

　しょんぼりしたアリーセは、踵を返し、とぼとぼ歩く。その時、声がかかった。

「探しましたよ、アリーセ王女。なぜ隠れているのです？」

うつむき加減の顔を上げれば、立派な衣装を纏った人がいた。

はじめは誰かはわからなかったが、微笑まれて気がついた。いつかあかつきの間で話をしたスリフカ国の使者だ。あの時は地味な格好をしていたこともあり、おとなしそうな人だと思っていたが、いまはまるで印象が違った。堂々としているし威厳がある。

「お久しぶりです。あなたは今日も変わらずうつむいているのですね」

とてもではないが、彼は使者という出で立ちではない。刺繍にしても生地にしても、身につける宝石やマントにしても凝っていて高価だとわかる。とんでもない資産家だろう。

アリーセは困惑しながら、彼と、後ろに控えるふたりの従者を見くらべた。彼らもまた、あかつきの間にいた人たちだ。

「ああ、私の変化が気になりますよね。あなたとは以前使者として会いましたが、嘘をつきました。私はラドミル・パヴェル・アビーク・オト・バルターク。スリフカ国の第一王子です。後ろのふたりは私の従者で、幼なじみのオレクサンドルとダーウィト。私は独身ですが、ふたりは妻帯者ですので、くれぐれも惹かれないようにお願いしますね」

続いて彼はアリーセの耳もとで、「あなたに会いに来ました」と囁いた。

「アリーセ王女、あなたとはただちに親睦を深めたいので、失礼して言葉を崩します。お嫌でしたら咎めてください。——ところできみは、まだ結婚するつもりはないの？」

アリーセが目をまるくしていると、王子は従者に耳打ちをした。ふたりが去ると、スリフカ国の話をし始めたが、ただぼうぜんとしながら聞いていた。

「ごめんね、驚きが冷めやらぬといったところかな？　でも、あの日は使者に対する王女たちの態度を見ておきたかったから変装する必要があったんだ。私は威張る女は好かないからね。経験上そういった女は癇癪持ちだ。場の空気を壊す女は妻にはしたくない」

なぜこんな話を聞かされているのかわからない。アリーセは相づちでごまかした。

「じつはね、あの日会話をした王女はきみが最後だったんだ。それまではあんな女たちのなかから妻となる人を選ばなければならないのかと父を恨みかけていたが、よかったよ」

アリーセは眉をひそめた。王子がさも自分を妻に望んでいるような言い方をするからだ。口をまごつかせていると、彼の従者が戻ってきた。なにかを抱えているようだ。

彼らからそれを受け取ったラドミル王子は、にっこり微笑んだ。

「アリーセ王女、きみに土産があるんだ。商人が持ち寄った生地がきみに似合いそうだから仕立てさせた。いま着ている黄色のドレスに似合うと思うから持ってきてもらったよ」

話しながら、彼は美しい布を広げ、アリーセに纏わせようとする。それは素敵な羽織物だが、当然アリーセはためらった。ルトヘルのドレスを拒否しておきながら、別の男性から新たに衣装を贈られるのはとんでもなく礼を欠く行為だ。

しかし、やめてほしいと伝える前に、彼にてきぱきと着付けられてしまう。

「うん、似合うね。とてもいいと思う。私は趣味がいいと自負しているんだ。どう？」

王子の趣味のよさはたしかだ。アリーセのみすぼらしいドレスは羽織物のおかげでたちまち華やかになった。おまけに王子は贈り物だと言って、金茶色の髪にはエメラルドの髪飾り、羽織物には揃いのブローチを取りつけた。

「これは……あの、わたしはいただけません。そんな」

「アリーセ王女、無粋なことはなしだ。女性は男からの贈り物はありがとうと言って、笑顔を見せて受け取ればいい。男が贈る意味は、喜ぶ顔が見たいだけなのだから」

アリーセがどう返していいのかわからず固まるなか、王子は目を細め、反応を楽しんでいるようだった。「きみを幸せにするよ」といった声は、緊張しきったアリーセの右の耳から左の耳へと流れていった。

「ほら、周りを見てご覧。きみによく似合うから注目の的になっている」

おどおどしたアリーセが辺りを見回せば、いつの間にか多くの目がこちらに向いていた。

「どうしてそんなに自信がないんだろう。あごを上げて背すじを伸ばしてご覧」

アリーセの目に映るのは驚き顔の母と弟。そして、こちらを憎々しげに睨みつける王女たち。だが、次の瞬間、アリーセの顔がこわばった。表情なくこちらを眺めるルトヘルと目があったのだ。

動揺したアリーセは気もそぞろになり、王子の相手をしながらも、意識はルトヘルのほうへ向いていた。汗をにじませていると、途中で音楽が切り替わる。

「踊ろうか。この会場にいる全員に、美しいきみを見せびらかしたいな」

アリーセの足は昔の怪我の影響で、歩けるけれど踊りは無理だ。王子に萎縮しながらしどろもどろに断っていると、目の端に、きらびやかな女性と踊るルトヘルを捉えた。

ぎゅっと胸が締めつけられる。踊れない自分が悲しくて、せつなくなった。

彼の相手は、会場一美しいドレスを纏った第五王女のアウレリア。彼女と向き合う彼の横顔は笑って見える。先ほどのアリーセへのすげない態度と、アウレリアへの彼の差にこみあげてくるものがあった。先日までは、あの笑顔はアリーセに向けられていたのに。

とうとうアリーセは激しい頭痛を覚えるだけでなく、気分が悪くなってきた。

「――アリーセ王女、聞いてる？　……聞いていないね。きみが気になっているのは、エルメンライヒの生ける至宝と名高い彼かな？　きみもルトヘルが好き？」

息をのんだアリーセは、即座に首を横に振ったが、ラドミル王子は穏やかに言った。

「嘘が下手だね。彼に恋をしない女の子はいないんじゃないかな。彼はハーゲンベックが描く精霊みたいだからね。きみの年ごろの娘は夢見がちで、現実離れしたおとぎ話に惹かれるようにできているんだ。けれど、想いは続くことがないと知らなければならない時が来る。彼は儚い夢そのものだからね。まさに、決して手に入れられない至宝だ」

声に出すつもりはないのに、アリーセは「儚い夢」と復唱していた。

「そう、儚い夢。私が彼をはじめて見たのは八年前だが、当時から人間とは思えないほど美しかった。彼は飾りとして生涯を終えねばならない。――あと何年、あの造形を保つことができるだろう。……だが、おかしいな。彼はなぜ黒い衣装を纏っているんだ？」

「……それは、おかしなことなのですか？」

「王女のきみにそれを聞かれるとは思わなかった。エルメンライヒの王侯貴族は黒は不吉な色としている。避けるはずだよ？　きみも黒い衣装は持っていないいんじゃないかな」

たしかに持っていない。アリーセは世情に疎いため初耳だった。王子を見れば、ななめ上に目をやりながら「あれしか考えられないか」とつぶやいた。

「ここだけの話だが、私は八年前にルトヘルに求婚している。……はは、女の子だと思ってしまってね。当時聞いたのだが、彼の母親はコーレインの王女とのことだ。で、我が国は半年前からそのコーレインと交易している。彼らは黒を纏う人が多くてね、気になって理由を聞いた。コーレインでは、既婚の王侯貴族は黒を纏うしきたりがあるらしい」

心臓が締めつけられる。アリーセはルトヘルが黒以外を纏っているのを見たことがない。

「私が三年前に見たルトヘルは白い衣装を着ていた。だが、いまは黒だ。ということは、コーレイン式に考えれば、彼はこの三年の間に結婚したということになる」

〝結婚〟の言葉が重くのしかかる。思い出されるのは、肖像画のなかの小さな彼だ。たしかに黒を着ていなかった。その一方で彼の母親のドレスは黒だった。

「アリーセ王女、大丈夫？　顔色が悪いね、少し風に当たろうか。おいで」

暑くもないのに汗が出ていた。口のなかで嫌な唾がにじみ出る。気持ちが悪い。

アリーセは、王子に身体を支えられながらテラスへと移動した。

「飲み物を取ってこようか。少し待っていてくれるかな」

ラドミル王子が自身の従者にあごをしゃくると、ひとりは彼についていったが、もうひとりは戸口に留まった。しかし、アリーセに背中を向けて会場内を見ている。王子はアリーセにひとりで頭を冷やす時間をくれるらしい。気配りができる人だと思った。

いまだけは、テラスはアリーセだけの空間だ。息を思いっきり吸いこめば、鼻につんと刺激が走る。涙がにじんだが、夜の空気が澄んでいるせいにした。

空を見上げれば、雲間にぽつぽつと星が見え、月も顔を出していた。

夜風が金茶色の髪を攫って後ろになびかせる。アリーセは、流されるがまま目を閉じた。頭のなかはごちゃごちゃで、整理するのが難しい。すべてを放棄してしまえたらどれほどいいだろう。アリーセは、恋に破れたいま、心の置き場がわからないでいた。

――つかれたわ。わたしはどうして生きているのかしら。いいことなんてないのに。

頰に涙が垂れてくる。いまの涙はなんのせいにしたらいいのだろう。

ぐいと拭うと、背後から声がして、アリーセは目を見開いた。

〈アリーセ。泣いているのですか〉

ルトヘルの声だった。しかも、コーレインの言葉だ。

顔を引きつらせたアリーセは、咄嗟に去ろうとした。けれど、足は根が生えてしまったかのように動かない。焦っていると、彼が悠然と近づいて、ふたりは顔を突き合わせる。

〈涙のわけを聞かせてください〉

心配そうにこちらを見つめている。けれど、ひどい人だと思ってしまう。この銀色の髪も瞳も唇も見たくない。黒い服はもっと見たくない。だから、見せないでほしい。

顔をうつむけると、あごを指で上向けられてしまった。いま救いがあるとするならば、暗がりのおかげで顔が赤いことが彼に知られないことくらいだ。

ルトヘルは淡々と語りかけてくるが、アリーセはコーレインの言葉の意味を聞き取れないほど動転していて、なにも言い返せないでいた。わずかしか把握できない。

〈どうして会えなかったのか話してください。わけがわからないまま過ごすのは限界です。ドレスを着ていないのはなぜ？　王子の贈ったものを纏う理由は？　説明して〉

声はやさしい。だが、アリーセは彼が腹を立てていることに気づいていた。身体がぶるぶる震えだす。いじめられてきたこともあり、他人の怒りがありありとわかるのだ。

それに気づいたのだろう。ルトヘルは眉間のしわをすっと消し、今度はかすかに唇を笑みの形にゆがめて、〈怖くないよ〉と、アリーセの身体に手を回そうとする。

アリーセは、ルトヘルが触れる前に一歩下がって手を避けた。

彼は目を瞠る。その顔を見ながら、アリーセは自分が彼と同じ――否、それ以上に怒っているのだと気がついた。気づいたが最後、ぐつぐつと奥底が燃えるように熱くなる。

〈アリーセ？〉

呼ばれたとたん、ぼろぼろと涙がこぼれる。

「名前を呼ばないで。……悲しくなるから。…………帰って。ひとりになりたい」

怒っているからなじりたい。けれど、できない。二度と会いたくないと思いながらも失いたくないのだ。離れたいのに側にいたい。顔を見たくないのに見つめていたい。

「アリ、ひとりになりたいというのは嘘でしょう。きみの言葉と顔はちぐはぐだ。ぼくはきみのことはきみ以上に知っている。話をしよう。きみの憂いはすべて払うから」

「……なにも聞きたくない。あなたになにがわかるの。……知った風な口をきかないで」

アリーセは踵を返し、去ろうとした。が、その刹那、手首をつかまれる。

なんてまっすぐに見つめてくるのだろう。切れ長の銀の瞳はアリーセしか見ていない。目もとに彼の手が伸びてくる。頬にこぼれる涙を拭こうというのだ。アリーセは彼に拭かれる前に、意地になって、王子からもらった豪華な羽織物の袖でぐいと拭った。

「ねえアリ、ぼくたちはともに城の外へ出るんだよ。隠し事はなしだ。理由を話して」

「………嫌よ、行かないわ。もうやめて。これ以上話したくないの」

彼の瞳が鋭くなった。アリーセが怯んでいると、かたりと音がして、ふたりで見やる。

ラドミル王子だ。杯を手にした王子が険しい顔で立っていた。

「なにをしているんだ」

不快を隠さない低い声だった。底知れぬ気迫を感じて、戸惑うアリーセはなにも言えない。手を放してほしいが、ルトヘルの手にはますます力がこめられる。

「お久しぶりです、ラドミル王子。三年ぶりでしょうか。アリーセ王女殿下とは、ともに庭園で犬を育てていまして、その報告をしているのですよ」

なにを考えているのだろう。ルトヘルを仰げば笑みが返される。だが、硬い笑みだった。

「バーデは今日も元気でした。会いに行ってあげてください。彼は毎日待っています」

頷きつつもアリーセは鋭い視線を感じて王子を見た。王子の目はルトヘルに向いていた。

「犬の話とは信じがたい。私には、貴殿がアリーセ王女を口説いているように見えるが」

「どのように捉えていただいても結構です」

「ところで貴殿は婚姻を禁じられていると聞いている。子孫を持つ資格もないはずだ。アリーセ王女を口説いても先がない。その行動は無意味と言わざるをえないのでは？」

「よくご存知で。ですが、ぼくが健全な男であることは変わりません。たとえ飾りとして扱われようともぼくも人間です。想いは自由。誰も妨げることはできないのでは？」

ふたりは口の端を持ち上げて笑って見えても、目は穏やかさからはほど遠い。研ぎ澄まされて、雄弁にぎらついている。これ以上会話が続けば、悪い結果になるのは見えていた。

割って入れるような雰囲気ではなかった。けれど、アリーセは勇気をふりしぼる。

「……ラドミル王子、の……、飲み物をありがとうございます。いただいていいですか」

「もちろん。きみのために持ってきたからね。さあ」

王子が杯を差し出すと、ルトヘルの手がアリーセから離れてゆく。その瞬間、失われた熱に形容しがたい想いが湧き上がる。心にぽっかりと穴があいたかのようだった。

「風にはじゅうぶん当たったね。なかへ戻ろう。きみに大事な話があるんだ」

アリーセは王子に手を取られ、テラスから遠ざかる。

振り向くことはできない。背中にひしひしと視線を感じた。

五章

「——とうとう世界が動き出すわ。長かった」

白い花が咲いていた。窓辺の椅子にたおやかに腰かけて、花びらが風に流れるさまを見ていた母は、ぽつりとつぶやいたあと、「ルトヘル、いらっしゃい」と息子を呼び寄せ、その耳もとに唇を寄せてゆく。続きはコーレイン国の言葉に切り替えてつむがれた。

〈もうじき王が死ぬわ。囚われの身のあなたもわたくしも、本来の姿に戻る時がきたの〉

それは十六年前——ルトヘルが四歳のころの出来事だ。

〈フローリス、コーレインの言葉を忘れてはだめよ〉

〈わすれません。ですが、なぜおかあさまは、ぼくをフローリスとよぶのですか。おかあさまは、コーレインのことばをはなすときだけは、ぼくをそうよびます〉

〈それがあなたの本当の名前なの。覚えておきなさい〉

〈なぜコーレインのことばをわすれてはだめなのですか〉

〈あなたが話すべき言葉だからよ〉

コーレイン。まだ見ぬ遠い国だが、ルトヘルと母の中心にはつねにかの国があった。

それでも彼はエルメンライイヒの王子だから、建前上生国のしきたりや宗教に従ってはいた。だが、母に教えこまれた作法はコーレイン流のものだった。使う言語さえ、エルメンライヒよりもコーレインの言葉のほうが得意になっていたほどだ。母が及ぼす影響は、幼いルトヘルには絶大だった。それは価値観や思考にまで及んでいた。

コーレイン国の王女であった母は、世界の果てまで名が知れ渡るほどの美貌を誇る人だったという。透けるような白皙の肌、銀色の髪と同色の瞳は人を虜にしてやまなかった。

当然ながら、母を放っておく男はおらず、多数の国から求婚者が殺到していたらしい。そのうちのひとりがエルメンライヒの王だった。だが、母はコーレインで生涯を終えると決めていた。それもあり、母の兄――コーレイン国の王は、妹のすべての縁談を断った。

しかし、エルメンライヒの王は母を諦めたりはしなかった。大国の名のもとに圧力をかけ、コーレインの王とともに母をエルメンライヒに招待し、その時、母を手篭《てご》めにした。以降、母は王の子種が腹にあることを理由に、帰国を許されなかった。

コーレインの王は激怒して、母は悲嘆にくれたが、強国エルメンライヒに盾突くことができないのは明らかだった。泣き寝入りするしかなく、母はエルメンライヒに輿入れした。

そして、婚姻から一年を経たずして、母の容姿を引き継いだ息子のルトヘルが生まれた。

母は暇さえあれば窓辺で過ごし、はるか遠くをぼんやり眺めていることが多かった。なにもかもを諦めているように見えたが、まったく諦めていないようにも見えていた。

母は理解しがたい人だった。儚く幻想的な容姿をしていて、男女の情事には無縁のように見えるが、王の寵愛を受けながら、他の男たちと関係を持っていた。息子に隠し立てすることもなく堂々と男を引き入れて、裸で絡みあっていた。性交は、ルトヘルの日常に溶けこむほどに間近にあった。王がいない時には一日中だ。

特に熱心に母を求めていたのは、王の歳の離れたいとこ——ルードルフとマインラートの兄弟だ。母は王を憎んでいたのだろう。じわりじわりと兄弟を野心家に変え、王位の簒奪をそそのかした。結果、彼らに絶対的な権力を持つ夫を討たせたのだった。

ルトヘルが知る限り、母は五度身ごもったが、いずれも堕胎した。赤子を汚らわしいものだと考えていたようだったが、ならばなぜ、ルトヘルを産んだのかは謎のままだ。

そしてある日のこと、母はこう言い残してエルメンライヒを去った。

〈崇高なコーレインの鷹《たか》。誇り高きフローリス。あなたはわたくしの道を切り開く鍵となる。置いてゆくのは心苦しいけれど、わたくしには悲願があるの。いまこそ、あなたを産んだ母の役に立ちなさい。聡いあなたは必ず生き残る。すぐにあなたを迎えに来るわ〉

母を連れ出したのは、情夫のひとりで、王の覚えもめでたい〝エルメンライヒの英雄〟騎士ミヒエルだ。母が関係を持っていたのは、利用価値のある者だけだった。

母は己の美と身体を武器にして、男を魅了し、操った。そして五年かけ、望み続けたコーレインの地へ戻った。

残されたルトヘルは聡いといっても四歳だ。母が残した資産や宝石があっても使いこなせるわけがないし、当然、取り上げられるに決まっていた。しかも、自身の父親である王が惨殺されて国の王がすげ変わったのだ。ルトヘルとしてはいつ殺されてもおかしくない状況で、日々命の危機に晒された。

母親違いの兄弟は、男が五人に女が七人いたけれど、いずれも断頭台送りになり儚く散った。生き延びることができたのは、すでに異国に嫁いでいた異母姉ふたりのみだった。

――ぼくのばんはいつだろう。

死にゆく異母兄弟たちを見ながら考えた。

死への恐怖はなかった。生に齧《かじ》りつきたいと思えるほど、生きることに興味はない。ただ、母親に利用されたことは自分でも気づかないうちに傷となっていた。たったひとりの息子のはずなのに道具のように扱われた。おそらく、ルトヘルが堕胎されずに生かされたのは、母が国を出る際の時間稼ぎのためなのだ。それだけのためにこの世に生まれた。

だが、このまま死ぬのも癪に障る。

なにがなんでも生き残り、もしも母親が迎えにきたら、おまえなんかとはともに行かないとその時断ったら、どれほど胸がすくだろう。捨てられたのだから捨て返してやればいい。母が心底反省し、すがりついてくるのであれば、許さないでもなかったが。

この時、彼は思い至っていなかった。母が迎えに来る前提で事を進めた場合の傷の深さを。実際、一年が過ぎ、二年が経っても、母は迎えに来なかった。それが幼い彼を打ちのめした。心のどこかで母に会いたいと願っていたし、母もそのはずだと信じていた。

生き延びると決めたルトヘルが真っ先に行ったことは選別だった。自分に有益な者と邪魔な者。ひとつでも間違えれば奈落の底だが、幼かったためか迷いはなかった。

幸運と言えたのは、新たな王が予想以上に母に懸想していたことだった。ルトヘルの容姿は母を連想させて、彼に処刑をためらわせたのだ。

ルトヘルは、〝エルメンライヒの飾り〟という立場を利用し、天使のようなきらきらとした美しさと愛くるしさを振りまいた。そのためか、彼を貶めたり、無下にできる者はいなかった。いたとしても、目に涙をためてふるふると震えれば、大抵望みは叶えられた。

ひとりで生きる彼がおのずと学んだのは、情報は、宝石よりもはるかに価値があるということだ。子どもの形《なり》を活用し、諜報活動をするのはお手の物。

安直に考える者なら王に取り入るだろう。けれど、ルトヘルは王に媚びたりしなかった。懐柔すべきは弟のほうだと考えた。王に比べて王弟マインラートは感情の起伏が激しくなく、冷静に判断する人だった。合理的な人ほど自分には厄介だと身をもって知っていた。

強大な敵になりうる人物は近くに置いたほうがいい。相手に自分を信用させればこちらの勝ちだ。それは何かの本の受け売りだったが、ルトヘルは積極的に王弟に情報を差し出した。大半が子どもじみたろくな情報ではなかったが、たまには光るものもある。ぶれない態度が王弟の心を動かしたのか、ルトヘルは、彼に近づくことを許されるようになった。

何もかもが順風満帆に進んだわけではなかった。危険なこともたびたびあった。だが、失敗から学ぶことを忘れずに勤勉で居続けた。無知を噛みしめ、辞書を引きつつ必死に本を読みあさり、王弟に必要な人間であろうと努力した。

やがて信用を勝ち取った結果、国に取り上げられていた母の財産を取り戻すことができていた。ルトヘルが出した結論は、何かをするのに金は不可欠ということだ。言い換えれば、金さえあればなんでもできる。

ルトヘルは、内心母の迎えを待ちわびながら、大人顔負けに自分の足場を固めていった。だが、母はついぞ現れなかった。


すぐに迎えに来ると言って音沙汰がなく二年経ち、待つのをやめたルトヘルは、母を自身のなかから消していた。人を信じればばかを見る。信じられるのは自分だけだと考えた。

それまでのルトヘルの原動力は母に対する復讐心だけだった。だが、母が来ないと悟ってからは生きるのが面倒になっていた。もともと生きることは困難だったが、そのための努力をやめたのだ。それに伴い、以前のような愛くるしい表情も抜け落ちていった。

「ルトヘル、余がなにを言わんとしているか、おまえならばわかっておろう」

王弟の居室に呼び出されたルトヘルは、愛想笑いすら浮かべることなく、淡々と答えた。

「ぼくの今後についてでしょうか。いま、大人たちのあいだでは、ぼくを断頭台へ向かわせるか否か、議論になっていると耳にしています」

金があしらわれた豪華な寝台に横たわった王弟は、手の中の黄金の杯をひと口あおる。

「いかにも。おまえは死ぬかどうかの瀬戸際にある。いまなにを思う」

「ぼくは前王の息子ですから、当然の処置かと」

それは、望みの答えではなかったのだろう。王弟の眉間にしわが寄る。

「つまらぬ。己の死にすら興味がないとは。……おまえに話してやろう。王はエフェリーネをコーレインから呼び戻そうと、この二年間ひそかに動いていたが、彼女にことごとく無視された。似た容姿を持つおまえを見ていると、袖にされた屈辱が蘇るのだろう。かわいさ余って憎さ百倍というやつだ。あれはおまえが目障りになったらしい。とはいえ、いまだにあれはおまえの母に執心している。つまりはおまえの命は母親の反応次第だ」

この王弟マインラートとて、王と同じく母に執心して見えたが、王が心を奪われていたのに対し、王弟は母の身体に溺れていたようだった。

「ルトヘル、母親に書簡を出せ。エフェリーネが戻ればおまえは生き残れる」

「お断りします。ぼくが手紙を書いたとしても母は来ません。母はコーレインに戻ることしか考えなかった女です。事実、ぼくを帰国のための囮にするためだけに産みました。息子への情などありません。母は、コーレインに留まるためならなんでもやります」

王弟は、黒い瞳にじっとりとルトヘルを映しこんでいたが、ふいにけたたましく笑った。

「あれは痛快で鮮やかな脱出劇だった。よもや鉄壁を誇るエルメンライヒから出られる者がいようとは。綿密に計画していたとしか思えぬ。エフェリーネが去り、我が兄は放心しておった。余も突如としておまえの母を失い、ただの女では満足できなくなった。美しい上に、あれを超えるよい身体を持つ女はいない。思い出すたび、下腹がうずく」

ルトヘルがなにも答えないでいると、王弟は一気に杯の中身を飲みくだした。

「おまえは六つになったと言っていたな。余はおまえを死なすのは惜しいと考えている。だが、害を被ってまで動くべきではないとも思う。そこでおまえに選択肢を与える。エフェリーネを余に差し出すか、余の足枷となる者たちをおまえが退けるか。選べ」

その意図をルトヘルは理解していた。王弟は、兄から王位の簒奪を目論んでいる。母は王に対してよい駒になるだろう。そして、ルトヘルには母と同等の働きを求めている。

「どうだ。余の手足となるなら、おまえを庇護してやる」

生きているのは億劫だ。ルトヘルは断ろうとしたけれど、王弟は先を読んでいたのか、自身の唇の上に人差し指をあてがって、「しいっ」とルトヘルを遮った。

「短絡的に答えを出すな。時を与える。三日だ。まことに生に未練がないのかを、その小さな頭でよく考えよ。おまえが今後生きるには、余の力なしでは叶わぬ」

ルトヘルが退室する前に、王弟は近くにいた女の召し使いを呼び寄せ、その服を引き裂いた。四つ這いにさせられる女を目の端に捉え、ルトヘルは、母を同じ目に合わせれば、いくらか気分は晴れるだろうと思った。が、すぐにその考えは取りやめた。母とは二度と関わりたくない。認めたくなかったが、いまだに母に刻まれた心の傷がうずくのだ。

これは実質、死まで三日の猶予なのだろう。わかっていてもルトヘルは無為に過ごすだけだった。あれだけ毎日読んでいた本もめくる気にならなかったし、なにもかもが面倒で、息を吸うのもばかばかしく思えた。

食事もしなかった。食べる行為自体が生を渇望しているように思えて癪だったのだ。動かなくなる最期の瞬間まで死を恐れるものかという意地もあった。誰にも——己にだって負けたくはなかった。

窓を見れば、黒い生地に白い穴が空いているかのような月がある。以前は月を見るのを好んでいたが、いまはなにも感じない。思えば母に捨てられてからなにかを美しいと思うことはなくなった。心を動かされなくなったのだ。

それは最後の夜だった。なぜ思い立ったのかはわからないが、彼は扉を開けて外へ出た。生ぬるい風が肌にまつわりついて、気持ちが悪いと思った。

庭園への道は、明かりがなくても満月の光が照らし出す。彼はたびたび立ち止まっては空を仰いだ。月光が邪魔をして見えづらいが星もある。なぜ星は瞬くのだろうか。そんな無意味なことを考えた。

池のほとりにたどり着き、ルトヘルは大きめの石に腰を下ろした。陽のもとではきらめく水面も、闇のなかでは奈落の底まで続く、ぽっかりと空いた穴のようだった。

せせらぎを聞きながら思い出されたのは母のことだった。どうでもよいと考えながらも、頭にこびりついている。思い出すこと自体が憎かった。なのに、どうにもできない。

記憶のなかの母は、寝台で男に抱かれて喘いでいるか、窓辺の椅子に座って遠くを眺めているかのどちらかだった。

当時の母の瞳を覚えている。母は、窓辺でなにを見ていたのだろう。

第一王女エデルトルートの瞳と似ている。近ごろルトヘルに言い寄ってくる女——エルメンライヒの第一王女はルトヘルのことを好きで愛しているのだという。それならば、同じ表情をしていた母にも相手がいたはずだ。色を含んだ熱い目だ。

——あの女がなにがなんでもコーレインに帰りたかったわけは、男か。

ルトヘルの身体には、コーレインの作法や言語が染みついている。それもおかしな話だ。

——なぜ、置いてゆくぼくにまで言葉を覚えさせた？　それに、フローリスという名前。ことごとく堕胎して赤子を拒んでいた母が、どうしてルトヘルだけを産んだのか。しかも、別の人生を用意しているかのように、名をふたつつけて。

——あの女はぼくが生まれた時早産だったと言っていた。……早産なものか。エルメンライヒに嫁ぐ前に、王以外の種を仕込んでいたとしか思えない。

おそらく自分の本当の父親は、母が思いを寄せる男なのだろう。十中八九、コーレイン国の男だ。それが真実だとすれば、ルトヘルの処刑は妥当なものだ。エルメンライヒ王の血を一滴たりとも継いでいないのに、王子と偽り生きてきたのだから。

いまになって気がつくなんて、まぬけにもほどがある。自分が滑稽すぎておかしくなる。

生きるのに必死すぎて、違和感を突き詰めて考える暇などなかった。

――これをあの女ははじめから知っていた。なにが母の役に立てだ。なにが聡いぼくなら必ず生き残るだ。なにが迎えに来るだ。くそ。なにもぼくに知らせることなく、こんな死ぬしかない国で。……ぼくはばかみたいにこのまま死ぬ。なんてまぬけだ。

くやしさがふつふつと湧き上がる。死の前日に持ちたくない感情だった。

頭を抱えたルトヘルは、歯を嚙みしめていたが、ふいに何者かの足音を聞きつけて、木の茂みに身を隠した。

小柄な女が大きな荷物を抱えて歩いていた。おぼつかない足取りで、重いものを持ったことがなさそうだ。女は池の前で立ち止まり、その荷物を躊躇うことなくどぼんと捨てた。ルトヘルは気づいてしまった。布が幾重にも巻かれた荷物がかすかに動いていたことに。

「なにを捨てた」

闇のなかから聞こえた声に、女は仰天したのだろう。けたたましく悲鳴があがる。が、ルトヘルは女の方を見もしなかった。視線は荷物に注がれている。

間違いなく生きた人間だ。彼は濡れるのも構わず、とっさに池に飛びこんだ。

普段ならどうでもいいと捨て置いていたはずだ。他人に興味はないのだ。しかしその荷物は人と呼ぶにはあまりにも小さくて、子どもだとわかっていた。

うねうねと動くそれを池のへりに引っ張り上げて、巻きつく布を急いで取る。なかから出てきたのは小刻みに震える女児だった。口を布で縛られて、声をあげられないでいる。

それを外して小さな背中をさすってやると、かは、と水を吐き出した。そして、声をあげて泣きじゃくる。

無性に腹が立ってきて、ルトヘルはぎっと女を睨んだ。

「おまえの子か」

問いかけても、女は言葉と言えない奇声をあげるばかり。

埒があかないと判断し、ルトヘルは女児を抱きかかえた。二歳くらいだろう。息が苦しかったのか、水が冷たかったのか、いまだに震えているし、泣きやみそうもない。とにかく、温めたほうがよさそうだった。

ルトヘルは、自分でも驚くほどに同情的になっていた。母に捨てられた自分とこの女児を重ねあわせていたのかもしれない。自分は明日死ぬというのに、助けてどうなるものでもないとわかっている。それでも、女に女児を返す気にはなれないでいた。

歩き出したルトヘルのあとを、なにを考えているのか女はふらふらついてきた。居室にたどり着いても女は去らず、ずうずうしくも入ってきた。そして、女児を奪おうとする。

ルトヘルは、りんごが積まれた籠の傍に置かれた小刀を握りしめ、女の鼻先に突きつけた。すると、怯んだ女は尻もちをつく。

「女、これはおまえの子かと聞いている」

「……そうよ、わ、……わたくしの子。返して！」

「返せばまた殺そうとするだろう」

「そんなの、当たり前じゃない！　早く……、早く殺さなければ……わたくしはっ」

聞いたとたん、どく、と心臓が脈打った。怒りで視界が赤くなる。

「わけを話せ。拒めば殺す」

「ひっ、……は、話すわ。だからわたくしを殺さないで」

己は死にたくないくせに、娘を死に追いやるとは。けれど、それが人だ。この国の民は皆そうだ。ルトヘルの母親とてそうなのだ。

女は論理的ではなかったが、ルトヘルは殺意を押しこめて耳を傾ける。いかに自分がつらい目にあっているかといった無駄な話が多すぎて、その間に、女児のずぶ濡れの服を剝ぎ、毛布に包んで暖炉の前に寝かせてやった。

女は自分の髪を散々かきむしったのだろう。ぼさぼさであわれな姿だ。目の下には濃いくまが刻まれているが容姿は整っているようだ。どことなく見覚えがあり、記憶を探る。

ほどなくして思い出した名は、ヒルヴェラ国から嫁いだ王の妃のアン＝ソフィー。母の生国であるコーレインの隣国の女と接触するとは、なんの因果だろうか。

この女がアン＝ソフィーならば、いまだにがたがた震える小さな娘の名前もわかる。

「おまえはアン＝ソフィーだろう。これは、第七王女のアリーセか」

女の断片的な話を遮って確認すれば、女は「そうよ」と苦々しく言った。

「なぜ王の娘を殺す。王の妃であっても王族殺しは大罪だ。断頭台へ行きたいか」

「行きたいはずがないじゃない！　……だって、そうするしかないのよ。この娘は呪われているのですもの、殺さなくてはならないの。わたくしに、災いが降りかかってしまう」

子どもじみた女だ。ふたたび女は奇声をあげる。辟易したルトヘルは、女がわめき散らしている間に、状況を整理した。女の事情は反吐が出るものだ。

女は以前、王――ルードルフの寵愛を一身に受けていたらしい。だが、子を身ごもってからは王の足が遠のいたようだった。その時期のルードルフはルトヘルの母に懸想していたから当然だ。しかも、王はいまだに母に執着している。

女は、王の訪れがないのはアリーセを身ごもったことが原因だと思っている上、腹から出たのが女児だったことで役立たずと罵《ののし》られたのだという。それからというもの王の訪れはなく、悩んだ女は占い師にすがった。占い師によれば、女がこのところ運から見放されているのはすべてアリーセのせいなのだという。このままアリーセを生かしておけば、男児を授かることができないばかりか、ますます女に災いが降りかかると言われたようだ。

あまりにもばかげた話に頭が痛くなってくる。一夫多妻制の場合、男が寵愛する女を次々と替えるのは当たり前のことだ。エルメンライヒの王に嫁いだ以上、割り切らなければならないことだというのに、女は誰かのせいにしなくては己を保てないのだ。

思いをめぐらせていると、ルトヘルは女のおなかが膨れていることに気がついた。

「おまえ、その腹は身ごもっているのか」

「そうよ、あと二か月か三か月ほどで生まれるの。次こそは、わたくしは間違えられないわ。絶対に男児を産まなければ……次もまた女児だったら気が狂いそう。耐えられない」

女の鋭い視線は小さな娘に注がれている。ルトヘルは、思わず毛布ごと抱き上げた。

「返して！　早くこの娘を殺さなければ、また女児が生まれてきてしまう！　嫌よ！」

「誰が返すか。ぼくの部屋から出ていけ！　さもないと、いますぐおまえを殺す」

小刀をかざせば、女は顔をゆがめたあと吐き捨てるように言った。

「いまいましい……、その目、その髪」

ルトヘルは、女の憎しみを肌で感じながら、面ざしや言葉じりで裏を読む。

おそらく女の生国ヒルヴェラは、敵国コーレインの王女がエルメンライヒへ嫁いだことで対抗意識を燃やしたのだろう。そして、王女のアン＝ソフィーを当てつけのように同じ国へ嫁がせた。だが、彼女の夫が執着したのは、先に嫁いだコーレインの王女のほうだった。それはアン＝ソフィーを打ちのめし、狂わせたに違いない。彼女がルトヘルを憎むのは、母と王の関係を知っているからだろう。

憶測にすぎないが、そこそこの自信はあった。ルトヘルは、まだ幼くても人の心の機微を感じとるのに長けている。それを駆使して危機を乗り越え、今日まで生きてきたのだ。

「ヒルヴェラの王女アン＝ソフィー。ぼくはコーレインの王女エフェリーネによく似ているだろう。同じ髪色に同じ目だ。この居室でなにがあったか知りたいか。王がどれほどここへ通いつめたか、あのふたりがどれほど絡みあったか。なぜ、この居室は母が去ったあとも豪華に保たれているのか。なぜ母の宝石が残されているのか、いまでも増え続けているのか。おまえがここに留まるのなら、理由を話してやる。王は――」

ルトヘルが言葉をぷつりと切ったのは、女が途中で耳を押さえて走り去っていったからだった。だが、我に返って吐き気を催した。いまだに女の娘が腕のなかにいる。

――この子どもを返さず、女を立ち去らせるとは……、ぼくはなにをしたいんだ。

あまりに衝動的な行動だ。突飛なことをしでかすのははじめてのことだったし、ばかだと思う。

途方に暮れて立ち尽くすが、子どもがぐずついたところで、抱え直して背中をさする。この子どもは人の手がなければ生きられない年齢だ。自分がいなければいますぐにでも死ぬだろう。見て見ぬ振りをすればよかった。だが、どうしてかそれができなかった。


臙脂《えんじ》色の絨毯にひざこぞうをつけるのには抵抗があったが、なんとかこなす。それは臣下の礼だった。他人にひざを折ることなどしたくなかったし、生涯する気もなかった。けれど、背に腹は代えられない。

豪奢な椅子に足を組んで座る王弟は、そんなルトヘルを見下ろしている。彼の目が満足そうに細まって、そこはかとなく屈辱感が広がったが、ルトヘルはこぶしを握り、矜持を捨てて、必死に自分の心を抑えつけた。

「おまえは生きることを選ぶのだな。三日、考えたか」

「はい殿下」

鷹揚に脚を組み替えた王弟は、人差し指をこめかみに当て、口の端を持ち上げた。

「おまえが選択した道を聞かせよ」

「ご提示くださっていた選択ですが、ぼくはすでに母と決別しています。ですから母を差し出すことはご容赦ください。残るは、殿下の足枷となる者を退ける、という方ですが、こちらを務めさせていただければ。ぼくは、この先殿下の手足となりましょう」

「よい。余は生ある限りおまえを生かそう」

王弟は懐から紙を取り出し、「読め」とルトヘルの足もとに投げた。

拾い上げて目を通せば、そこにはずらりと約三十人の男たちの名前が書かれていた。かなりの力を持つ名門貴族ばかりだったが、名前の上に×が描かれている者が多かった。

「邪魔な者、引き入れたい者を書いてある。×は跡形なく消せ。それぞれが力を持つ貴族であり、騎士団を所持する者もいる。だがおまえは幼く、相応の時がかかるだろう。二十になるまで待ってやる。それまでに果たせ。余が王になるかはおまえ次第だ」

ルトヘルは内心絶句していた。王弟は、王のもとで力を蓄えた者をすべて引きずり下ろしたいと望んでいる。しかもそれをわずか六歳のルトヘルに委ねようとは。想像よりもはるかに要求が大きい。言ってしまえば国ひとつを落とす壮大な作業となる。

「ぼくが二十……。十四年も殿下は待つおつもりですか。時間をかけすぎなのでは」

「急いては事を仕損じるというではないか。余は生き急いでおらぬ。もとより退屈しのぎだ。王族とはとにかく暇な生き物よ。娯楽といえば性交、賭博、狩り、それだけだ。だが、おまえは余を楽しませてくれるだろう。小さき者が狡猾に大人を貶めてゆく。楽しみでならぬわ。余はおまえを買っている。このような幼さですでに美しい。稀有な存在だ」

ルトヘルは、殺意がちらつく瞳を長いまつげで巧妙に隠す。

「聡明なおまえに任せるのが最もよい。おまえはエフェリーネの息子だ。兄は必ず油断する。己を失脚させた者がおまえと知り、憎しみと絶望にまみれてのたうちまわるだろう。よい気味だ。最期の時を迎えるやつの顔をこの目で見たい。退屈な日々も、余とおまえが揃えば楽しい遊戯となろう。ルトヘル、おまえは人を騙せ。騙して、騙して、騙くらかして、じわりじわりとこの城を余の色に染めてゆけ」

「つまりは時間をかけて国王派の力を奪い、王弟派が国を牛耳《ぎゅうじ》るということですね」

「そうだ。余はたしかに玉座を欲しているが、すぐではない。王とは退屈であくびが出る。安寧などはまだいらぬ。混沌、動乱こそが最も愉快。気づかれぬように動くには、子どもが一番だ。美しき薔薇には棘がある。ルトヘル、おまえはそれを体現せよ」

嵌められたと思った。王弟は、ルトヘルにとって母親の話題は禁忌であると知っていた。だからこそ選択肢に入れたのだ。このしたたかな男ははじめからルトヘルを手足として使うと決めていて、自ら選ばせ、言い逃れを許さないようにしていたのだ。

「おまえの命は余の手の内にある。だが、余の玉座もおまえ次第というわけだ。ルトヘル、余はおまえに賭けたのだ。余をこの上なく愉しませよ」

王弟は、ルトヘルに向けてかすかに手を動かした。退室を促す合図だ。

立ち上がったルトヘルは、全身に重圧を感じずにはいられなかった。いわば、ちっぽけなねずみが猫の根城を制圧しろと命じられたようなものだった。だが……。

——やるしかない。

ルトヘルは、すぐさま自身の居室に向かった。


生まれながらにして、ルトヘルは矜持のある少年だった。誰かに屈服するのは我慢がならないのだ。昨日までの彼ならば、我《が》を通し、いさぎよく死を選んでいただろう。

だが、変わった。原因はまぎれもなく昨夜助けた女の子だ。

なにをしたわけでもなかった。ルトヘルは助けてから一睡もせず、子どもの震えをとめようと苦心した。しかし、毛布に包んだだけではおさまらず、服を着せても、抱きしめてもぐずつくばかりでどうにもならない。困り果てた彼は服を脱ぎ、動物同士が身を寄せあうように肌で温めてやった。すると、娘はようやく泣きやんだ。

苦肉の策だったが嫌ではなかった。普段、他人が側にいるだけでも虫唾が走るのに、ぬくもりにまどろみそうになっていた。温めているつもりで、ルトヘルのほうが温められていたのかもしれない。よくわからない感情だったが、勇気のような感情が湧き、なんでもできるような気さえする。

肌を晒すことは他人に弱みを見せることだ。いま安心感を得られているということは、弱みを見せてもかまわないと思っているからだ。この二歳児は、ルトヘルを裏切らないと確信できる。少なくとも、いまだけは。誰もが裏切るこの国で、唯一信じられる人間だ。

「おまえは自分の名前を言えるか？」

子どもはこくんと頷いて、自信たっぷりに「アリ」と言う。

「違うだろう、第七王女のアリーセだ。言ってみろ。〝アリーセ〟」

「アリ。……、……な、まえ。なまえ」

小さな指が不器用にルトヘルに向けられて、彼はゆっくり「ルトヘルだ」と名乗った。

「……ユト」

「違う、ユトじゃない。ルトヘルだ。それを言うならルトだろう」

「ユト！」と言い直したアリーセの口がぱかりとあいて、笑顔が咲いた。歯はまだ生え揃っていなかった。すきっ歯だけれど愛らしい。アリーセは幼く、言葉さえも覚えたてだ。

濡れたまつげをしばたたかせたアリーセは、ルトヘルの肌に猫のように頬ずりをする。そのしぐさに、彼のささくれた心が癒される。彼女は全信頼をこの身に預けているのだ。

もうアリーセは震えていない。むしろはしゃいで、しきりに「ユト」と呼んでいる。

〈……そうか。おまえは怖かったのか。寒さよりも怖かった。そうだろう？〉

彼のひとりごとや考え事は、無意識にコーレインの言葉でつむがれる。いくら憎くても、母の言いつけをきっちり守り、言葉を使い続けているのだ。

〈まるで世界にぼくとおまえ、ふたりしかいないみたいだ。ぼくたちは捨てられた〉

ルトヘルはより一層アリーセと隙間なくくっついた。

やがてアリーセは眠りについた。その間、彼は今後のことを考えた。考えて、考え抜いて、ようやく結論を出したのは、窓の外が白みかけたころだった。

ルトヘルの頬に涙が伝う。

〈ずっとおまえといてやりたいが、どう考えてもぼくは死ぬ。そもそもこれまで生きていたのも奇跡といっていいくらいだ。これ以上日を延ばすのは無理なんだ。どうしても〉

彼女に無責任なことはしたくない。やはり、親もとに返さなければならないだろう。

ルトヘルがよろよろと立ち上がれば、アリーセはぱっちりと大きな目を開けた。純粋な、汚れを知らない緑色。美しい色だと思った。

「アリーセ、お別れだ。おまえはぼくと同じく長くは生きられないかもしれない。だが、短いなりにせいいっぱい生きろ。命を終えるぼくのぶんまで、一日でも長く」

意味がわかっていないのだろう。アリーセはにこにこしながらルトヘルにしがみつく。そして小さく「おしっこ」と言った。が、言うのが遅れたのか、そのまま漏らしてしまう。

うわーんとアリーセは大きな声で泣きわめいた。そのさまに、ルトヘルは戸惑った。

──泣きたいのはぼくのほうだろ。どうするんだよ、これ。

「……た、ふあ、……た……たたか、ないで」

こんな時、彼女はいつも叩かれているのだろうか。ぼたぼたとこぼれる涙を拭いてやるが、たたかないでとくり返すばかりだ。

「ぼくは叩かない。泣くな。泣く必要ないだろう？　子どもはいつでも漏らすものだ」

そうはいっても、ルトヘルは粗相をした記憶がない。泣きじゃくるアリーセをあやしながら、安心させようと無理やり口の端を持ち上げた。人を騙す時にはきれいに笑えても、本当の笑顔を見せたい時にはどのように形を作ればいいのかわからない。

「おまえはぼくと違い、いまを生きているんだな。――おなかは？」

現金なもので、アリーセはすんと泣きやんで、元気よく「しゅいた」と言う。

「ぺこぺこか」

この日の朝が、最後の朝だと決めていた。静かに終えようと思っていた。

だが、ルトヘルはアリーセの世話をした。困り果てるくらいに二歳児の世話は大変で、てんてこまいとなっていた。アリーセは引き止めても裸で駆け回り、捕まえるのも大変だったし、パンやスープをとっ散らかした。うまく食べられないのだ。しかし、歯のまばらな笑顔をみれば、どんなことでも簡単に許してやれた。

スープまみれになりながら、ルトヘルはアリーセにひと口ずつ食べさせた。

アリーセは口をあーんと開け、もっともっととせがんでくる。そんな彼女に、ルトヘルはあきらめに近い息を吐く。こんな生き物を置いて死ねるわけがなかった。しかも、世話をしている間は生きていると実感できて楽しく思える。こんな感情ははじめてだ。せめて、自分のことが自分でできるくらいまでは成長を見届けてやらなければ、死ぬに死ねない。

「仕方がない。ぼくはどれほど生きられるかわからないがやってやる。まずはアリーセをいまのぼくと同じ歳にする。……四年か。長いな。とりあえず、目標は四年生きること」

アリーセはわかっているのかいないのか、きょとんとしている。けれど、すぐにまた歯の生え揃っていない口の中を見せて笑顔になる。

彼が自身の選択を間違えていないと確信したのは、王弟の臣下に下り、ふたたび彼女のいる居室に戻ってきた時だった。

扉を開けるなり、召し使いに世話してもらっていたアリーセは、とてとてと走り寄ってきた。途中で転んで、うえーん、と泣いたが、ルトヘルが抱えあげればにっこりだ。

「ユト。……お。おか、り」

これだと思った。一度でいいからこれを聞いてみたかったのだ。家族を実感してみたかった。それを、赤子のようなこの小さな女の子は叶えてくれた。

「おかりじゃなくておかえりだろう？　ちなみにぼくはユトじゃない。ルトヘルだ」

「……ユト。ユ、……ト」

目をぱちくりさせるアリーセを見ていると、ルトヘルの口もとはゆるんだ。心から笑ったことがなかった自分が、知らず、自然に笑うことができていた。

驚きながら自身の口に触れていると、彼女が子犬のように首を傾げる。

「まあいい。しばらくユトでいる。おまえだけはそう呼んでもいい」

なんとなく生きているより、明確に生きる意志を持つほうが生きるのは難しい。望まないことをやらねばならないのは苦痛を伴う。けれど、なんでもやるし、どんな汚いことで

もやり遂げる。彼女を生かすために生きてゆく。彼は幼いながらにそう決めたのだ。


銅鑼の音が鳴り響く。それは処刑の合図に他ならない。

ルトヘルは子ども特有の無邪気な顔で、貴族が首を落とされるさまを見届けた。人を死に追いやるのははじめてだった。現実味を感じられないのは、自らの手を汚していないからだろう。抵抗がないとは言えないが、生きるためなら非道になれた。

王弟から渡された紙を眺め、排除する段取りを整えたのは、もらったその日のことだった。相手が強大すぎていまの歳では手出しができないと断定した者は十五人。その他の者は小さなルトヘルでも時間をかければ処理できそうだと見積もった。そして三日後の今日、まずはひとりを抹殺した。

貴族には小児性愛者《ペドフィリア》が多くいる。ルトヘルは、そんな彼らが自分の容姿を好むと知っていた。陥れるのは楽だった。視線、言葉、表情、しぐさは計算の上のもの。相手がよだれを垂らすほどに自分を魅力的に見せられた。そうして心を絡め取る。

また、ルトヘルは自分を好んでいる女を目ざとく見つけて近づいた。まず落としたのは、以前からルトヘルに愛を囁いていた第一王女のエデルトルート。少女という生き物は、〝ひみつ〟という言葉が大好きだ。ふたりは〝ひみつの恋人〟となったのだ。

人は愛を感じれば無条件で信じてしまう。騙されているとも知らないで口がずいぶん軽くなる。ルトヘルは少しでも多くの情報をものにしようと次々と人を虜にしていった。

身体に触れられても接吻されても、気味が悪くて吐きたいと思っても、その後の効果を思い、必死に我慢した。肌を這う手の感触に嫌悪しながら思ったことは、自分はなぜアリーセと寄り添っていても平気でいられるのかということだ。

疑問を感じたままで居室へ戻っても、答えは〝アリーセだから〟ということしか出てこない。彼女を相手にしていると、そんな疑問さえくだらないことに思えてくる。

彼が自ら手を汚したのは、忘れもしない、アリーセと過ごし始めてひと月ほどしてからだった。自分を犯そうとした貴族の首を、りんご用のナイフで刺したのだ。

死体は王弟の手の者に預けたが、ルトヘルが愕然としたのは、はじめて人を殺した事実よりも、自身に根づく気持ちに気づいたからだった。

ルトヘルは、騙した男や女たちとじきに性交するだろうと読んでいた。結局は母と同じことをしているのだ。代償は避けて通れないと理解していたため、いきなり襲われても壊されないよう身体の準備をしていた。だが、いざ襲われた時にとった行動は殺人だ。もし性交するならアリーセ以外考えられない。そう思っている自分に否が応でも気づかされた。

彼女は出会ったばかりの二歳児だ。赤子に対してそのように思うのは重症だと思ったが、当然だとも納得できた。なぜならルトヘルは、アリーセを生かすために生きている。

それからの彼の行動は単純になっていった。決定の中心にあるのはアリーセだ。

次の殺しは、アリーセの母親がすがっていた占い師。あろうことかアン＝ソフィーは娘を殺すために刺客を雇った。問い詰めれば、アリーセが生きていては、腹のなかにいる胎児がたとえ男児だとしても、呪いで女児に変化してしまうと言われたのだという。そのため、ルトヘルは占い師を訪ね、二度と臭い口を開けないよう、永久に閉じさせた。

アリーセの母親にも当然殺意を持っていた。占い師と同様、殺す機会を窺っていたが、ある日、金に困った彼女に娘を買えと言われた瞬間、思い留まった。ルトヘルは、持ちうる金をすべて差し出した。アリーセを手に入れられるならそれすら安いと思った。

子どもの成長はルトヘルが思いもよらないほどめまぐるしいものだった。アリーセは彼が日々殺伐と生きているなか、すくすくと成長していった。やせ細った身体はつやつやとふっくらし、お菓子をせがんで、あーんと口を開ければ、歯の隙間は前よりも埋まっていた。また、おねしょの頻度も減ってゆき、語彙もわずかに増えた。アリーセが一日一日大きくなるたび、ルトヘルのなかでも彼女の存在は大きくなって塗り替えられてゆく。

毎夜、アリーセは必ず彼にぴたりとくっつきながら眠りについた。人懐こくて、さみしがりやの甘えん坊な女の子。

「しゅき。……ユト」

抱きしめれば頬ずりされて、彼はより一層力をこめる。

おしゃべりなアリーセの寝かしつけは毎日苦労していたが、それも楽しい作業のひとつとなっていた。しかし、くたくたなルトヘルは、早く眠ってほしいという思いもある。

「いいこだねアリ。そろそろ目を閉じようか。怖くないよ。閉じてもぼくが側にいる」

アリーセは、緑の瞳でひたむきにルトヘルを見つめ、「アリ」と自身の鼻を指差した。

「お、ひめたま……、ユ……」

小さな指先は「ユト」とルトヘルの鼻先にのる。また「アリ」に戻り、一連のたどたどしい動作はくり返されて、四度目の「お、ひめたま」で、彼女の意図が大体わかった。

「それはなんだろう。姫？　……うん。そっか、アリは姫。じゃあ、ぼくは王子？」

「う！　ユト、おじ。……おじ！」

「王子。アリとぼくは姫と王子だから兄妹？　……違う？　じゃあ夫婦？　お嫁さん？」

こくんと大きく頷くアリーセは、恥ずかしそうにルトヘルの胸に顔をうずめた。

「わかった。きみが大きくなったらなろうか。なるのはいつ？」

「あし、た」

「明日？　それは早すぎる。もう少し大人にならないと。せめていまのぼくくらいには」

返事にためらいはなかった。大切だと思える人は世界のなかでただひとり。彼女だけ。

アリーセのきらきらとした金色の髪に顔をうずめると、ほのかにミルクの香りがする。この瞬間がルトヘルにとっては一番幸せだった。これまで幸福にはほど遠かったが、たしかにここに存在している。どんなにつらくても、苦しくても、居室に戻れば心からの混じり気のない笑顔に会える。それを見ると、この世に生まれた意味はあったとさえ思うのだ。

けれど、アリーセはエルメンライヒの第七王女だ。ルトヘルがずっと続くようにと願った幸せは、彼女と過ごしたわずか三か月の時を経て、跡形もなく消えてしまった。

六章

難攻不落のエルメンライイヒの城壁は、式典が行われている会場とは違って静寂に包まれている。木も花も草も土も、石造りの建物も、空気すらも寝静まっているかのようだった。

辺りは暗いが、なにも見えないわけではない。月の光が地上の輪郭を浮かびあがらせる。

時折、巡回の騎士が通りすぎるたび、たいまつが周囲を明るく照らしていた。

ほどなくして、ごき、とかすかに音がなる。木の枝から大男の背中に飛び移った小柄な者が、勢いよく男の首をあらぬ方向にひねったのだ。

男はひざからくずおれ、倒れ伏す。しばらく痙攣していたが、やがて動かなくなった。

「リュディガー、どこだ。交替の時間だ。おい、こら、さぼってんじゃねえぞ」

たったいま殺しが起きたとはつゆ知らず、エルメンライイヒの騎士が歩いてくる。

その騎士が角を曲がった刹那、ひゅっ、と風を切る音がした。

筋骨隆々の男は角を曲がった先のありさまを確認する前に事切れた。小柄な者が闇にまぎれてしのび寄り、剣をひらめかせたのだ。飛ばした首は草むらに落ち、転がった。

〈相変わらず鮮やかだね。きみだけは敵に回したくないな。味方でよかった〉

聞こえてくるのはコーレイン国の言葉だ。声をかけられた者は〈セース〉と呼びかける。

〈あとは任せる。アリーセさまをお連れしなければ〉

〈ああ、任せてくれ。だがダクマ、次の騎士の交替までは時間がない。急いでくれ〉

〈ところでバーデはどうしている。ルトヘルさまはなにか言っていたか〉

〈いや、なにも。だが置いていくしかないだろう。バーデはかわいいがこればかりは……。今日は最後の晩餐にいい肉をたらふく食べさせた。あいつはいつになく喜んでいたな〉

〈つまり、ルトヘルさまはバーデについてはきみに一任していたということか〉

思ってもみない言葉だったのか、セースは、〈え？〉と前のめりになる。

〈え、じゃないだろう。アリーセさまの大切なものはルトヘルさまにも等しく大切なものだ。最も優先せねばならない。きみの間違いはバーデをただの犬だと思ったことだ。バーデがアリーセさまにとってどのような存在か思い出せ。置き去りにしていいと思うのか〉

片手でぴしりと両目を覆ったセースは、〈これはうかつだった〉とつぶやいた。

〈まいった。しかし、いまからじゃ無理だ。最近のバーデは俺から逃げて遊ぶことを覚えてしまった。捕まえられるかどうか……。しかも、夜目のきく彼に俺が太刀打ちできるとは思えない。……はあ、今日城から出なければ、ますます壁は厳重になるし……〉

〈ルトヘルさまはきみに温情を与えるだろう。結局のところ、この国からの脱出はアリーセさまのお心次第だ。だが、わかっているとは思うが、存分に反省しろ〉

ダクマは、悔やむ様子のセースを尻目に歩き出す。やがてたどり着いたのは、木々が茂り、日の当たらないじめじめとした場所だった。

　草をかき分けて突っ切ると、明かりが漏れる窓を認めて立ち止まる。黒い影を見たからだ。音を消し、息をも感じさせずに影に近づく。相手は男。窓を開けようとしている。

　ダクマは細腕で一気に男の髪をわしづかみにし、地面に激しく叩きつけた。そればかりではなく、相手の口を塞いで足と腕の腱を切り、動きを封じると、指を鳴らして合図を送る。一度目は誰も来なかった。二度目でようやくこちらに歩んでくる者がいる。

「ひやあ、こいつは刺客か。ダクマ、あんたがいて助かったぜ。くわばらくわばら」

　現れた者はおどけて見せたが、ダクマは愛想のかけらも見せない。

「グルフ、なんのつもりだ。なぜアリーセさまの窓にこの男を近づかせた」

「悪ぃ、ちっとばかり寝ちまってよ。さっきまで起きてたんだけどよ」

「おまえの役目はアリーセさまをお守りすることだ。にもかかわらず無能の極み」

　ダクマは、無能は死ねとばかりに、男の心臓を抉るように刃を刺した。断末魔の叫びを抑えるため、口を塞ぐのを忘れない。

　もがくグルフを押さえるダクマが、「オットマー、ティモ」と呼びかければ、ふたりの男が歩み寄る。

「オットマー、先ほどの刺客を拷問し、雇い主を探れ。わかり次第知らせろ。ティモ、おまえはこの無能を片づけろ。野犬の餌にしてやれ。やつらは腹をすかせている」

　ダクマは指示を与えると、そのまま足音もなく夜に同化した。

＊　＊　＊

蠟燭の芯がじりじり燃えつき、けむりが立ちのぼる。残りの火はあとひとつとなったが、寝台の上のアリーセは、構うことなく、ドレスを着たまま、ひざを抱えている。

『アリーセ王女、結婚してくれないか。私とともにスリフカ国に来てほしい』

式典で、ラドミル王子に言われた言葉がぐるぐるめぐる。長年待ち望んでいたこの国からの逃げ道だ。なのに、嬉しくないばかりか、悲しくなる。

断ろうとしたけれど、王子に返事をとめられた。彼はしばらくエルメンライヒに滞在するため、帰国の日に答えを聞かせてほしいと言った。

ため息をついていると、突然勢いよく扉が開けられた。入室したのは弟のノアベルトだ。

「姉上やったじゃないか！　見ていたよ。王子とあんなに仲良くなるなんて最高だ。しかも贈り物まで。絶対にあれ、すごく高価だよ？　会場内で一番大きなエメラルドだった。ぼくは姉上の弟であることが誇らしい。やつらのくやしそうな顔といったら！」

「ノア、出ていって。わたしは、あなたがバーデを蹴ったことを忘れていないわ」

「なあに？　まだ根に持ってるの？　しつこいね。わかったわかった、バーデと仲直りするからさ。そんなことよりいますぐ王子の部屋へ行ってよ。この関係をたしかなものにするんだ。王子は姉上を気に入っているから拒みっこない。姉上は、絶対に妃になるんだ」

言葉にならず、唇をわななかせていると、扉の方から声がした。ダクマだ。

「ノアベルトさま、あなたは見下げ果てた方ですね。ラドミル王子の部屋にしのぶ行為はせっかくの王子の好意を無にするだけでなく、アリーセさまの貞操観念を疑われ、品位を貶めます。誰が娼婦のような股のゆるい女を好むのです？　あなたの頭は空《から》ですか」

「またおまえかっ。いつもいつもぼくの邪魔をして……。ぼくは第五王子だぞ！」

ダクマに罵詈雑言《ばりぞうごん》を浴びせる弟を見かねて、アリーセは大きく息を吸いこんだ。

「わたしは絶対に行かないわ。ノア、出ていって。あなたの顔は見たくない」

「──くそっ。どいつもこいつもばかばかり！　能無しどもめ……うんざりだっ」

ノアベルトはぷんぷんしながら、ダクマにどん、とわざと肩をぶつけて出ていった。

アリーセはダクマに謝ろうとしたが、その前に彼女が口にした。

「アリーセさま、城を出るお時間となりました。お仕度を」

その言葉を聞いたとたん胸がきしんだ。以前、夢にまで見ていた城の外。同時に、ルトヘルの声も蘇る。すると、動悸が激しくなった。

「……………わたしは行かないわ。……行きたくないもの」

行かないと決めたのは彼の逢い引きの様子を見た時だったが、既婚者であると知ったいまはなおのこと、未来への想像だけでつらすぎる。エルメンライヒは地獄だが、彼との未来のない城の外も等しく地獄だ。

「あなたの心変わりの理由を教えてください。城に残されるバーデが気がかりですか？」

うなだれていたアリーセは、「バーデ？」と顔を上げた。

「あの子を置いていくなんて考えられない。けれど、理由はそうではないの。わたしはこの国にいると決めたわ。地獄でいいし、死んでもいい。長生きしたいって思わないもの」

話している途中で鼻がつんと痛んだ。涙の予兆だ。

「それがあなたの本心ですか。後悔はなさいませんか。よく、考えたのですか」

「後悔はしないわ。でも、ダクマはルトヘルさんたちと行ってもいいのよ？」

ダクマは片眉を持ち上げる。だが、いつものとおりの無表情で、その思いはわからない。

「では、ルトヘルさまにお断りして参ります。アリーセさま、私が不在の間、ドレスを着替えてくださいい。お疲れでしょうから今夜はもう休まれてはいかがでしょう」

ダクマが部屋を出てゆき、ひとりになったアリーセがうつむくと、涙がすじを作って頬を伝う。じつのところ後悔がないとは言えない。本当は彼と一緒に生きていたかった。


一睡もできないでいたアリーセが夜明けに感じたのは喪失感だ。ルトヘルはもういない。国を出た彼とは二度と会うことはないだろう。

平気なふりをするのは大変だった。朝、ダクマが来るまでに涙を止めるのは苦労した。後悔しないと言った手前、落ちこんだ姿を見せたくなかった。

「アリーセさま、おはようございます。……眠れなかったご様子ですね」

ひどく目が腫れているのだろう、ダクマは黙って水と布を用意した。

目を冷やしている間じゅう、昨夜のルトヘルの反応を聞きたくてたまらなかった。だが、つらくなるとわかっているから我慢した。

アリーセは、目に強く布を押しつける。また、泣けてきてしまった。

「姉上っ！」

昨夜の出来事を忘れたのだろうか。扉が音を立てて開かれて、息を切らしたノアベルトが入ってきた。声がはずんでいるから、とても機嫌はよさそうだ。

「あのさ、いまラドミル王子に会ったんだ。姉上に贈り物だって。開けてみてよ。金細工があしらわれたきれいな宝石箱だよ？　絶対に宝石だ。わくわくするね、早く早くっ」

「……開けないわ。そのままラドミル王子にお返しして」

「はあ？　なんでさ。姉上はばかなの？　なぜ開けない？　王子も待っているのに！」

ノアベルトはアリーセに抗議しようというのか近くまで寄ってきて、目もとにある布をぺしりとはじき飛ばした。直後、露骨に顔をゆがめる彼が見える。

「は、なにその顔。なんでそんなに不細工なの？　これじゃあ王子に会わせられない」

「会う気はないわ。……もう行ってよ」と、アリーセは両手で顔を隠して肩を震わせた。

不細工なのは知っている。だからルトヘルの本命になれずに遊ばれた。

めそめそ泣いているアリーセが面倒なのか、舌打ちが聞こえた。

「とにかくそのぶす顔をなんとかしてよ。なめくじみたいにじめじめして……最低だっ」

弟は「話にならない」と吐き捨てて、荒々しい足音とともに出ていった。

涙が止まらず、途方にくれる。寝台から離れられない自分が嫌だった。

「……今日は、バーデのもとに行くわ」

「かしこまりました。ところでアリーセさま、ラドミル王子をどう思われていますか。王子からのエメラルドは計り知れない価値があるものです。羽織物はスリフカ国の隣国バジナの最高級のもの。そしてノアベルトさまが置いていかれたこちらですが」

ダクマは宝石箱をゆっくり開ける。色濃い真紅のルビーがきらりときらめいた。

「血色のルビーです。こちらも相当な価値があります。贈り物を見れば大体想像できますが、あなたはいま、王子に求婚されているのでは？」

アリーセは頷いた。すると、ダクマの目が心なしか鋭くなった。

「返事はどうされるのです？　結婚なさるおつもりで？」

「断るわ。わたしには火傷があるもの。それに……、ううん。とにかく結婚しないわ」

純潔を失っているなんて言えない。だらだらと涙をこぼすと、ダクマが布で拭った。

「では、宝石はお返しする方向で進めましょう。私にお任せくださいますか？　私が動いたほうが角が立たないと思います。あなたが動くと、国と国の話になりかねませんから」

「……わかったわ。あなたに任せる」

「ありがとうございます。アリーセさま、少々外しますので、バーデのもとへ行く時にはくれぐれもお気をつけください。いつもの道以外は通らないようお願いします」

ダクマがとても頼もしい。彼女の存在がありがたかった。

アリーセは、男性が不在となる礼拝の時間を見計らってバーデのもとへ向かった。その時間は不埒な密会現場には出くわさない。彼の逢瀬を思い出すから見たくなかった。

池のほとりにあの人はもういない。いるのは、つぶらな瞳のバーデだけ。

「ねえバーデ、あなたは恋人がいる？　もしもいるのなら、雌は生涯一匹だけにしてあげてね。あなたが別の雌と仲良くすると傷つく雌がいるの。それを忘れないで」

ふかふかとした毛を撫でていると、バーデは尻尾を振りたくりながら、わん、と鳴く。

アリーセはしのばせてきたパンを取り出した。が、バーデはにおいをくんくん嗅いだが、前のように食べようとはしなかった。もしかして、バーデはルトヘルと彼の従者を待っているのかもしれない。もう、この国にはいないのに。彼らには二度と会えないのだ。

「おなかがすいていないの？　…………さみしい？」

首を傾げていたバーデがどこかへ走り去り、アリーセはひざを抱えて池を見つめた。

一生、こうした日々が続いてゆくのだ。それを思うとせつなくなった。

＊　＊　＊

ふくろうの地鳴きが辺りに響く。雨がしとしとと降る夜だった。

淡い茶色の髪の女が窓辺に立ち、戸を開く。すると、手前に斑《まだら》模様の大きなふくろうが羽音を立てて舞い下りた。その足につく筒から紙を取り出し、目を通す。そして、女は箱からねずみの尻尾をつまみ上げ、じたばたと暴れるそれをふくろうにつかませた。

飛び立つふくろうを見送ると、女は静かに歩み、天蓋から落ちる布をめくった。

寝台では金茶色の髪の娘が眠っている。けれど、目は腫れ、まつげは濡れていた。

〈このところ泣いてばかりいますね。女性とは難しい生き物です〉

女はくすぶる香炉を見遣る。それは異国より取り寄せられた香だった。部屋の主のために届けられ、毎日かかさず焚かれる香は高価なものばかり。冷淡で、利己的な者がひしめく明日をもしれない世のなかで、これほどまでに大切にされている娘はいるだろうか。

物音を聞きつけて、女は窓のほうを振り向いた。不機嫌そうに侵入してくる者がいる。

〈ルトヘルさま。今日はいらっしゃらないかと〉

〈ダクマ、私の妻になにをしている〉

〈なにも。アリーセさまが自由にならないからといって私に当たるのはおやめください〉

ルトヘルにぎろりと睨まれ、ダクマはこの人も不憫だと考えた。忙しい身でありながら、思春期の女の子の気まぐれに左右されている。

式典から今日で五日が経っていた。ルトヘルは、城を出る計画を実行できなかったため、証拠や痕跡を潰す作業に追われている。彼は、不眠不休で動いているはずだ。

わずか二十歳でありながら、ルトヘルは歳を感じさせない働きをする。他人にきびしいが、己にはさらにきびしい。要求はつねに高く、妥協はしない完璧主義者だ。

〈彼女が落ちこんでいる理由は？　拒むのはなぜだ。無能でなければ調べがつくはずだ〉

〈見当もつきません。謹んで、無能の称号をいただきます〉

銀色の髪を雑にかきあげたルトヘルは、ため息のあと、〈出ていけ〉と言った。

〈はい、と申したいところですが、報告したいことがあります。よろしいですか〉

ダクマが指示に従わず、意見する時は火急の時だけだった。それを知るルトヘルは、

〈話せ〉と濡れたローブをダクマに預け、黒い上衣や下衣をも脱いでゆく。

服を着ている時の彼は、剣を持つ姿を想像できないほど中性的な姿だが、脱げば鍛えているのがわかる。その無駄のないしなやかな筋肉はすべてが計算の上にある。

人をたやすく殺せる力を悟られないようにするために、極限まで食事を調整し、優美な身体の線を手に入れている。彼は驚くほどに禁欲的だ。すべてはアリーセを死なせないためにある。もっとも、目的は違えど、ダクマとてそうだった。

〈あなたはアリーセさまにのみ、普段は見せない肌を惜しげもなく晒すのですね〉

〈黙れ〉と発せられた声は冷淡だったが、アリーセに向けられているのはやさしい横顔だ。

ルトヘルは、アリーセの髪を撫で、額にくちづけ、目の涙をそれぞれ吸い取ると、頬と口にもキスをくり返す。しかし、彼女の顔つきは変わらない。依然悲しげなままだ。

〈……ダクマ、毎日ともにいるおまえなら少しは気づくだろう。思い返せ〉

〈まったくわかりません。本を十冊ほど読んでみたのですが、アリーセさまの年代は難しい年ごろだとしか書かれていませんでした。女心とは調べれば調べるほどに難解です。ル

トヘルさま、一応伺いますが、アリーセさまになにかなさいませんでしたか？〉

〈私が？　するはずがないだろう〉

ルトヘルは、〈アリ〉と囁きながらアリーセに覆いかぶさった。

彼の白い背中には、その容姿に不似合いな爛れた痕がある。痛々しい拷問痕だ。加えて焼印もある。それは罪人の烙印だ。大方、アリーセに関わるものなのだろう。

〈――それとも、あの弟《ごみ》がなにかやらかしたか〉

〈いいえ。ノアベルトさまはいつもの癇癪を起こしていましたが、原因ではないかと〉

ルトヘルは、アリーセの化粧着をくつろげて、以前の傷をたしかめる。問題ないと判断したのだろう、患部にそっとキスをした。

彼がアリーセにしていることは褒められたことではない。だが、ダクマは仕方がないと考える。それは、この世で唯一の大事な人に忘れられてしまった彼独自の愛し方なのだ。

ダクマは、彼の愛撫にぴくりと反応しているアリーセの寝顔を見つめた。

彼女が記憶を取り戻すことはあるのだろうか。だが、ルトヘルはそうでもしないと救われることはない。アリーセはアリーセでも、いまの彼女は彼のアリーセではないのだから。

〈……ダクマ、なにをしている。話せ。話す気がないのなら行け。邪魔だ〉

〈アリーセさまはラドミル王子に求婚されています。阻止するべく手を打ってみますが〉

〈王子がアリーセを狙っているのは知っている。他は〉

〈先ほどコーレインより知らせがきました。ヒルヴェラ国が陥落したそうです〉

アリーセの立場を揺るがす重大な出来事だ。しかし、ルトヘルは特に反応しなかった。

〈手は打ってある。アン＝ソフィーの監視を強めろ。アリーセに危害を加えさせるな〉

〈もうひとつあります。そのアン＝ソフィーさまですが、このところ借金が嵩《かさ》んでいたので注視していました。で、案の定、彼女はアリーセさまの純潔をまた貴族に売ろうとしています。権利を得ようとしているのは八名。アン＝ソフィーさまはラムブレヒト卿に返済を迫られ、相当焦っている様子。どうなさいます？　卿を消したほうがいいのでは？〉

長々とアリーセにくちづけをしたルトヘルは、視線のみをダクマに移す。

〈偶然にもやつは手配済みだ。わざわざおまえが動くな。……あの女、アリーセを何度も殺そうとしたばかりか、またもや身体を売らせようとするとは。くずめ〉

〈正気ではないのでしょう。最近では不可解な動きが多くなっています。アン＝ソフィーさまはいまではすっかりアリーセさまの火傷を忘れているようですし、あなたとアリーセさまの性交を見たことすら忘れ、純潔だと思いこんでいます。なにを考えているのか〉

ルトヘルは嘲《あざけ》るように鼻を鳴らした。

〈アン＝ソフィーは忘れているのではない、確信犯だ。正気を失っているのであれば、アリーセとスリフカ国の王子を結ばせようといま躍起になっているはずだ。だが、あの女は王族を騙せば自身に害が及ぶとわかっている。だからこそ、王子のことを話題にしない〉

〈それもそうですね。アン＝ソフィーさまはたしかに口を出したことはありません〉

〈あの女は着飾る資金を得るためならなんでもやる。貴族を騙しても、なじられるのは当のアリーセであり、自分はそ知らぬふりを決めこめばそれで済むと考えている。見下げ果てたごみ虫だ。――あの女を縛り上げろ。ここへ連れてこい〉

指示を受けたダクマは、すぐに踵を返した。

扉が閉じたアリーセの部屋で、なにが起きているのかは想像に難くない。ルトヘルは、アン＝ソフィーにアリーセが誰のものであるかを知らしめているのだ。

二年前、アン＝ソフィーはいまと同じように娘の純潔を貴族に売ろうとしていた。当時アリーセを眠らせ、行為に及ばせる直前、ダクマの知らせによって乱入したルトヘルは、アリーセを襲う貴族を殺し、アン＝ソフィーが見ている前で、彼女を己の妻とした。

それから夫婦の営みはアン＝ソフィーの企みを挫《くじ》くために行われたが、次第に目的は変わっていった。ダクマの目を通してみるルトヘルは、行為を生きるよすがとしているようだった。これ以上忘れられたくないと小さな身体に己を刻むことに夢中でいるようだった。

――強くて弱く、堅くて脆い。完璧であり、不完全。

窓辺に立ったダクマは外を見つめていたが、そこには闇が広がるだけだ。

夜の空気を吸いこめば、湿気を帯びた花のにおいが胸いっぱいに広がった。

コーレイン国の名門貴族に生まれたダクマは、生まれながらに強者であり、物心ついた時から負けを知らない。だが、父から落第の印を押されていた。騎士の家系にありながら、背は低く、身体の線が細すぎる。そのたおやかな容姿に、父は我慢がならないようだった。

しかし、小ぶりな身体が役立つ時もある。王室から声をかけられたのは、十二歳の時だ。はじめて目にしたコーレイン国の王は、銀色の髪に同色の瞳をしていて、神話の本から飛び出したような神秘的な人だった。ダクマは、そんな王の新たな小姓に選ばれた。

《よく励め》と言ったのは、王の従兄弟で国王代理のメルヒオールだ。いまのコーレインを動かしているのは彼らしい。王は愛する人を失ってから無気力で、政《まつりごと》を放棄したようだ。

小姓はもうひとりいた。ひとつ年下のセースだ。彼もまた名のある騎士家の子弟で、ふたりの将来は王付きになったのだから安泰に見えていた。だが、小姓の運命とは過酷なもので、ふたりはすぐに餌食になった。ようは男娼にさせられたのだ。王の性のはけ口だ。

小姓をつけさせたのは王の妹のエフェリーネ。兄妹でありながら彼らは恋仲だ。妹はエルメンライヒに嫁ぎながら、自分以外の女に兄の子を産ませまいと、兄に男をあてがった。狂っていると思った。だが、王家の歴史書を紐解けば、納得したくなくてもせざるをえなかった。コーレインの王族は精霊の血を引くとされ、選民意識が異様に高い。銀色の髪と瞳が珍重されるため、歴代の王には近親婚をした者が多数いる。自らを精霊としているせいなのか、考え方が常識からかけ離れており、理解しようと思うこと自体が間違いだ。

最初こそ、ダクマは王の相手をセースとふたりで務めていたが、いつしか呼ばれるのはダクマひとりになっていた。夜毎寝所に連れられて、王に絡みつかれて朝を迎える。

それから三か月が過ぎ、突然、エルメンライヒに嫁いでいた王の妹が現れた。

兄妹は五年ぶりの再会だったが、時というのは残酷だ。喜ぶ妹に対し、王は見るからに冷めていた。しかし、もとから定められていたために、王は妹を妃とした。

その後二年、王は妹に指一本触れることなくダクマを側に置いていた。王が猛烈に腹を立てていたせいもある。妹はエルメンライヒで兄の子を産んだが、息子を見捨ててきたらしい。王は息子を奪還しようと何度も試みたが、成果のないまま、時は過ぎてゆくばかり。王はダクマを毎晩抱いた。一度だけでは終わらない。異様に性欲が強いのだ。

この関係はいびつでなにも生み出すことはない。しかも、一国の王が二年にわたり、小姓ひとりに執心している。さすがに国王代理も思うところはあるようで、王にそれとなく愛妾を勧めたようだが、王は見向きもしなかった。

そんななか、王を愛する妹は、二年かけて蝕まれていったのだろう。それは突然起きたことだった。ダクマは彼女の手の者に攫われた。飲まず食わずで十日間。衰弱し、死が間近に迫る気配を感じた。けれど、王が居場所を特定し、自ら助けに訪れた。

湯浴みをしない汚い身体なのに、構わず抱きしめられて接吻された。排泄物もなにもかも垂れ流しで生物として終わっているというのに。

だが、そんな王の行動は、妹エフェリーネの憎悪を煽り立てたのだろう。妹は、エルメンライヒから連れてきた騎士ミヒェルに近衛兵を殺させて、王も殺した。

その刹那、時が止まったかのようだった。ダクマはその後を覚えていない。気づいた時には剣を持ち、足もとには王と王妃、騎士ミヒェルや近衛兵たちの死体が散らばっていた。

生きていたのは腰が抜けている若い近衛兵と小姓のセース、返り血まみれのダクマだけ。亡き王の小姓であるダクマとセースは国王代理に命じられ、国王暗殺の後始末をするために、コーレインの騎士たちとともにエルメンライヒへ旅立った。

建前は、正統な銀の王の血を引く王子を迎えに行くためだ。しかし、ダクマはまだ見ぬ王子に自分を殺してほしかった。彼の母親をむごたらしく死に至らしめたのだから。


コーレインからエルメンライヒにたどり着いた一行は、かの国を甘く見すぎていたのだろう。まだ城内に入り込めていないのに、生存者は半分に満たない数になっていた。

協議の結果、小姓のダクマとセースのふたりで防壁の中への侵入をはかることにした。幼ければ幼いほど警戒されずに済むからだ。

ダクマは比較的楽に壁を越えられたと思ったが、セースは死ぬかと思ったらしい。

ふたりの眼前にそびえ立つ白亜の城は広大だ。排他的な国だと聞いていたが、それを感じさせないほど発展している。

エルメンライヒは白を多用しているようだが、見せしめの死骸がいたるところに飾られているせいか、どす黒く目に映る。屋根や木からこちらを窺う鴉の群れは、豊富に屍肉があるためふくよかで、人が死ぬのを心待ちにしているようだった。咲く花々はにおいが強いものばかりで、においで不吉をごまかしているとしか思えない。見えるもの以上の、おびただしい人の死の上に築かれている国。まさに戦地のようだった。
聞かずとも過酷な日々を想像できた。四歳児が置き去りにされ、たったひとりで三年を生き延びられるとは思えない。だが、彼は生きていた。
銀色の髪に、研ぎ澄まされた銀色の瞳。ルトヘルは、両親の美点を集めたような美貌と神々しさをあわせ持っていた。見るからに意志が強く、明確な目的を持つ子どもだ。だが、ダクマはそこに、二度と会えない王の面影を見つけてしばらく言葉を失った。
《フローリス王子、遅くなりましたが、コーレインより迎えにあがりました》
片ひざをついたセースの言葉に、ルトヘルは鼻を鳴らした。七歳児だが、大人びていて驚いた。早く大人にならなければ生き延びることができなかったのだろう。
《帰れ。と、言っても無理だろうが。……ぼくはフローリスではない。ルトヘルだ》
《ルトヘルさま。しかし、あなたは我らにとって紛れもなくフローリス王子です。国王代理のメルヒオールさまは、あなたの父君、コーレイン王アーレントさまが崩御されたいま、次代の王となるのはあなたしかいないと仰せです。国へ帰りましょう》
《迎えなど頼んでいない。ぼくはコーレインなどどうでもいい。国王代理がいるんだろう、そいつが王をやれ。とはいえ、おまえたちももう国に帰ることはできない。あきらめろ》
セースはわけがわからないといった顔で、ルトヘルを見上げた。
《ぼくはここを離れる気はない。正しくは、離れられない。この国は入るよりも出る方が難しい。おまえたちに教えてやる。ぼくの目標はこの国を出ることだ。わかったか。いま

のエルメンライヒ王が死ぬまでは、おまえたちはこの国から出られない》
セースは動揺していたが、必死に不安を押しこめたようだった。
《出られなくても構いません。我々はあなたを守るためにきました》
《言葉すら話せないくせによく言う。守れるわけがない。それどころか異人のおまえたちなど足手まといだ。この国では、自分の身は自分で守れなければ生きる資格はない》
黙っていたダクマがようやく一歩進み出た。
《ルトヘルさま。事情は理解しました。ですが、だからこそコーレインの王になっていただけませんか。壁の向こうには選りすぐりのコーレインの騎士が近くで待機しています。このまま時を待ち、脱出の機会を窺うよりも、内と外から策を立ててはいかがでしょう》
ルトヘルは、ダクマを横目でちらと見た。
《おまえは男か。女のように見えるが。エルメンライヒは欺《あざむ》かなければ生きていけない。生きていたければ、おまえは今日から可能な限り女として生きてゆけ。皆を騙せ》
《ご命令でしたら従います。ですが、私はセースとは目的が違います。この国に来たのはあなたに死を乞うため。私はあなたの母君を殺めました。どうか贖わせてください。私の命を利用すれば壁を越えられるのではないですか？　最後にお役に立ってみせます》
いかにも興味がないかのように、ルトヘルは鼻先を持ち上げる。
《あの女がくたばろうと知ったことか。おまえは殺しに対して罪を感じているわけではない。他に死にたい理由があるくせによく言う。理由にぼくを使うな、死にたがり》

思ってもみない言葉にダクマが目を見開けば、ルトヘルの瞳は細まった。
《死にたければ勝手に死ね。誰が生きようと死のうとどうでもいい。言っておくが、この国では死んだほうが楽だ。生きていることこそ地獄。選択はおまえたちの自由だ。選べ》
自死しようというならとっくにしている。無駄死には騎士の家に生まれた自分には許せない。死んで役に立てないならば、生きているしかないだろう。地獄だというこの国で、生きてあの人の子の役に立つ。きっとそれは、死んで役に立つことよりも難しい。

ルトヘルは、いくつもの仮面を使い分けているようだった。大抵は年相応の愛らしい仮面で敵の油断を誘っている。王弟の忠臣だが、国王にも臣下の顔をして、エルメンライヒの飾りに徹する。懇意にしている貴族も大勢いたが、彼曰く、いずれ殺す予定の者らしい。

恋人は大勢いるようだが、なかでも時間を割いているのは、エルメンライヒの第一王女エデルトルートだ。年相応のむずがゆくなるような純愛に見えても、彼女と離れた瞬間に、ルトヘルの顔から表情はすっかり抜け落ちる。

ダクマとセースは表立って昼は動かず、夜はルトヘルに命じられるがまま暗躍していた。請け負うのはおもに殺しだ。邪魔なものの排除なしではエルメンライヒで生きられない。

殺伐とした日々を送りながらも、ひと月経てば見えてくることもある。

ルトヘルには、時間を見つけては会いに行く人がいる。そのために、小さな桃色の花を探して手折る姿は意外に思えた。

相手は小さな三歳ほどの女の子だ。彼女の部屋にたどり着いた彼は呼びかける。

『アリ、来たよ』

少女はルトヘルのほうを向くと、ぱっと明るい笑顔になった。ダクマが驚いたのは、普段は氷のように冷ややかなルトヘルがやさしく笑いかけていることだ。

ふたりが会うのは、彼が桃色の花を金色の髪に差しこむわずかな時だけだ。

ルトヘルとアリーセの逢瀬が途絶えたのは、それから二年後のことだった。ふたりの関係を疑い、嫉妬した第一王女が、アリーセをテラスから突き落としたのだ。

大怪我を負ったアリーセは、したたかに頭を打ち、それまでの記憶をすべて失った。

ルトヘルは、怒りをむき出しにして第一王女を惨殺した。ダクマとセースに城のシャンデリアに死骸を飾らせたのは、王族への警告か。あるいは自身の覚悟を示しただけなのか。

それからというもの、ルトヘルはまるで研ぎ澄まされた剣のようだった。その行動は残虐かつ狡猾で、合理的。一刻も早くアリーセを国の外へ出すことのみに集中し、代わりにダクマとセースがアリーセの様子を窺った。

異変を報告すればルトヘルは容赦をしなかった。アリーセに危害を加える王族には死を、請け負った者にも死を。あらゆる手をつくし、抹殺、もしくは巧妙に断頭台へ送った。

ルトヘルは、アリーセのもとに通うことはなくなった。それでもダクマは知っている。暇さえあれば、遠くのほうからぎゅっとこぶしを握りしめ、彼女を見つめていたことを。

七章

一日が過ぎ、二日が過ぎ、あっというまに六日が経った。

つらい出来事も悲しい記憶も、時が解決してくれると思っていたが、心の穴は少しも埋まらない。それどころか、ますます開いてゆく一方だ。

簡素なドレスを纏って髪を梳く。アリーセは、努めて単調な一日を送るようにしていた。生きることを日常の作業として淡々とこなしてゆく。なにも考えないように、悩まないように、彼を思い出さないよう努力した。いずれもうまくいっているとは言えないけれど。

アリーセは、櫛を動かす手を止めた。身体が熱くてうずいているし、だるさがある。

先ほど起きたばかりだけれど、もう一度眠ったほうがいいかもしれない。そう思い、寝台に座るとダクマが言った。

「ところでアリーセさま。長く悩まれていますが、なにかあったのですか？」

「……いいえ、悩んでいないわ。あなたも知ってのとおり、わたしはうじうじした性格よ。そう見えるのはこの性格のせいだと思う。いつもの考え事だから、気にしないで」

「ですが、うじうじした方が考え事をしても、答えはうじうじしたものにしかならないのでは？　打開するには他者の助言を聞くのはよいと思います。私でよければご相談を」

アリーセが「でも」と得意のうじうじを披露していると、ノアベルトが足を踏み鳴らして入ってきた。弟は最近毎日アリーセの部屋に来る。このところ、かんかんに怒っていた。

「姉上、今日こそは許されないよ？　ラドミル王子からの誘いを断り、贈り物は受け取ろうとしないし、手紙も読まない。返事も書かない。いったい何様のつもりなんだ！」

アリーセは圧倒されかけたが、異様な威圧感を放つダクマがいるから勇気を持てた。

「ノア、わたしは言ったわ。なにも受け取らないって。王子と会うつもりはないの」

「そんなの許されるわけがないだろう？　早く来いっ、王子に謝るんだ。さあ！」

「行かないわ、出ていって。わたしはとても忙しいんだから」

「とても忙しいって、どうせやることといったらじめじめするか、あの犬ころに会いに行くかだけだろ？　なんて無駄を好む女なんだ。なんの生産性もない。あんな犬なんか」

ダクマは無言でノアベルトの腕をがっしりつかみ、「放せ！」とわめかれるのも構わず、扉の外へ追いやった。昨日も一昨日もだ。

「おまえっ！　……くそ、女の分際でなんて力だ……！」

有無を言わせず、ぱたんと扉を閉めたダクマはとても心強くて、胸がすく思いがした。

「アリーセさま。求婚の件ですが、王子にははっきりお断りしたほうがいいと思います。王子の従者と話しましたが、彼はなんとしてもあなたと結婚されるつもりのようです」

「そんな……。王子は帰国の日に返事を聞かせてと言っていたわ。だから……その時に」

「従者が言うには、王子の帰国の日は未定だそうです。アリーセさまから色よい返事をもらえるまでずっと待ち続けるつもりではないでしょうか」

動揺したアリーセは目を泳がせる。

「王子はあなたの性格を把握した上で長期の滞在を決めたのでしょう。現に贈り物によってあなたのなかで迷いや罪悪感が芽生えているのでは？」

「どうしてわかるの？　すごく心が苦しくて……。追いつめられているの」

「私もお供しますから、今日断ってはいかがでしょう。延ばすだけ苦しさは増します」

「そうね、あなたがいてくれるなら……。でも、先にバーデのもとへ行かなくては。バーデはおなかがすいているはずなのに、ずっとパンを食べてくれないの。だから心配で」

「バーデを心配されるお気持ちはわかりますが、アリーセさまこそ食事をなさってください。誰かになにかを勧める時はまずはご自分からです。バーデの手本となってください」

たしかにダクマの言うとおりだ。食欲がないからといって、自分が食べずにバーデに勧めるのは説得力がない。アリーセは、素直に従った。


「バーデ、バーデ？　どこにいるの？　わたしよ、アリーセよ。パンを持ってきたわ」

いつもはすぐに出てくるのに、今日はアリーセのもとに駆けてこなかった。きょろきょろと辺りを見回すけれど、元気な姿を見ることはできない。

朝降っていた雨はすっかり上がり、雲間から陽射しが所々に落ちている。バーデはまだ雨が降っていると思って雨宿りしているのだろうか。

アリーセは歩き回ってバーデを探す。四阿や、木のうろや花をかき分けて覗きこむ。彼がいつもどこで眠っているのか、普段過ごしている場所はどこなのか、アリーセにはわからない。一緒に暮らせたらいいのにと心底思う。

「バーデ」

はたとアリーセの歩みが止められた。草に血がついているのを見つけたからだ。

嫌な予感とともに心臓がばくばくと脈打った。一気に血の気が引いてゆく。

こんな時、悪い予感は大抵当たってしまう。

アリーセはよたよたと駆け出した。点々とついた血痕を必死にたどる。駆け出したくても、この足はうまく動いてくれない。はっ、はっ、と一丁前に息だけ切れる。

やがて、低木の下に隠れながら倒れているバーデを見つけた。

「バーデ……。バーデ！」

アリーセは、顔をくしゃくしゃにゆがめた。ひどい怪我をしている。残酷に身体が切られている。彼の下は血だまりになっていた。

「バーデ……。誰が、こんな………あ。う、……ああ。バーデに。……バーデ」

アリーセがひざからくずおれ、うずくまるバーデの側に座りこむと、目を閉じていたバーデはうっすら目を開けた。鳴くこともできないほど衰弱しているようだった。いまにも消えそうな、か細い息が聞こえるだけだ。しかし、彼は懸命に尻尾をぴくりと動かした。振ろうとしてくれている。

「だめ。無理しないで、バーデ。動いちゃだめよ。傷が……開いてしまう」

アリーセの涙がぼたぼたとバーデに降りかかる。

「バーデ。わたしが……、わたしが助けるから……。…………絶対に、助けるわ」

抱き上げたいけれど、あまりにひどい怪我で、苦しげで、動かしていいのかわからない。

アリーセは、バーデの血がこびりついた毛に手を当てる。鼻の頭をそっとなぞれば、震えるバーデは渾身の力をふりしぼっているのか、ぺろ、と舐めた。

——どうしたらいい？　どうすれば助けられる？

「アリーセさま、どちらにいらっしゃいますか？」

その声は救いだった。首を伸ばせば、四阿の近くにダクマが見えた。

「ダクマ！　ダクマ！　お願い、早く来て！　バーデが……。バーデが……大変なの」

必死に叫んだけれど、最後は声にはならなかった。泣けて、声がこもってぐずぐずだ。

ダクマは駆けてきてくれた。彼女はバーデをひと目見て、ゆっくりと首を横に振る。

「お願い教えて。バーデを助けたい。とてもひどい怪我なの。こんな……」

「アリーセさま、残念ですがバーデは旅立ったようです」

鋭く息を吸ったアリーセは、すぐにバーデに目を向けた。が、おなかが上下していない。

「うそ……うそよ。バーデ、バーデ！　舐めてくれたのに……。わたしの、手を……」

「彼なりの別れのあいさつだったのでしょう。あなたが最後に会えたことだけが幸いです。深い傷ですから、傷を負ってからあまりもたなかったと思います。よく見つけましたね」

アリーセは「嫌よ」とつぶやきながら突っ伏して、バーデにそっと頬ずりをする。

ぐったりしていて少しも反応はなかった。けれど、ぬくもりが感じられる。

「……嫌よ、別れたくない。わたしは……まだバーデを幸せにしていないもの」

王女の外聞もなにもかもをかなぐり捨てて、アリーセは子どものように泣きじゃくる。洟も垂れたがどうでもよかった。もっとなにかできたはずなのだ。それなのに、なにもできなくて後悔が押し寄せる。そんなアリーセの肩をダクマがさする。

「アリーセさま、バーデをきれいにしてあげましょう。歩けますか？」

「誰が……、誰がこんなひどいことをしたの？　バーデに。どうして…………悪魔よ」

「バーデは私が運びますか？」

アリーセが首を振って拒否すると、涙が飛び散った。

アリーセは一張羅といえるケープを外し、そっとバーデを包みこむ。がたがたと身体が震えて手がおぼつかなくなっていた。落とさないように、ぎゅっと彼の身体を抱きしめる。

居室に戻ると母に見つかり、穢らわしいと金切り声で怒られた。そのためアリーセはダクマとともに外でバーデを清めることにした。傷だらけの身体をダクマが布で拭う。

まさか、こんなに早い別れが訪れるとは思っていなかった。石に座るアリーセは、バーデを抱えてひたすら泣いた。時間がどれほど経ったかなどどうでもよかった。

たびたびダクマがアリーセの様子を見に来たが、居室へ入ろうとは思えなかった。ドレスも顔も手も汚れてどろどろだったが構わない。それよりも、バーデの側にいたかった。さわさわと風が流れて、金茶色の髪をもてあそぶ。いつの間にか夜の帳《とばり》は下りていた。空に浮かんだ月はまんまるだ。アリーセは、バーデを撫でながら月を見据えた。

――満月の光を浴びながら埋葬された死者は、また、還ってくる。

アリーセは、バーデを埋めるにふさわしい場所を考えた。

思い当たるのはひとつだけ。バーデが幸せそうに暮らしていたあの場所だけだ。ルトヘルがいて、彼の従者のセースがいて、はしゃいで跳ね回るバーデがいた。

――あそこならきっとさみしくないはず。思い出とともに眠れるわ。

ひとつ頷いたアリーセは立ち上がり、バーデを撫でると足を踏み出した。

昼と夜では景色が違う。闇色の濃淡だけで作られる世界はまるで別の世界にいるようだ。現実味のない光景に、これが悪い夢ならどれほどいいかと考えた。けれど、バーデの重みで現実へと引き戻される。

アリーセは、暗いなかをとぼとぼ歩く。明かりは持っていない。それは、復活の儀式の伝承に従っているからだ。進む道は、月の光がおぼろげに浮かびあがらせる。

涙はとまらず、拭いても拭いても追いつかないので、流したままでいた。

先ほどまではダクマもいたけれど、彼女は突然「先に向かってください」と早口で言い残し、夜の闇の向こうに消えた。

いつになく花のにおいが強かった。猛禽類の鳴き声や、野犬の遠吠えが聞こえる。なぜかあらゆるものがバーデを狙う敵に思えて、アリーセはぎゅっと彼を抱きしめた。

池のほとりにたどり着いて座りこむ。ひざにはバーデ。アリーセは真っ黒にしか見えない池を眺めていた。月の光のもとで埋めると決めたのに、ただただなごり惜しかった。

しばらくして、ドレスについたりぼんを解いて、バーデの革の首輪にきゅっと結んだ。

「バーデ。かわいくて元気で、おちゃめなあなたが大好きよ。あなたをいまから埋めるわ。いつの日かまた会えたら嬉しい。……ううん、エルメンライヒではこんなことを望んではだめね。この国以外のところがいい。次こそは、うんと幸せになってほしい」

埋めるところは決めてある。山毛欅の木の下だ。バーデが食事をもらったり、愛らしく首を傾げて座っていたところ。そして、ルトヘルと雨宿りに肩を並べて立っていた場所だった。向かう道すがら、思い出がぐるぐるめぐり、知らず途中で立ち止まった。

その音を耳にしたのは、せつなさが胸いっぱいにこみあげた時だ。

アリーセは最初は気づかなかった。けれど、ぐちゃ、ぐちゃ、と奇妙な音を認識したとたん、気になって仕方がなくなった。

目をさまよわせれば動く影が視界に入り、そっと近づく影はなにかに馬乗りになり、鋭いものを何度も叩きつけているようだった。明らかに普通ではない。鋭いものは刃物にしか見えなくて、アリーセの背筋は凍りつく。誰かが誰かを殺しているのだ。

人は想定以上の恐慌に陥ると微動だにできなくなるのだろう。アリーセは、叫ぶことも腰を抜かすこともできなかった。自分の身体が自分のものではないようにこわばり、逃げ出したくても無理だった。ただ、バーデだけは離さず、しっかと抱いていた。

呆然としていると、殺し終えたのか、影はぬっと立ち上がった。

月明かりに照らし出されたのは、白と黒で構成された見目麗しい精霊――否、幻想的で精霊のように見える人だ。まるでハーゲンベックの絵画のようにまがまがしくて美しい。

このような容姿の人は、アリーセの知る中ではただ一人。

アリーセは、かすかに首を横に振る。だが、ゆっくりとその顔がこちらに向けられた。

肌がぶわりと総毛立つ。国を出たはずのあの人だ。

信じたくないと心が拒絶するけれど、身体は正直だ。戦慄し、歯はかちかちと音を立てている。これまでのやさしい彼は崩れ落ち、恐怖と絶望が支配する。

「アリーセ」と、名前を呼ばれ、息が止まりそうになる。言葉をつむいだ唇は、弧を描く。

「このようなところでなにをなさっているのです？　――ああ、それは」

ぎこちなく見上げると、彼は長いまつげを伏せていた。バーデを見ている。

「ひとりで埋葬しにきたのですか？　バーデをこちらへ」

べったりと黒いものがついた手を差し出された。間違いなく先ほど殺した人の血だろう。

アリーセの手からバーデの重みがなくなった。渡すつもりはなかったし、やめてと叫びたい。けれど、できない。声は喉の奥に引っこんで、閉じこもったままだった。

バーデを抱きかかえたルトヘルは、教えていないのに山毛欅の木の下へゆく。そのあとを、よたよたとおぼつかない足取りで追いかけた。

満月の光が包む神秘的な夜だ。アリーセは、夢にとり憑かれたように立ち尽くす。ルトヘルは復活の儀式を知っているのだろう。バーデを掲げ持ち、月にかざして光を浴びさせる。その際、バーデの小さな額にくちづけた。

先ほどの凶行が嘘のように慈愛を感じる動作だ。どれが本当の彼なのか。

ルトヘルは花が咲いているところを選んでしゃがみ込むと、小刀で土を掘り始めた。呆然としていたアリーセも参加する。それからは、なにも考えたくなくて必死に掘った。

だが、あまりに固い地盤だ。隣のルトヘルは順調に掘り進めているようだが、アリーセには難しい。手はひりひりしびれて次第に感覚がなくなった。

ふいに、泥だらけの手にルトヘルの手がのせられ、心臓が飛び跳ねる。目を丸くして彼を見ると、彼はアリーセの背後を見ていた。振り返れば、ダクマが立っている。

「アリーセさま、お待たせしました。遅くなって申し訳ありません」

その言葉に返事をしたのはアリーセではなくルトヘルだった。

「ダクマさん。すでに夜も更け、出歩いてはいけない時刻が迫っています。なにかあっては取り返しがつきません。アリーセさまをお連れして、居室に戻ってください」

エルメンライヒでは外出を禁じる時間帯がある。破った者は殺されても文句は言えない。警備のためか野犬まで放たれて、たまに死者が出ているほどだ。

最後までやり遂げたくて、アリーセが部屋に戻ることを拒むと、ダクマに諭される。

「あなたの力で穴を掘るには時間がかかりすぎます。危険な時間を迎える前に夜が明けてしまい、満月の儀式は叶わなくなるでしょう。ルトヘルさまにお任せしたほうがいいと思います。それに、従者の方もいらっしゃいました。彼らに託しましょう」

ダクマの言葉のとおり、ルトヘルの従者のセースがやってきた。彼はバーデを見て怯んでみせたが、アリーセに気づいてひざを折る。

アリーセがふたたびルトヘルに視線を向けると、彼はわかっているとばかりに頷いた。彼に従いたくなかったし、放っておいてほしかった。けれど、気づけばアリーセはダクマに誘導されて、庭園を後にしていた。

ひどく疲れを感じていたけれど眠りたくなかった。窓辺に立ち続けたアリーセは、黒い外を見つめていた。朝方、どこからともなく出た霧は、辺りの色を浅くして、消えたころには空を重苦しく変えていた。黒ずんだ雲はいまにも雨を落としそうだった。

「起きていらしたのですか。おはようございます」

入室したダクマは湯を持ってきた。アリーセは手際のよい彼女を目で追いかける。

「ダクマ、悪いのだけれど……今日はひとりにしてくれる？　わたし……」

「かしこまりました。ですが、あまり思いつめて悩まれませんよう」

ダクマは多くを語らずとも理解してくれる。そんな彼女に、口べたなアリーセは大いに助けられている。彼女が部屋を出た後で、アリーセはたらいに湯を注いで香油を垂らし、顔と身体を拭いてゆく。その後髪を湿らせた。

ハーブの粉をまぜて梳くうちに、ルトヘルが髪を撫でてくれたのを思い出し、視界がじわりとにじんでいった。寝台に倒れこむと、心の底から深い息が出た。

――もう際限なくつらいことが訪れるだけだわ。どうしてこんなことに……。

バーデを幸せにできないいま、目標にできるものがなにもない。二度とバーデに会えないと思うと、喪失感が襲ってくる。

バーデを殺した人を見つけ出し、復讐してやりたいと思うのに、自分には探し出す力も仕返しする力もない。王女とは名ばかりの弱くてちっぽけな人間だ。

おまけにルトヘルの不埒な行動や残酷な行為について、彼を問い詰めたいのに勇気がなくてできないでいる。腹が立つし、やっぱり憎い。けれど、彼が国を出ていなかったと知り、湧き起こった思いはたしかな喜びだけだった。それがたまらなく嫌だった。

――なにも考えたくない。いっそ、自分で自分を終わらせたい。

幸せはあまりに遠すぎる。もはや決して手が届かない星のような存在だ。

まなじりから涙がこぼれて止まらない。自分はずいぶんと泣き虫になってしまった。

――その前に、バーデに会いに行こう。ちゃんと弔われているか見届けないと。

アリーセは適当なドレスを纏い、重い身体を引きずりながら部屋を出た。眠っていないせいなのか足もとがふらつく。

　いま、処刑がなくて本当によかったと思った。建国記念日から前後十日は処刑が行われないしきたりなのだ。平気なふりはしていられないし、精神的に無理だった。

　やがて弟のがなり声を耳にして、歩みを止めた。庭園にさしかかる手前に、弟と小さな男の子ふたりがいる。胸が早鐘を打ち出した。目にした光景にくじけそうになる。

　ノアベルトが召し使いの子どもを互いに殴らせ、傷つけあわせているのだ。小さなふたりは泣きじゃくり、口と鼻から血を流し、目が腫れ、肩で息をしている。階段に座る弟は、そのさまをにたにたと楽しんでいるようだ。まさに、悪魔の所業だ。

「もっと殴りあえ。強いやつはぼくの召し使いにしてやってもいい。だが、弱いやつはいらない。殺したってかまわない。――あ、そうだ。いいことを考えた」

　ノアベルトは腰の辺りから小刀を二本取り出すと、男の子たちの足もとに投げた。

「ほら、拾ってやりあえ。早く」

「ノア、なんてことをしているの……！　殺しあいなんてやめてよ！」

　叫んだのと同時に、弟は無邪気な顔をこちらに向ける。

「姉上には関係ない。ぼくは自然の摂理を教えているだけだ。弱ければ死ぬ。で、いまからラドミル王子のもとへ行くの？　こいつら泣いてばかりで飽きたからぼくも行くよ」

「行かないわ、バーデのもとに行くのよ。……あなたを心底軽蔑するわ。下劣な人」

　肩をいからせながら近づいてきた弟は、アリーセの金茶色の髪を強くつかんだ。

「は？　バーデ？　あの犬ころは死んだでしょ。姉上とあの犬の縁は切れたはずだ。もう行く必要ないじゃないか。……それに、姉上の分際で生意気だ。このぼくに！」

アリーセがひざを地面につけたのは、弟のこぶしがおなかにめりこんだからだった。あまりの痛みに口から唾液が伝い、ぽた、と地面に落ちる。

「おかしいよ。ねえ、どうして姉上はぼくに従わないの？　ラドミル王子のところへ一緒に行こうよ。……もう痛い思いは嫌でしょう？　それともまだわからない？」

剣呑な目つきだ。この十四歳の弟が恐ろしい。負けたくないのに、身体はぶるぶると震えだす。でも、やっぱり負けたくなくて、アリーセは歯を噛みしめた。

「……脅しても無駄よ。もっと殴ればいい。でも、わたしはあなたなんかに従わないわ」

突如、脇腹が激しくひりついた。ノアベルトがしゃがむアリーセを蹴ったのだ。「黙れ！」とどなりながらがつがつと踏みつけられて、アリーセは身体をかばってまるくなる。

この時、生きようとしている自分を知って、悲しくなった。

「ノアベルトさま。いい加減になさい」

ダクマの冷たい声とともに、アリーセを蹴る足は止まった。瞬間、大きな物音がした。

顔をあげると、ダクマが弟をひっつかみ、投げ飛ばしたあとだった。

積み上げられた廃材に思いきり突っこんだノアベルトは、「痛いっ！」と、ごろんごろんと地面にもだえながら転がる。

「きさま、なにをするんだっ！　王子のぼくに……っ」

「それは私のセリフです。王女殿下のアリーセさまになにをなさっているのです。この四年、我慢を重ねてきましたが飽きました。あなたは我慢強かった私に感謝すべきです」

　顔から湯気が出るほど真っ赤になって憤慨する弟に、ダクマは顔を近づける。彼女はなにかを告げているようだがアリーセには聞こえない。弟の顔はたちまち色を失っていった。

「そんな……嘘だろう？　おまえはぼくを騙そうとしているのか」

「私が嘘をついてどうするのです。ちなみにあなたは騙す価値もありません」

「それが本当なら、ぼくたちは破滅じゃないか。……ヒルヴェラが滅亡なんて、嘘だ」

「ヒルヴェラの王侯貴族、ならびに騎士は北部の蛮族レウによって壊滅しました。ですが、レウはコーレイン国により掃討され、いまのヒルヴェラはコーレインの一部となっています。遠い異国の出来事ですし、コーレインの王がきびしく情報を統制し、隠密なども処分したのでこのエルメンライヒにはまだ伝わっていません。ですが時間の問題です。滅亡が知れ渡ればどうなるか、第五王子のあなたはご存知でしょう。……ノアベルトさま、エルメンライヒはコーレインを敵にしてまでヒルヴェラを取り戻すと思いますか？　あちらの王族は死に絶えているのに、この国にとって、ヒルヴェラは価値があるでしょうか」

　弟はダクマの言葉にひどく狼狽しているようだった。こちらまでふたりの声は届かないが、聞こえないことをいいことに、アリーセは幼いふたりの子どもの顔を拭いて帰らせた。

「……女狐め。たかが侍女の分際で……。ぼくは、おまえの話は信じないぞ」

「構いません。信じるも信じないもあなたの自由。ですが、ヒルヴェラについて不用意な発言は控えたほうがよろしいかと。調べが入れば滅亡は隠し立てなどできません。ちなみにこれまでヒルヴェラが滅ばなかったのは、アリーセさまのおかげです。王女を想う方が、この十三年、ヒルヴェラを蛮族から守ってきました。これまであなたが生きられたのは、姉君のおかげだということをお忘れなく。とはいえ、あなたはもう手遅れですが」

「もう手遅れって……。どういうことだ？」

「あなたの母君にも言えることですが、あなた方がすがれるのははじめからアリーセさましかいませんでした。にもかかわらず、抵抗しないからといって、ずいぶんとひどい扱いをしてきましたね。その上、暴力とは救いがたい。あの方は決してお許しになりません」

尻もちをついていたノアベルトはゆっくりと起き上がる。

「あの方？　誰のことだ。このぼくを脅すつもりか？　……姉上はぼくのために生きているんだ。言うことを聞かない時に多少の暴力は仕方がないだろう？　これはしつけだ」

「あなたという人は情けない、ごみ虫ですね。調べてご覧なさい。アリーセさまに危害を加えた者の行く末を。王族も貴族も召し使いに至るまですべて。いま生きている者はどれほどいますか？　嫁ぎ先の国ごと滅びた王女もいました。偶然だとは思いますが」

ふたりは先ほどからアリーセには聞かせたくないのか、こそこそと話している。気にならないとは言えないが、弟には都合が悪い話なのか、さらに青ざめているようだった。

ふいに、彼がこちらを向いたが、アリーセは視線を合わせたくなくて顔をそむける。

「姉上、違うんだ！　ぼくはっ」

弟は叫んだが、ダクマはアリーセから見えないように彼の前に立ちはだかった。

「なにが違うのです？　ところであなたはしてはいけないことをしでかしました。バーデへの仕打ちは到底許されるものではありません」

「――は？　ぼくじゃない。どうしてぼくが……いったいなんの証拠があって」

「誰も見ていないと思いますか？　ごまかせず残念でした。バーデはアリーセさまにとって大切な犬ですので、最近、護衛の者がつけられていました。……それはそうと、アリーセさまにラドミル王子を勧める行為は大変よろしくない。死期を早めますよ？」

ダクマに耳打ちされているノアベルトは、なにが気になるのか、ちらちらとアリーセを窺っている。嫌でたまらず、痛む身体をおして立ち上がる。去ろうとすると、弟が言った。

「待って、姉上。ぼくの話を聞いて！　姉上！」

悲痛な声だった。弟は泣いているのかもしれない。だが、いまはなにも聞く気になれない。どうしても、子どもたちへの行いが許せなかったし、失望したのだ。


歩くたびに身体がきしむ。昔からいじめられてきたとはいえ、痛みには慣れない。

居室に戻ったアリーセは、泥まみれのドレスを着がえるのに四苦八苦した。そこかしこに擦り傷があり、生地でこすれてしまうのだ。赤く腫れている箇所もある。

これまでいじめられた際には居室に逃げこんでいたけれど、今回暴行してきた相手は弟だ。もうどこにも安全な場所はない。この先逃げ場がないと思うとやるせなくなってくる。

いろいろなことが起こりすぎて、ますます死に逃げたくなっていた。息を吸うのも無意味なことだと思ってしまう。どうにもできずに視界がじわじわにじんでゆく。

アリーセは、うなだれながら部屋を出た。その時かすかに何かが聞こえた。

最初は気のせいかと思ったが、苦しげな女性の声だった。思い当たるのは母しかいない。重篤《じゅうとく》な病にでもなったのかと思い、心配しながら駆けつけたアリーセは、扉に手をかけて固まった。それは、苦しい声などではなかった。まぎれもない、情事による嬌声だ。聞きたくないのに会話が聞こえる。思わず耳を塞いでしまったのは、母が男の人に身体を売っているのだとわかったからだった。ふたりはお金の交渉をしている。

母は、着飾るためにそこまでするようになったのだ。

——嘘よ……、お母さま。

アリーセは、居たたまれずに足を進めた。

先ほどまではバーデのもとへ行こうとしていたのに、気が動転していたからだろう。庭園ではなく、あてどなく歩いていた。前方に見える豪奢な建物に気づいた時には心から後悔した。ルトヘルの逢い引きを目撃したあの場所だったからだ。

心臓が激しく乱れて苦しくなった。早く離れたいのに、足が痛くて進めない。

アリーセは、ふう、ふう、と肩で息をしながら回廊にたどり着く。顔からは血の気が引いて、額には、暑くもないのに汗が玉になって浮いていた。

——気持ちが悪い……。吐きそう。

前かがみになり、震えていると、突然、強い力に突き飛ばされた。

床に倒れこんだアリーセは、したたかに身体を打ち据えた。弟に蹴られた箇所と重なって、鋭い痛みが突き抜ける。思わずうずくまると、「邪魔！」とすかさず声が降ってきた。

顔を起こして相手を見れば、第三王女と第八王女が立っていた。ふたりは母親が同じ姉妹だ。突き飛ばしたのは従者だが、明らかに彼は彼女たちの命を受けている。

「あなたって、いつだって愚図で邪魔。わたくしたちの行く手を遮らないでよ。視界に入るだけでも虫唾が走るわ。あなたなんか、弟ともども早く逝けばいいのに」

逝けとは、断頭台で首を落とされればいいということだ。はじめはなんてひどいことを言うのだろうと驚いたが、何度も言われてしまえば、いつもの言葉だと思うだけだった。異母兄弟や姉妹たちは平気で死ねと口にする。アリーセの命はあまりに軽い。

「本当に不吉。見ているだけで辛気くさくて嫌になるわ」

ふらふらと起き上がったアリーセは、彼女たちに道を空けたが、取り囲まれてしまった。

不吉ならば、離れてくれたらいい。辛気くさいなら、こちらを見なければいいのに。

「あなた、みすぼらしくて不細工な割には、やることはやるのね。ラドミル王子に色目でも使った？　見初められたくて必死で、見ていて情けなくなったわよ。エルメンライヒの王女でありながら卑しくて、血を分けているなどと思いたくもない。とんだ恥さらしね」

第三王女が話すと、続いて第八王女が嘲笑しながら言った。

「そのドレス、笑っちゃうほど最低ね。それってごみ？　今日も貧乏くさくて、においも最悪。あなたって歩く病原菌みたい。貧民国の血を引く者らしく物乞いにでもなったら？」

「物乞い？　ぴったりね」と、くすくすとふたりに笑われるなか、アリーセは、なにも言い返すことができないでいた。反抗すればたちまち五倍にも十倍にもなって返ってくるからだ。このような時には貝になり、心を殺すことにしている。

嵐が去るのを待つかのようにじっと耐えていると、第八王女に肩をどつかれた。

「黙ってないでなんとか言いなさいよ。言いたいことがあるんでしょう？　早く」

彼女の狙いがつぶさにわかる。新たな火種を発生させて、アリーセを追いこみたいのだ。おそらくは、最終的には自死を促したいのだろう。

——こんなことをしなくても、ちゃんと死ぬわ。だから、放っておいてよ。

アリーセは、血を分けた兄弟たちに対していまだにどう振る舞えば正解なのかがわからない。それでも、第三王女も第八王女も異母兄弟たちのなかではましなほうだった。他の人たちはさらに容赦がない。明確な殺意を持って、階段から落とされたりするのだ。

「まさかあなた、王子に求婚されていないでしょうね？」

いらだちを隠さぬ声に、「その辺りでやめてください」と男性の穏やかな声が重なった。

皆が瞠目したのは、先ほどまでは誰もいなかったはずなのに、ラドミル王子がこつぜんと姿を現したからだ。王子の後ろには例の美しい従者も控えている。

「取りこみ中のところ突然声をかけてしまい、失礼しました。いまちょうどそちらにある植物を観賞していたのです。あれはブラフタ国の固有の花、ダーガ＝マリー。あなた方の父君ルードルフ王に嫁いだばかりのフローラ妃が持ち寄ったものです。彼女は私のいとこで、妹のような存在です。あなた方とは歳も近いですから、仲良くしてあげてください」

　第三王女と第八王女の変わり身の早さは見事だった。アリーセに嫌悪を露わにしていた顔は、甘やかで魅力的な顔つきになっていた。ふたりは品《しな》を作り、王子の両脇に移動する。

「もちろん大歓迎ですわ。仲良くさせていただきます。どうかよろしくお伝えください。それよりラドミル王子、エルメンライヒでの滞在を楽しんでおられるようで嬉しいですわ。ですが、お散歩でしたらわたくしたちにお声がけくだされればよろしかったのに。城内を案内いたしましたわ。――そうだわ。この後お時間はおありですか？　よろしければ、わたくしたちの居室にいらしてくださいな。母の生国、ハーパネンの蒸留酒がありますの」

　にっこり微笑み、王子の腕に手をかけたふたりに、彼も口の端を持ち上げる。

「お誘いありがとうございます。ですが、マルゴット第三王女は私の従者のダーウィトを、クリスティーン第八王女はオレクサンドルを気に入っていたと記憶しています。以前の私は、あなた方の視界に入ることすら叶いませんでした。とはいえ式典後からたびたび声をかけていただき、大変光栄に思っています。なにか心境の変化がおありですか？」

　思ってもみない言葉だったのか、王女たちがたじろぐと、王子はなおも続ける。

「あなた方には式典で痛癪はお持ちですかと質問させていただきました。お二方とも、ないと言われましたが、覚えていますか？　私はまさにいま、目の当たりにしました。人は、あれを痛癪と呼ぶのですが、ご存知でなかったようですね。話は以上です。私はアリーセ王女と大切な話がありますので、彼女をここからお連れすることを許してください」

啞然としている彼女たちを尻目に、ラドミル王子は、従者ふたりにあごをしゃくった。

「きみたちふたりはスリフカ国の代表として招待を受けてくれ。せっかくのお誘いだからね。王女方はきみたちを気に入っておられる。だが、くれぐれも失礼のないように」

王子は、うろたえる第三王女や第八王女に、口を挟ませる隙は与えなかった。

「アリーセ王女、あなたが育てているという犬の話を聞かせてください。私も犬を飼っています。番犬にしたかったのですが、誰にでも懐いてしまい、残念ながら役立たずです」

そう言いながら王子に誘導され、アリーセは、彼がいじめから助けてくれたのだと気がついた。問いかけると、王子は片目をつむった。

「私は聖人君子というわけではないが、いじめは嫌いでね。あれは人の醜さを凝縮した行いだ。その発展系が戦争なのだろう。人はつくづく争いが好きなのだよね。嫌になる」

王子は、彼の従者や王女たちの姿が見えなくなると、回廊の途中で立ち止まる。

「スリフカ国は緑が多く、私は植物にくわしいんだ。だからフローラに花が咲きそうか見てきてほしいとせがまれた。ダーガ＝マリーは彼女の母親との思い出の花だから万全を期しておきたかったのだろう。花芽を探すのは面倒だが、嫌でも引き受けて正解だった。私がこの場にいなかったらと思うとぞっとするよ。彼女らはいつもああなの？」

アリーセは否定も肯定もせずに黙っていた。他国の王子にいじめを認めてしまってよいのかわからない。愛国心などないけれど、王女として、国への責任はあると感じている。

「へえ……感心する。通常、女性は理不尽な目にあえば、話を聞いてもらいたがるし同情してほしいと願うものだが、きみは普通の女性とは違うんだね。けれど私にはわかるよ」

王子に手を取られ、アリーセは肩を跳ね上げる。擦り傷のある甲をそっと撫でられた。

「この傷、新しいね。赤く腫れている。踏まれたんでしょう？　これは王女たちが？」

アリーセは、注意深く辺りを見回した後、首を振って否定する。

「きみはつらい目にあっているんだね。様子を見るに、他の兄弟姉妹たちからも同等の扱いを受けているんじゃないかな。きみへのいじめは弟のノアベルトは知っているのかい？　弟に相談したことはあるの？　味方がひとりでもいると、きみは楽になるだろうに」

答えたくなくてまつげを伏せると、王子は返事を求めてこなかった。

「いじめは、いじめる者が改心しなければ解決しない。あの様子を見ればわかるが、望みはないと断言する。アリーセ王女、きみはこの国にいるだけでつらいんじゃないかな」

アリーセが王子を見ると、肩に大きな手がのせられた。

「逃げていいと思う。我慢の必要はないよ。私の妃になったほうがいい。そのほうがきみは幸せになれる。この結婚を逃げるためとしていいから。だから私と逃げよう。ね？」

心が揺れていないとは言えない。王子の言葉のとおり、この国にいるよりスリフカ国に行くほうが、きっと幸せになれるだろう。それに、ルトヘルと遠く離れたほうが、彼を忘れられる。だが、結婚なんて考えられない。

「ラドミル王子、わたしは……。あの、わたしの身体には大きな火傷の痕があって……」

「待って。私はきみの内面に惹かれたんだ。……もちろん、きみの儚げな容姿も気に入っているが。とにかく、火傷などは問題にならない。私の求婚を断る理由にならないよ」

「……でも、わたしは」

「このままきみを口説きたいが、時間がなくて残念だ。後で訪ねるから、その時に続きを聞かせてくれないか。いまからフローラのもとに行かなくてはならないんだ」

王子は話を切り上げると、そっとアリーセの背中を押した。

「きみを居室まで送ろう。歩けるかい？」

アリーセは、静かに頷いた。


ラドミル王子は居室の戸口まで送ってくれたが、アリーセは部屋に戻るつもりはなかった。母と弟に見つからないよう、パンをポケットに押しこんで、すぐに外へ出ていった。

ふたりの顔を見たくない。今後もまともに見られるかわからない。どうしても会いたくなくて途方にくれていた。残された道は、死ぬか逃げるか、どちらかしかないと思った。

やがて、土まじりの濃いにおいがしたかと思うと、ぽつりぽつりと雨が降り出した。四阿が見えてきたころにはずぶ濡れだ。ずっしりと濡れたドレスが足にまつわりついて、負担がかかる。ドレスの重さは、そのまま身にのしかかる枷のようだった。

山毛欅の木までたどり着くと、バーデが眠るそこには桃色の花束が置かれていた。否応なしに思い出すのはルトヘルだ。きっと、彼がバーデのために摘んだのだろう。

アリーセは、ポケットからパンを取り出して、遠慮がちに隣に添えた。バーデはパンを食べてくれなくなっていたが、喜んでくれるだろうか。しゃがんで彼に思いを馳せていると、かっと光が空を割り、雷鳴が轟いた。雨足は強まるばかりだ。

かつては雷を怖いと思っていたけれど、人の方が百倍怖いともう知っている。だから、いくら鳴ろうとも平気でいられた。

どれほど留まっていただろうか。アリーセは、横に誰かが立っているのに気がついた。見上げたとたん息をのむ。黒を纏ったルトヘルだ。銀色の髪から雨が滴り落ちている。

アリーセは、バーデが埋められている箇所に視線を戻し、唇を引き結ぶ。どうしていいのかわからなかった。しばらく雨の音を聞いていたが、彼が静かに切り出した。

「バーデはとても残念です。あなたが見つけた時には生きていたと聞きました」

わだかまりは大いにあるけれど、彼にはバーデの最期のことを言わねばならない。

「…………そうよ。バーデは……目を開けようとしていたし、尻尾を振ろうとしてくれた。最後に、わたしの指も舐めてくれたの。懸命に……。……ダクマに聞いた？」

「ええ。ぼくもセースも死に目に会えなかったので、彼女は気を使ってくれたのでしょう。顚末《てんまつ》を報告してくれました。孤独に逝ったわけではないと知り、よかったと思います」

言いながら、彼は銀色の皿を地面に置いた。上にはおいしそうな骨つき肉がのっている。

アリーセは、バーデがパンを食べなくなった理由に合点がいった。舌が肥えたからだ。

「……あの……バーデの食事や、お世話をありがとう……。感謝しても、しきれないわ」

「いいえ。ですが、ぼくもセースも彼が食べる姿が好きで、与えすぎていたようです」

「たしかにまるまるしていたけれど……幸せだったはず。この桃色の花。あなたはどうしているの？　エルメンライヒにはめったにないでしょう？　バーデのために探したの？」

「ええ。桃色はぼくの知る子が大好きな色で、ことあるごとに探してしまいます。いまではどこに生えているのか大体把握しています。アリーセ、あなたも桃色が好きですか？」

彼のやさしいまなざしに、嫌でも確信させられる。桃色が好きだという知人が彼の妻なのだ。その美しいだろう姿を想像したとたん、ぎゅうっと胸が締めつけられる。

早く、ここから去らなければ。ふつふつと憎しみがこみあげる。桃色なんて大嫌いだ。

「とても苦手よ。……あの、さようなら。もう行くわ」

立ち上がったアリーセは歩き出そうとしたけれど、彼に手首をつかまれた。

「ぼくが怖い？」

怖くないとは言えない。彼を仰ぐと、銀色の瞳は静謐で、殺人を犯すようには見えない。しかし同時に、罪悪感はかけらも見られず、だからこそ得体が知れないと思った。

「……あなたは、わたしを殺すの？」

話している途中、涙が溢れてしまったけれど、雨でごまかせたらいいと願った。

「なぜそのようなことを。どうしてぼくがあなたを殺すのです？　愛しているのに」

愛という言葉にこわばった。だったら、なぜ他の女性とあのようなことができるのか。

「事情を説明するべきなのでしょう。けれど殺した事実は変わらないので、なにも言うことはありません。このエルメンライヒは自身に害をなすものは排除しなければ生きていけない国です。ぼくがこの年になるまで生きているのは相応のことをしてきたからです」

彼の言わんとすることはわかるつもりだ。だが、昨夜の光景が目に焼きついて離れない。

「アリーセ、あなたはこの国にはやさしすぎる方です」

「やさしくなんかないわ。あなたはわたしを見誤っているのよ。わたしは偽善者だもの」

「あなたは人を陥れることはおろか、誰も殺せません。ですが、それでは傷つけられるだけです。だからこそぼくは、あなたを国の外に連れてゆきます」

「断ったわ。わたしは、この国を出ないと決めたの。出たくない」

彼の顔がよく見えない。ひっきりなしの涙と雨で視界はぼやけている。

アリーセは、城の外に行くための彼の努力を無駄にした以上、謝らなければならないとずっと思っている。けれど、裏切りを思うと言葉が出なかった。彼以外に傷つけられても耐えていられるのに、彼にだけは傷つけられたくないのだ。

「ねえアリーセ、人を殺してまで生きるぼくを軽蔑しますか？　ぼくに死んでほしい？」

胸に圧迫感を覚える。息を鋭く吸ったアリーセは、「いいえ」と首を振る。

「先に言っておきます。ぼくは生きている限りあなたを守ります。言い換えれば、あなたに危険が及ぶようなら相手を滅ぼします。ですから、ぼくがあなたに危害を加えることはありえません。アリーセ、ぼくを殺せるのはあなただけ。それを覚えていてください」

「……………わたしは、わたしのためにあなたに人を殺してほしくないわ。頼んでいない」

「ぼくを止めたいのなら、あなたはぼくを殺すしかない。愛していますよ、アリーセ」

一歩近づいたルトヘルは、「涙を拭いても？」と断りを入れてからアリーセの頬に布を押し当てる。その布も濡れているから効果はないけれど、たしかに涙は拭かれた。

こんなこと、しないでほしかった。愛なんて告げてほしくない。

どうすれば彼を忘れられるだろう。心を占める彼の存在が、あまりにも大きすぎている。

アリーセは、一旦ぎゅっと目を閉じて、また開いた。

「もう行くわ。さようなら」

手首をつかんでいた彼の手がするりと落ちる。今度は引き止められることはなかった。

＊　＊　＊

『アリ、きみにドレスを作ろうと思う。好きな色はあるかな。水色？　檸檬？』

小さなアリーセは大きな緑の瞳を瞬かせ、ひたむきにルトヘルを仰いだ。

『も、いろ。……アリしゅき』

『もいろ？　なんだそれは。……あ。桃色かな？　きみは桃色が好き？』

『しゅき！』と、アリーセはぱかっと口を開け、まだ歯が生えそろっていない口内を見せつける。その笑顔を見るたび、ルトヘルの心にほっこりと火が灯る。

彼女は、ドレスやりぼんを桃色にすると、『もいろ、もいろ』とぴょんぴょん跳ねて喜んだ。そのためルトヘルが彼女に用意するのは、一部に桃色をあしらったものが多かった。だが、彼女のために仕立てたものの大半をアリーセが纏うことはなかった。ともにいられた期間は三か月。小さなドレスはルトヘルの居室に眠ったまま、時を刻み続けている。

ルトヘルは、雨のなかを立ち去るアリーセの歩みを見ていた。とぼとぼと歩く後ろ姿は物悲しい。本当は送りたかったが、拒否されるとわかっていた。

このところ、彼はバルヴィーン国の医術書を読んでいる。そこには、後遺症の残るような大きな怪我でも、訓練や療法により、改善する可能性について書かれてあった。

アリーセのいまの性格は、たび重なるいじめや心ない言葉、身体に負った火傷や怪我により、がんじがらめに固められている。悩み深い彼女の重荷を軽くしたくて、その方法を探っていた。足の痛みがなくなれば、少しは楽になるだろうと。

雨の合間に足音を聞きつけてそちらを見遣ればセースがいた。バーデを失って、彼は見るからにしょげているが、悟らせまいと取り繕っているのがわかる。

〈ルトヘルさま、つい先ほどアレトゼー卿を仕留めてきました。ですが、ヨードル卿も片づけたほうがよいのでは。あの男はのちのち危険になると俺は考えます。そのわけは〉

〈ヨードル卿？　判断はおまえに任せる。それよりセース、すぐにぼくの妻を追いかけ、ともに居室にむかえ。ダクマに引き渡すまで側にいろ。その後は第五王女のもとへ行け〉

〈ああ、例の件ですね。わかりました。では〉

ルトヘルは、アリーセを追うセースを見届けてから歩き出す。

彼はアリーセがバーデのもとに来ると確信していたため、四阿で彼女を待っていた。長い時間待ち続けたのは、目覚めている彼女の状態を把握しておきたかったからだった。実際に会ったことで疑念は正しかったのだとわかり、事を急がなければならないと思った。

池のほとりにさしかかる手前で、人の気配を感じた。足を止めれば、しゃがれた笑い声がした。昨夜、バッヘム夫人の居室を出た際、接触してきた暗殺者のダニオだ。

「へえ、あんた鋭いな。この百戦錬磨のおれの気配を読めちまうたあ、只者じゃねえぜ」

気配を読めないようでは、いまごろルトヘルは生きていない。何度も命を狙われてきたし狙ってきた。こと、敵意に関しては敏感だ。

「例の女は抱いたぜ？　極上でよ、腰を振りまくって種が空になっちまった。しかし、オルフェオの野郎がこれまであんなにいい思いをしていたかと思うと妬けちまう。やはり、主をあんたに変えて正解だった。おれは冴えているな。で、次の依頼をくれ」

「呼ばれもせずに、のこのこと現れるな。――まあいい。寄れ」

ダニオはへらへらと、どれほど昨夜の性交が最高だったかと、卑猥な言葉を並べた。

だが話の途中、かっと目を見開いた。ルトヘルが、ダニオの腹に刃を突き立てたのだ。目を血走らせたダニオが剣を抜く刹那、ルトヘルは刺した刃を蹴って押しこみ、相手を悶絶させた。それでもダニオは剣を振りかぶる。が、ルトヘルのほうが早かった。すばやく剣を取り出し横に薙ぐと、ダニオの剣は腕ごと落ちた。その叫びは轟く雷鳴に重なった。

「ちきしょう……、おまえ、なぜこのおれを！　くそっ！　くそぉ！　ちきしょう！」

「暗殺者の最期は悲惨に決まっているだろう。ぼくがおまえを信用し、雇うと思ったか。おまえは不自然で裏があると思い、調べさせた。ラムブレヒトの前のおまえの雇い主、アレトゼー卿にぼくの動向を探れとでも言われたか。だが、あいにく卿は死んだ。おまえごときがぼくを探れるはずがない。夢を見すぎだ、無能」

ダニオは殺意をむき出しにルトヘルを睨みつけるが、ルトヘルは、そのまま彼の首をざっくり落とす。血しぶきが噴きかかったが、すぐに雨で流された。

ルトヘルは、びゅっと剣を一振りして血と雨を払うと、鞘《さや》に収めた。


浴槽に浸かったルトヘルは、気だるげに頭をふちにもたせかけ、息をはく。彼は人を殺したり、女に身体や性器に触れられた日には必ず湯に入る。このところは連日だ。

式典の後、アリーセがついてこないとわかった時点で、頭を切り替えた。まだこの国に留まらなければならない以上、計略の痕跡は根こそぎ消さねばならず、多忙を極めた。

彼は疲労を感じて目を閉じる。眼裏に現れるのは、かつてのアリーセだ。小さな彼女と浴槽に浸かり、慣れないながらも洗ってやったり、湯で遊んだことが忘れられない。

〈ルトヘルさま、ダクマです。お話をよろしいですか〉

扉の向こうで声がした。ルトヘルの顔から感情らしきものはなくなった。

〈なぜ来た。私の妻から離れるなと言ったはずだ〉

〈アリーセさまには眠っていただいています。現在、バルベに見張らせていますのでご心配なく。それよりも、お伝えしなければならないことが三つあります〉

バルベとは、ルトヘルが六歳の時に雇った隠密だ。アリーセと離れて以降、召し使いとしてアン＝ソフィーの居室に入り込ませ、毎日様子を報告させている。

〈入れ。報告しろ〉

入室したダクマは、流れるような手つきで、ルトヘルの脱ぎ散らかした服を集めた。

〈先日お伝えしたアリーセさまを狙う刺客ですが、これまでに始末した数は四名。うち三名は第五王女に雇われていました。残るひとりはアン＝ソフィーさまです。彼女はラドミル王子がアリーセさまに求婚したことを知り、阻止するべく動いています。アリーセさまの火傷や貞操の責任を王に問われるのを恐れている様子〉

〈ラドミル王子か。第五王女がアリーセを消したいのはあの男が原因だ。第五王女だけではない、じきに他の王女もアリーセに刺客を送り出す。やつらが王子に嫁ぐには、アリーセは邪魔だ。なにより、虐げている相手が己を差し置いて選ばれるのは癪なのだろう〉

〈第五王女を消しますか？　彼女が雇う刺客は金を積んでいるのか、手練れ揃いです。こちらはバーデが殺された夜、アリーセさまを陰で守る護衛の者が殺されました〉

〈いまは放っておけ。あの女は駒だ。次の件は〉

〈以前、懸念をお伝えしていましたが、あの弟はアリーセさまに危害を加えました〉

ルトヘルは浴槽のふちに手をかけ、ダクマのほうへ身をのりだした。

〈危害とは？　怪我は？　……ひどいのか〉

〈骨には異常ありませんが、強く蹴られましたので、ひどい打ち身や擦り傷があります〉

部屋に大きな音が響いた。ルトヘルが浴槽のふちにこぶしを打ちつけたのだ。

〈彼には、ヒルヴェラの滅亡を伝えて警告しました。いまはおとなしくなっていますが、あれは遅かれ早かれ人を殺すようになるでしょう。被虐趣味があり、危険です〉

〈……わかっている。次に移れ〉

〈これは最も危惧している件ですが、アリーセさまはいつ自害してもおかしくない状態です。もはや侍女の私では慰めるには力不足かと。そこで提案なのですが、あの方に過去をお話ししてはいかがでしょうか。あなたは十四年間アリーセさまを守り続けています〉

自殺願望については気づいていた。だからこそ、ダクマに離れてほしくなかった。

〈彼女には話すつもりはない。おまえも余計なことは言うな〉

過去を話せばアリーセは恩を感じ、返そうとするだろう。そのような感情はいらない。

ルトヘルは立ち上がる。足を踏み出せば、白い肌から湯が滑り落ち、床を濡らした。

〈ダクマ、ついでだ。手紙はこれよりしたためるが、私の侍女に扮し、王弟とクラネルト夫人に渡せ。その後はラドミル王子の動向を探る手配をしろ。終えれば居室に戻れ〉

ルトヘルは、ダクマが差し出した布を受け取り、裸身に黒い衣装を引っかけた。

〈おまえが居室に戻るまでには、ふたり死者が出ている。そのつもりで仕度をしろ〉

以降、彼はなにも語らなかった。服をはだけさせたまま書物机に座り、羽根のついたペン先をインク壺にくぐらせて、さらさらと慣れた様子で手紙を書き始めた。


絶対に、この手で殺すと決めていた。いまがその時だと強く思った。

『ユト。おか……、おかり』

アリーセのいる居室に戻るのは幸せだった。扉を開けると同時に聞こえるたどたどしい足音と声色は、どれほど疲れていても、たちまち力を与えてくれた。

六歳にして、人を殺すことで生き延びていた。地獄のなかでもがき、生きるすべを模索する彼には、居室での日常はかけがえのないもので、命をかけても守りたいものだった。

『アリただいま。いいこにしてた？』

『して、た！』

彼女の目が潤んでいるのは、召し使い曰く、さみしくなって泣いたらしい。

抱き上げると、アリーセは屈託なく笑う。緑の瞳はくもりなく澄んでいて、まっすぐこちらを見つめる。その二年後、五年後、そして十年後の姿をよく想像していた。

なにがなんでも生きなければ。

彼女と生きるためならなんでもできた。どんなに虫唾が走る相手でも、接吻も抱擁もできたし、愛を囁く時も、心をこめたふりができた。大抵は頭の中で、好物のはちみつを舐めて『おいち』とはしゃぐアリーセの姿を浮かべていた。

当たり前に続いてゆくと信じていた日々が突然終わりを迎えたのは、忘れもしない、王弟のリストにある五人目の貴族を殺した日だった。

その日はこれまで以上に窮地に追いこまれていた。脂ぎった男を相手に、無理やり服を剝ぎ取られ、全身を舐められた。性器を執拗にしゃぶられた感触がおぞましくて、別の意味でも忘れ得ない屈辱の日となった。力がないと、ろくに抵抗できないのだと痛感した。

無我夢中で刃を振り回し、男を刺せば、噴き出す血で全身が真っ赤に染まった。穢らわしくて池に飛びこんだが、洗っても洗っても、身体を這う感触が消えないままでいた。早くアリーセに会いたくて仕方がなかった。あのたどたどしい声が聞きたくて、笑顔を見たくて居室へ急いだ。だが、たどり着いても、愛しい足音や声が聞こえない。

不安が募る。アリーセどころか、召し使いさえいなかった。

異変に気がついたのは、部屋の奥で召し使いたちの折り重なる死体を見た時だ。

必死に小さなアリーセを探していると、詰めかけてきた兵に殴られ、捕まった。

最初は自分の殺しが明るみに出たのだと思ったが違った。アリーセの母親の仕業だ。アン＝ソフィーはルトヘルにアリーセを売ったにもかかわらず、息子が生まれると、王に娘が誘拐されたと訴えた。そのためルトヘルは罪に問われて投獄されたのだ。

投獄……エルメンライヒでそれは死を示す。戻れる者はいないといっていい。

『嫌だっ、……やめろ！』

小柄な身体に罪人の焼印が押された。痛い、熱い、などの言葉では言い尽くせない。焦げたにおいが広がった。皮膚は焼けただれて、鞭打たれ、白い背中がぱっくり裂けた。

——嫌だ……死にたくない。アリ……。きみを置いて死ねない。

死ねば、あの子はあの女に殺される。絶対に、殺されてしまう。

叫びたくなくても、あまりの痛みに声が出た。泣きたくないのに、涙がこぼれる。

つらいからではなかった。情けなくて泣けたのだ。弱く、無抵抗に死にゆく自分に。否、ひたすら憎いから泣いたのだ。母に捨てられ二度と騙されないと誓っていたのに騙された。

——殺してやる！

拷問は終わりなく続くように思えた。ルトヘルは、どれほど牢獄に捕らわれていたのか記憶がない。真っ暗闇で、時の経過はわからなかった。

聞いた話によれば、王は拷問までは想定してなかったようで、拷問した男は罪に問われて即刻殺された。もしもルトヘルが力尽きたとしても、王は、死体をきれいなままで保っておきたかったようだった。

回復まではひと月かかった。弱った身体は流行病に蝕まれ、しばらく昏睡状態だった。

『あら、きれいな銀色の目ね。めずらしい色。水は飲む？　わたくしが看病したのよ？』

目を覚ました時、妖艶な女が現れた。ルトヘルがいたのは、その女の部屋らしい。

『マインラートさま、子どもが目を覚ましましたわ』

マインラートは王弟の名前だ。女は彼の愛人で、ふたりは情事の最中のようだった。そのため王弟も女も服を纏っていなかった。

『ルトヘル、よいぞ。余の望みを叶えぬまま、道半ばでくたばるかと思ったが』

椅子に座っている王弟は、女をひざまずかせ、自身の性器を舐めるように指示をした。

『おまえはアン＝ソフィーの娘、第七王女を誘拐したと聞く。アン＝ソフィーは娘が攫われてからというもの、心配で夜も眠れず、食事も喉を通らなかったと訴えていた。おまえは娘が成人するまで接近してはならぬことになった。破れば処刑だ。もっとも、娘は八年ほどでペドラサ国のバルタサル王に嫁ぐことになっている。今後会うこともあるまい』

ルトヘルは働かない頭でも、ペドラサ国と、バルタサル王の名だけは記憶に刻んだ。

『当然おまえはそれだけでは許されぬ。重い枷を科せられた。まずおまえは生涯城を出られぬ。妻を持つことも禁じられた。すなわち子はあきらめろ。武器を持つのも叶わぬ。おまえの資産は死ねば没収だ。おまえは完全に、籠のなかの鳥となった。ただの飾りだ』

その言葉に衝撃を受けないわけがなかった。徹底的にアリーセと隔てられた上、武器を取り上げられて生きられるほど、この国は甘くない。生きるための手段を奪われたということだ。例えるなら、羽をもがれた飛べない鳥だ。

『ふん、王も酔狂な。おまえに娘を攫われておきながら側に置くとは。よほどおまえの母親に執着していると見える。――して、ルトヘル。この先も余の望みを叶えられるか』

不安をみじんも見せてはいけない。もしも望みを叶えられないと王弟に感じさせたが最後、彼はルトヘルとの関係を絶つだろう。いまそれをされては、道は閉ざされる。

『殿下、重い枷があるからこそ、よりあなたの望みを叶えられるとぼくは考えます』

王弟は快感の息を漏らしてから、とぎれとぎれに『なぜ、そう思う』と言った。

『敵は、ぼくがなにもできない子どもだと油断するでしょう。そこをつきます』

『ほう、弱さを逆に武器とするか。……よい。武器を禁じられたおまえがどのように動くか楽しませてもらう。せいぜい励め。しかし解せぬ。なぜおまえともあろうものが二歳児を誘拐した。アン＝ソフィーから攫ってなんの得がある。窮地に陥るだけではないか』

『ぼくはアン＝ソフィーという女が王の妃だと知りませんでした。聞けば、ヒルヴェラの王女だそうですね。あのような取るに足らない小国』

『ヒルヴェラはおまえの母の国とは因縁の仲だからな。おまえとしては目障りか』

『アン＝ソフィーがヒルヴェラゆかりの者だと知っていれば、はなから関わりませんでした。ぼくは彼女が自身の娘を池に沈めて殺そうとしていたのを見かけ、止めたにすぎません。その際、彼女は一方的に娘をぼくに売りつけました。それがまさかこのような事態になるとは。よい教訓となりました。アン＝ソフィーに文句を言えないことは癪ですが』

ルトヘルはあきらめるふりをしてみせたが、それは演技だ。あきらめるはずがない。

『してやられたな。ならば余の従者を貸す。あの女と話す機会をおまえに与えてやる』

行為に耽りたいのだろう。熱い息を吐いた王弟は、ルトヘルに『休め』と手で合図した。

それは願ってもないことだった。起きていられないほど身体がつらかったのだ。

八章

　色褪せた家具に、古ぼけた壁。天井の模様は流行りのものではなかった。なにもかもが気に入らなくていらいらした。安物の蠟燭や、燭台の錆《さび》にも我慢がならない。

　その部屋で、寝台がゆさゆさと揺れていた。腰を動かすのは太った醜男《ぶおとこ》だ。

　こんなはずではなかった。本来ならばこの部屋はきらびやかであるべきだし、自分を抱くのは王でなければならない。なのに、香ってくるのは加齢臭。腹には抽送のたびに脂肪がぶつかり、なかを突く性器は届いてほしいところにまったく届かない。気分は最悪だ。

「ちょっと、やめてよ！　なにをなかで出しているの？　中出しは禁じたはずよ！」

「アン＝ソフィーどの、萎《な》えさせないでいただきたい。こっちはアリーセ王女を抱けると思って訪ねたのに、相手が年増なあなたとは、がっかりもいいところなのですぞ？」

「年増……？　年増ですって!?」

　ぶるぶると震えながら憤慨したアン＝ソフィーは、「このぶたが……、まれにみる短小のくせに。金を置いて出ていきなさい！」と大声で叫んだ。

「失敬な……金など払うものか！　貴女を抱いてやった私に払ってもらいたいほどだ！」

「なんですって？　ぶたも気を悪くするような醜い顔の分際で……。この、でぶ！」

そもそもいまの事態の責任はルトヘルにあるとアン＝ソフィーは思うのだ。

気づいた時には、いつの間にか借金が膨れ上がり、大変なことになっていた。苦肉の策で、純潔ではないアリーセを売ろうと思いついた時には妙案だと考えた。しかし、実行前にルトヘルに見つかり、あろうことか自分が身体を売るはめになってしまった。

「早く払いなさいよ！　払わなければ、あなたがどれほど極小か言いふらすわよ！」

ぎゃあぎゃあと裸の男と一糸纏わぬ姿で言い合っていると、突然部屋の扉が開いた。

アン＝ソフィーも男も、入室してきた者を見て瞠目する。ルトヘルだ。

彼は濡れた銀色の髪をおもむろにかきあげると、勝手に長椅子に腰かけて脚を組む。

「……ルトヘルどの、これは一体……。貴公がなぜここへ？」

「ヨードル卿、ご無沙汰しています。そろそろ衣服を纏った方がいいのでは？　ところであなたは先日から、たびたびぼくの妻の部屋にしのぼうとしているそうですね。そちらのアン＝ソフィーさまで満足していればよいものを。おかげでまずいことになりました」

「妻？」と、目をぱちくりさせた男を見たルトヘルは、懐に手を入れ、出した瞬間、なにかを投げつける。ひゅん、と空気を裂く音がした。

このルトヘルという青年に敏捷《びんしょう》な動きは似合わない。彼はむかしから優雅にゆったりと動いていたから意外な行動だ。

アン＝ソフィーは、彼がなにを投げたのか疑問に思い、軌道をたどる。見れば、太った男の額に深々と短剣が刺さっていた。

　思わぬ事態に愕然とした彼女が、目も口も大きく開け放っていると、ふたたび剣が飛ばされる。鋭い刃は今度は二本。とす、とす、と男の首と胸に迷いなく突き立てられた。

「……ひ、……ひぃ…………」

　怯えるアン＝ソフィーの眼前で、ひゅー、ひゅー、と不気味な音を立てる男が寝台に倒れこむ。男は痙攣していたが、ほどなくして動かなくなった。事切れているようだった。

　へなへなと座りこんだアン＝ソフィーは、戦慄きながらルトヘルに目をやった。

「叫ばないのは賢明です。うるさいのは苦手なのであなたを殺していたかもしれません。ところで、ぼくたちは長いつきあいになりましたね。覚えていますか？　ぼくを牢獄送りにしたことを。母の資産を差し上げたにもかかわらず、あれはなかなかの仕打ちでした」

　話しながら、彼は懐からすらりと新たな短剣を取り出した。

「ですが、おかげで教訓を得ることができました。弱き者は淘汰されて当然。実際ぼくは弱かった。この十四年、訓練は怠っていません。おかげで外すことはなくなりました」

「……ひっ、……やめて……やめて。お願いだから殺さないで」

　ふたたび風を切り、刃が飛んだ。それは、アン＝ソフィーご自慢の美しい自画像に大きな音を立てて突き刺さる。しかも、先ほど死骸となった男と同じ額の部分だ。

「まだ六歳のころ、この居室を訪ねました。懐かしいです。あなたはぼくが牢獄で死んだと思いこんでいたのでしょう、とても驚いていました。ですが、当時いくら問うても質問には答えませんでしたね。あなたは狂ったふりをしてごまかした。いま、もう一度聞きます。あなたはなぜぼくに娘を売っておきながら、娘が誘拐されたと王に訴えたのですか」

　ルトヘルの視線が流れるように男の死骸に落とされたので、アン＝ソフィーはすくみ上がった。答えなければ殺すつもりなのだろうと察し、慌てて「話すわ」と彼に伝える。

「ルードルフさまは息子が生まれて喜んでくださったわ。わたくし、アリーセを捨てたことで呪いが解け、男児を無事授かったと思ったの。アリーセのことなどどうでもよかった。けれど、あの方はおっしゃった。褒美におまえの娘の縁談を用意してやるって」

「その縁談相手がペドラサ国のバルタサル王ですね」

「そうよ。わたくしは娘を取り戻すしかなくなった。誘拐されたと訴えるしかなかったのよ。娘をあなたに売っただなんて、言えるはずがないじゃない。それこそ断頭台行きよ」

「あなたらしい保身だ。あの時ぼくに娘を誘拐されたと証言することで、あわよくば、すべてを知るぼくの口も封じられると思ったのでしょう？　残念でしたね。……では、質問をもうひとつ。アリーセが記憶を失った原因についてです。当時あなたが第一王女をけしかけたことを知っています。なぜ、エデルトルートにアリーセを襲わせたのですか」

　アン＝ソフィーは「けしかけてはいないわ」と、頭を抱えて首を振る。

「第一王女の母親はひどい女だったの。わたくしは嫌がらせをされていた。あの女の娘はあなたに夢中だったわ。だから母親に言うかわりに娘に言ったの。ルトヘルにとってあなたはただの遊びにすぎない。本命はわたくしの娘よって。……胸がすく思いがしたわ」

「その割には、あなたはたびたび刺客を雇ってアリーセを殺そうとしています」

アン＝ソフィーはしらばっくれようと目を泳がせたが、きびしい視線を感じて観念した。

「そもそもあなたがアリーセを抱くからいけないのよ。もしもあの子が純潔でないとルードルフさまに知られてしまったら、……もし、火傷があることを知られてしまったら、責められるのはわたくしよ？　いらないと判断されたら、この先どう生きていけばいいの」

「くだらない理由だ」

「仕方がないじゃない！　あの子はわたくしのものをすべて奪ってゆくのよ！」

アリーセは成長するにつれ、かつてのアン＝ソフィーが持っていたはじけるようなみずみずしさや、透明感、花のような可憐さを身につけてゆく。一方で、若さを吸い取られるかのように、枯れてゆく自分がいる。

「どうしてアリーセばかり……。あの子は泥棒よ。わたくしの金色の髪だけは真似できなかったみたいだけれど、いい気味。すべてあの子のせい。産まなければよかった」

そう言うと、突然我に返ったかのように、アン＝ソフィーはがたがたと震えだした。

「それより、ねえ……。あなたが殺したこのぶたの死体はどうするの？」

「あなたは死骸よりも気にすることがあるのでは？　あなたの生国ヒルヴェラは滅亡しました。現在、コーレインがかの地を治めています。今日はそれを伝えにきました」

アン＝ソフィーは震えをとめて、ルトヘルを見た。

「なにをばかなことを言っているの？　滅亡などと。よりにもよってコーレイン？」

〈近ごろあなたの要求に対するヒルヴェラからの連絡は途絶えていたのでは？　ここ数年、蛮族に攻められていたので、かの国は風前の灯でした。コーレインを心底憎んでいたあなたの兄君が、恥をしのんでコーレインの王に親書を送るほどです。もっとも、その親書は間に合わなかった。王の手もとに届いた時には、ヒルヴェラは陥落した後でした〉

いきなりルトヘルの言葉がコーレイン語に変わったものだから、彼女は目を見開いた。ヒルヴェラの言葉とは発音が違うが、問題なく聞き取れる。

〈アン＝ソフィーさま、あなたはのんきです。生国の存亡がかかっているというのに兄君に対して金の要求しかしなかった。おまけに娘の資産も食いつぶし、私にもアリーセの命を盾に金を要求しています。私を陥れておきながら厚顔無恥も甚《はなは》だしい。それはさておき、兄君はあなたにも親書を送っていたのでは。コーレインより先にエルメンライヒに助けを求めたはずですが。なにせコーレインはヒルヴェラにとっては相容れない敵国ですので〉

〈……親書はあったわ。けれど、言えるはずがないじゃない。ルードルフさまになんと思われるか。卑しい女だと言われてしまう。蔑まれてしまう。そんなの耐えられないわ〉

ルトヘルがふたたび懐に手を入れると、アン＝ソフィーはびくっ、と肩を跳ね上げる。短剣がまた出てくると思ったからだ。しかし、それは紐つきの紙の束だった。

〈なかを見るといい。あなたの兄君――ヒルヴェラの王がコーレインの王にあてた親書と彼の遺髪が入っています。遺骸は悲惨なものだったそうです。なにせ、ヒルヴェラの王侯貴族は、蛮族によって老若男女すべて殺されました。彼らの血は絶えてしまった〉

アン＝ソフィーが震える手で紙を開くと、なかには金色の髪がひと束入っていた。兄も自分と同じ金色の髪をしている。親書も兄の筆跡だ。誇り高い兄があわれに懇願している。

〈嘘よ……こんなの。あなたはわたくしを騙そうとしているのね。ヒルヴェラは不落の城よ？　蛮族などにやられるものですか。……そうよ、そうよ！　嘘に決まっている！　エルメンライヒの飾りとして生きるあなたが、外の情勢を知るわけがない！〉

〈あなたはいまのコーレイン王を知っていますか？〉

〈知っているわ。フローリスでしょう？　アーレントが退位してすぐに即位したと聞いているわ。たしか……十年ほど前かしら。とても残虐な王よ。次々と国を滅ぼしているわ。どうしてアーレントが退位するのよ。彼はまだ若いでしょう？〉

アン＝ソフィーは思い出したかのように付け足した。

〈……そうよ、コーレインはアリーセが嫁ぐはずだったペドラサ国にも攻め入ったわ。なんて野蛮な国。ペドラサは滅亡して、おかげで娘の婚約は立ち消えになったのよ〉

ルトヘルは、〈王の妃のわりに、情勢にはくわしくないのですね〉と肩をすくめる。

〈コーレインはペドラサ国を滅ぼしたわけではありません。属国にしただけです。かの国の内情はヒルヴェラと似ていました。コーレインはペドラサを苦しめる蛮族と戦い、結果、ペドラサの王はコーレインの国王代理の娘を娶りました。そもそも二歳のアリーセが二十一歳だったバルタサル王を八年待たせて嫁ぐというのは無理がある。当時七歳だった私はコーレインの国王代理に書簡を出しました。〝ペドラサ国のバルタサル王をいますぐ

退ければおまえの望みどおりにしてやる〟と。国王代理は三か月で結果を出しました〉

〈……どういうこと？〉

〈十三年前、コーレイン王のアーレントは殺害されました。その後、息子のフローリスは国王代理の要請に従い即位。それが私です。私は表向きエルメンライヒの先代王の息子ですが、王の血は一滴も引いていません。母は嫁いだ時すでに私を身ごもっていました〉

よろめいたアン＝ソフィーは、マントルピースにすがりついた。

彼女の肩が小刻みに揺れている。口もとに手をあて、涙に暮れているのだ。

〈私はてっきり、あなたがエルメンライヒの王に夢中なのだと思っていたのですが、違うのですね。あなたはライホネン国での戴冠式で私の父アーレントに会い、恋をした。だが、私の父は実の妹を恋人とし、あなたは私の父に思いを告げられないまま、兄君に会うことすら禁じられた。思いを遂げられなかったあなたはコーレインを憎むことでアーレントを忘れようとした。そして、エルメンライヒで私の母に会った〉

〈やめて！　やめてよ………お願いだから〉

〈私はヒルヴェラの城から出てきた手紙で真相を知りました。あなたは私の父に、二百通以上の読み手のいない恋文を書いている。幼いあなたは、私の父を理想の男性として偶像化してしまった。幼い恋だが、それは、あなたのなかではたしかな愛だった〉

〈もうやめてと言っているでしょう！〉

床にひざをついたアン＝ソフィーは耳を塞いだ。が、効果はなかった。声が聞こえる。

〈あなたがエルメンライヒの王に執着するのは、王が私の母に執着していたからではないですか？　あなたはとにかく私の母に勝ちたかった。それはいまでも続いている。……ところで、私の父の小姓をしていた部下によると、私はアーレントに似ているそうです〉

　アン＝ソフィーはうずくまる。これ以上は聞くに堪えないというように。

〈あなたは私が好きなのでは？　正しくは、あなたは私に父を重ねている〉

〈そんなこと……〉

〈思い返せば、アリーセがあなたの刺客に狙われだしたのは、私があなたの前で彼女を抱いた時からです。あなたは自分の娘に嫉妬している。アリーセは、アーレントに娶られたと錯覚しているし抱かれていると思っている。しかし、私を見れば憎くもあるのでしょう。なにせ私の母はあなたの恋敵です。あなたは自分の思いを否定したくて、あえて大げさにエルメンライヒの王への愛を喧伝《けんでん》しているのでは？　そもそもあなたがエルメンライヒの王を愛しているのなら、アリーセのことも愛せたと思います〉

　必死に否定しているのに、肩にルトヘルの手が置かれてしまえば、もうだめだ。全身がびりびりと反応し、アン＝ソフィーは涙にくれた目で彼を見上げる。

〈最後に聞きます。私に、いえ、父のアーレントに伝えたいことはありますか〉

　目を閉じたアン＝ソフィーの頬に、ひとすじ涙がこぼれた。もう、隠すのは無理なのだ。

〈………わたくしは好きだった。ライホネン国で一生消えない恋をした。けれど許されなかったわ。ずっと、ずっとつらかった。なのに、あの方に似たあなたさえ、わたくしを見ず、娘のことばかり。見ていてこんなにつらいことはなかった。どうしてわたくしではないの。…………あの子が憎い。あんなに醜く焼けただれて、あんなに汚い髪をして〉

〈けれど、あなたは私を騙し、牢獄へ送った。その事実は消えません〉

アン＝ソフィーはルトヘルの長い脚にしがみつく。

〈許して……許してアーレントさま。わたくし、あなただとは知らなかったの。知っていたらあんなことはしていない〉

〈事実を教えます。私の母親エフェリーネは、息子の私を利用し、エルメンライヒを去りました。私の父アーレントと離れたくなかったからです。しかし、コーレインにたどり着いた私の母は、アーレントとふたたび結ばれることはありませんでした。父は私を置き去りにしたエフェリーネを許さず、拒絶したからです。それから二年、ふたりの間にはなにもなかった。腹を立てた私の母は父を殺害しました。愛に狂ってしまったのでしょう〉

〈…………あの女が、アーレントさまを〉

〈ところであなたは常世《とこよ》の国──いえ、死後の世界はあると思いますか？　もしあるのなら、父は決して母を許さないと思います。そして、母はこの十三年、許されたくて必死に父にすがりついているでしょう。あの人の父に対する思いは重すぎますから〉

ルトヘルの美貌がアン＝ソフィーに迫った。光の陰影により、まがまがしくも見える。

〈あなたはこのままでいいのですか。後れをとるかもしれません。アーレントはあなたか母かでいえば、あなたを選ぶと思いますが。国王代理が言うには、父は愛する者に対して

は情熱的だったそうです。私がアリーセを抱くように、父もあなたを抱くのでしょうね〉

うつろだったアン＝ソフィーの緑色の瞳がギラっと光を帯びた。

〈……本当？　アーレントさまは、わたくしを抱いてくれる？〉

〈男は愛ゆえに身体を繋げたいものです。少なくとも私の場合は。愛がなければ繋がる意味はないですし、性交自体穢らわしいものです。他人に己の一部を入れるのですから、おぞましい行為でしかない。ですが、愛する者が相手であれば話は別です。私の性器は愛する者にしか反応しません。反応するからこそ、どれほど愛しているかをあまさず伝えたい。私は愛する人と永久に繋がっていたいです。父も同じだと思いますよ〉

〈わたくしも愛されたいわ。……いますぐに会いたいけれど、どうすればいいの？〉

ルトヘルのこぶしがアン＝ソフィーの手の上に置かれた。開いたそこに、美しい小瓶がのせられている。

〈これで会いに行けます。バルヴィーンから取り寄せた薬です。飲み物に混ぜて飲んでください。ただし、ひとりで飲んではいけません。私の話を思い出してみてください。私の母は、息子の私を置き去りにしたために、手酷く拒絶されました。もうおわかりですね？　私の拒絶されないためにも、あなたは息子を大切にしなければ。ノアベルト王子もともに連れて行ったほうがいいと思います。ですから、ふたりで飲んでください〉

アン＝ソフィーは、すばらしい助言に思えて素直にこっくり頷いた。

〈ありがとう、もちろんノアベルトも連れてゆくわ。……ああ、アーレントさま。わたくし

したちは、やっと愛しあえる。でも、十三年も空白があるわ。大丈夫かしら〉

アン＝ソフィーの白い手が、小瓶ごとルトヘルの手に包まれる。

〈大丈夫ですよ、アン＝ソフィーさま。あなたはじゅうぶんお美しい。私はあなたの娘を妻にしました。父もきっと、あなたに惹かれるでしょう。どうか自信を持って〉

〈そうね、わたくしの娘はわたくしに似て美しいのですもの。自信を持たなければね〉

彼女は悲願が叶うことに嬉しくなって、うっとり笑う。

それは、アン＝ソフィーが生まれてはじめて心から幸せを感じ、笑えた瞬間だった。

＊　＊　＊

太った男の死骸が三人の従者によって運び出されている。これから男は野犬の餌だ。

ダクマがてきぱきと死体の処理や血の始末を召し使いに指示して、長椅子に座るルトヘルに近づいてきた。空の杯を満たそうとするので、ルトヘルは手で遮る。

〈これ以上は注ぐな。アン＝ソフィーとノアベルトは？〉

〈眠っています。ふたりとも幸せそうな顔つきですよ。あの薬を使われたのですね〉

それは檸檬《れもん》の味に似た薬だ。服用すれば眠りに誘われ、二度と目を覚ますことはない。

痛みや不快感を伴わず、穏やかに死が訪れるため、貴人の安楽死や自決に用いられている。

とはいえ高価な薬で所持する者は少ない。望みの夢を見るとされ、ひとたび飲めば、誰もが満ち足りて死ぬと評判だ。おそらく、幻覚剤のたぐいでも配合してあるのだろう。

〈あなたが情けをかけるとは思ってもみませんでした。地獄を見せて差し上げるのかと〉

これまでルトヘルは容赦とは無縁だ。そのため、彼を知る者には生ぬるく見えるだろう。

〈妻は彼らの死骸を見る。まがりなりにも家族だ。苦しみぬいた顔は見せられない〉

答えながらダクマに目をやった。極上の女と称えられたルトヘルの母親を差し置いて父が最後に選んだ者は、まだ少年だった彼だという。母はこの飄々とした男に負けたのだ。

〈……ダクマ、私は父に似ているか〉

〈成長してますます似てこられたかと。髪を長くすれば見間違える者もいるのでは〉

〈おまえは死後の世界があると思うか〉

奇妙な問いだと思ったのか、ダクマの片眉が持ち上がる。

〈あなたらしくない言葉ですね〉

〈父が私に似ているなら、死後の世界とやらでおまえを永久に待つのだろう〉

ダクマが苦い顔をするのは、彼が父との関係をルトヘルに語っていないからだろう。すべては側で見てきたセース、それから国王代理のメルヒオールから聞いたことだった。

〈今日のあなたは変です。アン＝ソフィーさまの影響でしょうか。少々感傷的では〉

ルトヘルは舌打ちしたが、完全には否定できなかった。たしかに今日は変なのだろう。

〈あなたははじめてお会いした時から大人びている方でした。ですが、今日は年相応に見えます。つまりは脆く、不安定で、不完全。ですので念のために言わせていただきます。

アリーセさまは家族を失い、これよりひとりになります。あなたが支えなければなりません。あなたは夫ですが、それは彼女の知らない夜に限ったこと。あの方にご自身と同じものを求めてはいけません。過去をお話しする気はないのでしょう？　だったらなおさら、あの方にとっていまのあなたは他人です。これはあなたが選んだ道。あの方には日向《ひなた》を歩いていてほしいと、かつてあなたは言っていました。〝影を歩くのはぼくだけでいい〟と〉

ルトヘルは大きく息を吸い、ゆっくり吐いた。

〈おまえはアリーセについていろ。朝になったら彼女を起こせ〉

ルトヘルは、椅子から立ち上がって扉に向かう。そんな彼をダクマは引き止めた。

〈どちらへ行かれるのですか？　あなたがいなければアリーセさまは〉

しかしルトヘルは、呼びかけられてもなにも言わずに居室を出た。

ざあざあと音を立てて雨が降る。道はぐずぐずにぬかるんでいた。

ルトヘルが向かった先は、アリーセと雨の日に過ごしていた庭園の四阿だ。行き詰まったり、深く考えたい時に利用している。いまはただ、頭を冷やしたかった。

脆く、不安定で、不完全。言い得て妙だ。ルトヘルは、たまに自分でも感じることがある。こんな状態では守るものも守れない。だからこそ、気持ちを落ち着けたかった。

椅子に深く座ってうなだれた。

これまではアリーセを愛しているから、ひたすら愛した。それでいいと思っていた。しかし足りない。猛烈に彼女の心がほしかった。自分が愛しているぶんだけ彼女に愛されたいと切望している。アン＝ソフィーが父を思うような心で、狂おしいほど愛してほしい。愛しいと思う気持ちに比例して、抑えきれない欲望がふつふつと湧き上がっていた。

ルトヘルは目を閉じる。

眼裏に、くるくると表情を変え、『だっこ』とせがむアリーセが浮かびあがる。

あれは接触を禁じられ、アリーセと離ればなれになり、彼女になにも渡せなくなってからのことだった。アン＝ソフィーの隙をつき、居室を覗くと、彼女は王女らしからぬみすぼらしいドレスを着せられ、しょんぼりしていた。彼女が好きな桃色にはほど遠い、枯れ草色のドレスだ。髪もぼさぼさで、この手で梳いてやりたくてたまらなかった。しかも痩せている。『ユト』と何度も名前を呼んで、探し回り、『いない』としゃがんで泣いていた。

当然、アン＝ソフィーにアリーセの処遇の改善を訴えた。彼女は金をよこせと言ったが、差し出しても一向にアリーセの暮らしはよくならない。代わりにアン＝ソフィーやノアベルトの衣装が新調されてゆく。アリーセはことあるごとに叱られ、頬を叩かれた。

『た……たたか、ないで……。ご、……ごめん、なしゃい。…………ごめんな、しゃい』

手出しができず、くやしかった。覗き見ることしかできず、無力さを思い知る。

まだ言葉をうまく伝えられないアリーセは、〝たたかないで〟と〝ごめんなさい〟だけは明確に言えるようになっていた。

どうにもできない怒りを抱え、ルトヘルは人を殺した。王弟の紙に書かれていた者も書かれていない者たちも。邪魔だと思えば、片っぱしから人を騙して断頭台送りにした。ただ鬱憤を晴らすために殺したこともある。しかし、気分は少しも晴れなかった。

そんな日々が続いたある日のことだった。桃色の花が咲いているのを偶然見つけた。その時ひらめいた。ルトヘルは花を手折り、誰もいないことを確かめて、アリーセのいる部屋に近づいた。日を追うごとに元気を失う彼女をこれ以上放っておきたくなかった。

顔を見せたとたん、にっこり笑い、『ユト！　ユト！』と騒いだ彼女に『しい』と黙らせる。彼女の頬に落ちた涙を拭いてから、ひそひそと、けれどしっかりと言い聞かせた。

『アリ、ぼくは必ずきみを娶る。だから迎えに来るのを待っていて。これは約束の花』

金色の髪に桃色の花を刺しこめば、彼女は〝もいろ〟と声を出さずに口を動かす。

『そう、きみの大好きなもいろだよ。アリ、一緒にがんばろう？　いま悲しいぶん、ぼくがきみを幸せにする。だから、おとなしくぼくを待っていてほしい。できるかな？』

アリーセは、嬉しそうに満面に笑みを浮かべ、ものわかりよく頷いた。

それからのアリーセは、一日中と言ってもいいほど、窓辺に立つようになっていた。頬杖をつきながら、毎日毎日、ルトヘルを待ってくれていた。

時は流れ、アリーセが五歳になったころ。彼女は、おとぎ話をよく読むおしゃまな女の子に成長していた。それは金色の髪に花を刺した時のこと。

『ユト、おはなありがと。せっぷんしてもいい？　だいすきなひとにはするものなの』

『いいよ。接吻なんて言葉をもう知っているんだね。きみを娶るのが早くなるかな』

先ほど第一王女とキスをしたばかりだ。ルトヘルは同じように唇を差し出した。けれどアリーセがしたのは頬へのくちづけだ。あたたかくてやわらかい感触がじんわり残る。

相手が違えば、接吻は気持ちが悪いものではなくなった。むしろ好ましいと感じる。

『せっぷん、しちゃった。アリはね、ユトがだいすき。あいしてる。ユトは？』

ルトヘルは、この時のことを悔いることになる。もう一度やり直したいと願うほどに。

アリーセは特別な女の子で、彼女のために生きているが、愛しているとは返せなかった。愛がなんたるかを知らないからだ。それに、愛をくだらないものだと考えていた。

苦肉の策として、彼女の頬に接吻を返し、『また来る』と言い残して立ち去った。

まさかこの日、彼女が記憶を失うなどとは思ってもみなかったのだ。たどたどしい、舌たらずな〝あいしてる〟だけが頭に刻みつけられた。

第一王女にテラスから突き落とされて、ひどい怪我をしたアリーセは、生死の境をさまよった。昏睡状態が続き、ルトヘルは暇さえあれば彼女の様子を窓から覗いて確かめた。六日が過ぎ、目を開けた彼女を見た時には、信じていない神に感謝したほどだった。

だがアリーセは、ルトヘルのことをすっかり忘れていた。窓辺に桃色の花を置いてもだめだ。不思議そうに小首を傾げているだけだった。

ルトヘルを待ちわびて、窓辺で頬杖をついていた彼女はもういない。

認識されない以上、ルトヘルは彼女が成人するまで近づけなくなった。

アリーセの成人まで、あと十一年。それまでは、なんとしても死なせないようにしなければ。だが、蹴落とされる対象にされているのか、彼女に向く悪意は多い。生まれながらの弱者だとでもいうように、彼女は虐げられるのが基本といってもよかった。ルトヘルが唯一彼女のためにできたことは、危害を加える者たちの排除のみだった。だが、アリーセはみるみるうちにうつむくようになってゆき、世を悲観する少女に変わった。

ルトヘルが彼女への想いを自覚したのは、アリーセがハーゲン王子に明確な殺意をもって火をつけられた時だった。接近禁止など忘れて王子を殴り飛ばし、燃える彼女を抱えて池に飛びこんだ。衰弱し、死んでしまいそうな彼女を必死に看病しながら気がついた。

死んではだめだと懇願する以上に強く意識した想いがあった。それは、見守っているうちに大きく育った愛だった。胸をかきむしりたくなるほどの狂おしい愛。

だが、いまさらそれに気づいてなんになるのだろうか。

もう一度、彼女から愛を告げられたい。今度はすぐに返せるから。

四阿の屋根にひたすら雨が打ちつける。

まつげを上げたルトヘルは、夜に包まれ、景色が見えなくても遠くを眺めた。闇が過去を鮮明に蘇らせて、以前、昼間に抱いたアリーセの面ざしや、肢体が脳裏をよぎった。

もしも彼女がルトヘルを思い出していたなら、あの時どのように反応しただろう。緑の瞳は、どのように見つめ返してくれただろう。想像だけで、下腹は熱くなってゆく。

はちきれそうな下衣をくつろげた。これまであまたの男女に群がられ、口に含まれたり、手でしごかれても、ぴくりとも反応しない性器は、アリーセにはたやすく猛る。醜悪にそそり立ち、意志にそむいて、汁を流す気味が悪い器官だ。だが、これがあるから彼女と繋がれる。

〝アリはね、ユトがだいすき。あいしてる。ユトは？〟

――ぼくも愛している。きみよりもずっと。

吐精で手がねっとり濡れた。彼女を想う乱れた息は、雨音に跡形なく消されていた。手を拭い、衣服を正した拍子に、拭った布が地面に落ちる。すると、影がもぞりとうごめいた。闇にまぎれ、なにかがのそのそ近づいているのに気づく。ルトヘルは夜目が利くほうだ。それはおなかの大きな犬だった。犬は布をぱくりとくわえようとしている。

〈おいやめろ。それは食べ物じゃない。……やめろと言っている〉

やはり感傷的になっているのだろう。ルトヘルは、普段はしないが犬を誘導して歩いた。途中でセースを見かけて彼を呼ぶ。

セースには犬の姿が見えないようだが、見えたとたん、〈わ、犬？〉と驚いた。

〈この犬どうしたんです？　真っ黒いからわかりませんでした。がりがりじゃないですか。……え、こいつ妊娠してます？　――あ、報告したいことがあるのですがいいですか？〉

報告はルトヘルの居室で行われた。犬まで部屋に入り、ぶるりと水を散らしている。

〈第五王女のアウレリアの件ですが、あなたの読みどおりです。どうなさいますか？〉

〈おまえはもういい。放っておけ〉

ルトヘルは濡れた服を脱ぎ捨て、身体を拭いた。ついでに犬にも布を放れば、引き受けたのはセースだ。彼はバーデで慣れていたのか、手際よく犬の世話を焼く。

〈よしよしよし、風邪を引かないようにしような。……それでヨードル卿の件ですが〉

〈ヨードル卿なら、アン＝ソフィーのもとにいたから始末した〉

セースはずぶ濡れのローブを外そうとしていたが、〈本当ですか？〉と手を止めた。

〈すでに仕上げの段階だ。そのつもりでいろ〉

〈仕上げとは……つまり、アン＝ソフィーとノアベルトを片づけたのですか？〉

ルトヘルは、鼻先を上げることで認めた。

＊　＊　＊

「アリーセさま、アリーセさま」

扉がけたたましく叩かれている。こんなことははじめてだ。余裕のないダクマの声を聞くのもはじめてのことだった。身体を起こせばきりきり痛む。昨日よりも身体が痛い。

「……ダクマ、どうしたの？」

「失礼します」とひと言告げて入室してきたダクマは、上体のみ起こしているアリーセに薄いローブを羽織らせる。そして立ち上がるよう促した。

心臓が早鐘を打っていた。いつもはアリーセの手を取ることのないダクマが、しっかり握って手を引いている。いつになく強引だ。胸さわぎがして進むのが怖くなる。

「ダクマ……わたし……」

ほどなくして捉えた光景に目を瞠る。まるで、夢のなかのようだった。

机には、母が大切にしていた磨き抜かれた大きな銀の燭台がのっている。母のかつての栄華を語る燭台だ。だが、蠟燭はすっかりとけて滴り落ち、白く固まっている。

銀の皿も並べられているが、ごちそうはなかったのだろう。りんごがひとつずつぽつんと置かれている。母のぶん、弟のぶん、そして、めずらしくアリーセのぶんがあった。

母はいままで以上に着飾っていた。ありったけの宝石を身につけているけれど、それが妙に絵になった。長いまつげを伏せた母は幸せそうで、美しく輝いて見えていた。

弟も式典で纏っていた服を着て、穏やかに目を閉じている。満足そうな面もちだ。

ふたりは机につっぷして、眠っているかのようだった。だからこそ異様だった。

「……お母さま？　ノア？　なにをしているの？」

よろよろと母に近づいて、華奢な背中に手を当てた。ぬくもりは少しも感じられない。よく知るふたりのはずなのに、人らしくなかった。さながら置物のようだ。

これはどういうことなのか。頭ではわかっているのに、心は理解を拒絶する。

「アリーセさま、どうか落ち着いてお聞きください。おふたりは朝にはこの状態でした。亡くなっておられます。おそらくは、服毒自害かと」

アリーセは呆然と立ち尽くす。遠くでダクマの声がする。

なにも聞きたくないし、感じたくない。ならば、なにも聞かずに、感じなければいい。

誰かに触れられた。やめてほしかった。だったら、触れられていないことにすればいい。

「アリ、アリ。しっかりして」

深みのあるきれいな声だった。この声を知っている。ゆっくり見下ろすと、銀色の目が見えた。床にひざをついたルトヘルがこちらを見上げている。

なぜ彼がいるのか、どうしてこのようなことになっているのか、わからない。

大きな手に包まれて、さすられ、冷たくなった手にぬくもりが伝わった。

「きみの母君と弟君はいま、身体を清め、埋葬の仕度をしているよ。アリ、おいで」

窓を見た。朝だったはずなのに薄暗い。いつの間にか日が暮れていた。彼を見つめると、腕を広げ、アリーセを抱えようとしていた。

「きみが理解できる時に説明するから。泣いてもいいんだよ？　ほら、おいで」

彼に腕をとられて、広い胸に誘導される。アリーセは、すっぽりと彼に包まれた。

「アリ、楽になることだけを考えて。難しいことはいまはいい。全部忘れるんだ」

世界には、つらさと苦しみ、悲しみ、そして絶望しかないのに、楽になれるわけがない。

もう生きていたくなかった。生きる意味を見出せない。

だからなにもしなかった。すべてを終えてしまいたくて、なにもかもを放棄した。

それでも時々意識はあった。けれど、夢と現実の境目がわからない。

ただ、そこにぬくもりを感じて、不思議とさみしくはなかった。

やわらかなものが口に触れ、時々水を与えられていた。咀嚼が必要ないほどのものを流しこまれたこともある。強制的に生かされている。まるで、親鳥の餌で育つ雛《ひな》鳥だ。

湯に浸かったし、髪も梳かれた気がする。身体がだるいのは月の障りだろうか。処置しなければとうっすら思うが、やはりなにもしなかった。いまさら汚れを気にしても仕方ない。どうせ死ぬのだから、汚れきってしまえばいい。

時間の流れがわからない。これは夢だ。できればずっと夢がいい。

肌になにかが這っている。撫でて、さすられ、時にはぬるついていたりするけれど、すべての行為にいたわりとやさしさが感じられる。

「愛してる、アリ……。ぼくにはきみが必要だ。絶対に、死なせない」

おなかのなかは、熱くて硬いなにかが居座っていることが多かった。

時折凝縮された刺激が身体を貫き、痙攣した。穏やかだけれど、せつなくなるような淡い快感が続いている。意識が暗い底に沈めば、すかさず甘やかな熱を上塗りされて、無理やり引き上げられた。どうしようもなく気持ちがよくて、頭も身体も蕩ける。

「アリ、腰を動かしてご覧。つらいことや嫌なことを忘れられるよ。できるかな？」

支えられ、なにかに跨がっているようだった。大きな手に誘導されて、言われるがままに腰を動かせば、おなかの奥がこすれてじくじくと熱が蓄積されてゆく。だが、嫌なことを忘れられるのは本当だった。なかがうごめき、淫靡な刺激で頭が蕩《とろ》けていた。

忘れられるとわかったとたん、夢中で身体を動かした。すべてを忘れたかったのだ。

嬌声やすすり泣き、忙しない呼吸。それは自分から発せられているのか、自分以外の他の誰かか。わからなかったが、嫌なことなどなにもない、気持ちがいいだけの世界だった。

「そう……うん、上手。……は。――あ。止まって、出るから。アリ、一度出させて」

おなかのなかで脈打つなにかが、熱いものを何度も吐いた。身体はとても疲れていたけれど動いていたかった。腰をくねらせると、「待って」と押さえつけられる。

「接吻しよう？　またすぐに勃つから。アリ、口を開けて？　あーんって。うん、そう」

口からぴちゃぴちゃと音が立つ。その間に身体をまさぐられ、胸の先をもてあそばれる。勝手に腰が動けば、「いいよ、もうできる。しよう？」と耳もとで囁かれる。

昼も夜もごちゃまぜだ。ひたすら同じ動きを飽きずにくり返し、疲れたら眠る。身体はつねに火照って熱い。頭をやさしく撫でられると、充足感に満たされる。一生こうしていられたら、きっと幸せになれるのに。

「いいこだねアリ。そろそろ目を閉じようか。怖くないよ。閉じてもぼくが側にいる」

たしかに、いつの間にか恐怖はない。肌のぬくもりが心地よくて安心できる。

すべては夢で、幻だ。けれど、失いたくなくて、確かめていたくて、頬ずりをする。すると、強い力で抱きしめられた。

九章

香炉からけむりが漂い、甘いにおいが充満している。寝台に横たわるアリーセは、ぼんやりとけむりがたゆたうさまを眺めていた。

服は着ておらず、毛布もない。肌は露出しているけれど寒さも感じない。背中にすべらかな肌が密着しているからだった。一糸纏わぬルトヘルに背後から抱きかかえられている。

いくつもの朝を迎えて、夜が通りすぎていた。行為は一日中続き、朦朧《もうろう》としている時間は長い。最初こそ、彼と性交していると認識した時には混乱した。ルトヘルこそがアリーセの心の痛みなのだからなおさらだ。悲しくてつらかったが、いまのアリーセは自分を抱きしめてくれるぬくもりを手放せるほど強くはない。

それに、じゅうぶん理解しているのだ。心が散り散りにならずに済んだのは、彼との行為があったからだ。絶望や鬱屈とした感情を快楽に塗り替えていなければ、とっくに生きるのをやめていただろう。彼が、アリーセを生かしているのだ。

アリーセがため息を漏らしたのは、おなかのなかの塊が硬さを増して、どっしりとした質量のものへと変わったからだ。きっと、眠っていたルトヘルが目を覚ましたのだろう。

肩を揺らして、浅い呼吸をくり返していると、大きな手が身体を這う。寒いと思われたのか、毛布をかけられた。彼の猛りがなかをこすり出したのはほどなくしてからだ。

「――あ。…………ルトヘルさん、待って」

声が嗄れていて、思わず口を引き結ぶと、身を起こした彼の唇がこめかみに当てられた。

「お母さまとノアは……。あれから、どのくらい時間が経ったの？」

母と弟が亡くなってから、アリーセは性交しかしていない。いま、どれほど時間が経過しているのか、いったいなにが起きたのか、ろくに把握できていなかった。

こめかみにある彼の唇が頬にきて、唇にも、ちゅ、とキスされた。

「十八日。声が嗄れているね。水は？」

飲む、の意味をこめて首を動かしたけれど、アリーセは内心十八日も経過していることに驚愕していた。もしそれが本当なら、国の行事――処刑もなにもかもをすっぽかしていたことになる。彼にくわしく問いたいが、動揺していて声が出ない。

「アリ、ひとりになったとは思わないで。それはわかる？」

その言葉には頷くしかなかった。意識が引き上げられた時、必ず彼が側にいて、肌のぬくもりを感じていたし、たびたび〝ひとりじゃない〟と言い聞かされていた。

「……あなたもずっとここにいたの？」

「そうだよ。きみが一番わかっているはず」

それはつまり、アリーセと同じく、ルトヘルも十八日間なにもしなかったということだ。

そんなこと、このエルメンライヒで許されるのだろうか。なにかが、おかしい。

困惑していると、彼の身体が離れていった。同時におなかからずるりと塊が抜けてゆく。とたん、喪失感に苛まれたのは、彼と繋がっていることが当たり前になっていたからだ。いつの間にか変化したのか、身体がルトヘルと離れがたくなっている。

次第に心細くなり、彼を目で追いかける。すると、白く美しいはずの彼の背中がそうではないと気がついた。

恐ろしげなひどい傷痕が刻まれている。しかも、罪人の烙印まで押されていた。この印を刻まれて生きている者がいるなんて、アリーセは聞いたことがなかった。全員断頭台送り、もしくは城壁や木に吊るされる。いわば死の焼印だ。

杯に水差しを傾けていた彼は、アリーセの視線に気がついたのだろう。瞳を細めた。

「背中の傷が気になる？　そんな顔をしないで。古い痕だから痛くない。二十年も生きていると、いろいろなことがある。ぼくは人ではなく、物だった。この国の飾りだからね」

肉が抉れたような痕もある。どれほどつらい思いをしながら生きてきたのだろうか。想像できない。飾りという言葉が重くのしかかり、胸が傷んだ。

眉をひそめたアリーセは、ぎゅっと目をつむる。

――〝このエルメンライヒは自身に害なす者は自ら排除しなければ生きていけない国です。ぼくがこの年になるまで生きているのは相応のことをしてきたからです〟

以前彼が言った言葉の意味がいまさらわかる。殺人を犯さなければ明日がない国なのだ。

横になったまま、ひざを抱えて丸まると、ルトヘルが覆いかぶさってきて唇を塞がれる。水は直接口移しで飲まされた。

「苦い？　喉の薬も入れたから。……今日のきみは落ち着いているね。少し話せる？」

銀色の瞳がまっすぐアリーセを見据えている。望むところだと思った。

「アリ、きみはいまでも生きていたくないと思う？」

「……それは思うわ。だって、生きる理由がないもの。もう、わたしには気概もない」

「それは母君と弟を失ってつらいから？　彼らにひどいことをされてきたのにつらい？」

アリーセは何度もまつげをしばたたかせた。

「つらい。けれど、うまく言えそうにないわ。自分でもわからないから。わたしはお母さまとノアを嫌っていたの。けれど……最後の姿が忘れられない。わたしのぶんまでりんごがあったわ。わたしにはわかるの。お皿にのせたのはノアじゃなくて、お母さまよ。ノアには暴力を振るわれたけれど、思い出すのは、姉上って慕ってくれた時のことだけ……」

両手で顔を覆うと、その手を彼に外されて、潤んだ瞳を覗かれた。

「ノアの最後の言葉が忘れられない。ぼくの話を聞いてって叫んでいたわ。けれどわたしは腹を立てていて無視したの。あの時聞けばよかったってずっと思ってる。後悔しているの。――ううん、違う。わたしは罪悪感で思いを逸らそうとしているのだわ。……わたしはお母さまとノアがもしも断頭台で散ったとしても、きっと泣かずにいられた。いまつらいのはふたりを失ったことではなく、自分が悪魔だと思い知ったから。だって、バーデを失ったことのほうが何十倍もつらくて苦しくて悲しい。同じ想いを家族に抱けないの」

「薄情……」と言った瞬間に涙が伝うと、その目に彼の唇がのせられ、しずくを吸われる。

「もう、彼らのことは話さなくていい。じゅうぶんだ」と、彼が囁いた。

「きみが悪魔ならぼくはさらに悪い悪魔だ。なにせ、この国の人間が死に絶えてもどうでもいいと思っている。……ぼくは壊れた人間なのだろう。人の死についてなにも思わないし感じない。かつて自分の母親が死んだと知った時も、悲しみなど抱かなかった。特別な感情はなかったよ。ただ、死ぬべき人間が死んだと思った」

彼はそう言いながらアリーセを組み敷いた。なにも言われなくてもアリーセが自ら脚を開くのは、身体が彼に慣れきっているからだ。彼といれば、孤独を感じることはない。

ぐちゅ、と熱が埋められて、さみしかったおなかが満たされた。

「でも、アリ。こんな壊れたぼくでも、きみが死ぬのだけは嫌だ。ぼくはきみが死んだ瞬間、死ぬと決めている。きみが生きていない世界になんの意味がある？　なにもない」

彼の猛りが行為を促すように奥をつついた。感じるところを的確に知られている。

アリーセは快楽に流されかけたが、喘ぎながらもとぎれとぎれに「嫌」と訴える。ふいに、豪奢な部屋で妖艶な女性と接吻し合う彼の姿が脳裏をよぎったからだ。

「……嫌……、するのは……、嫌。抜いて。は。……嫌なの」

ルトヘルは、抜くそぶりを少しも見せずに、「どうして？」と首を傾げる。

「きみはぼくを抱きしめているよ。気づいてない？　本当は抜いてと思っていないよね」

実際、アリーセの手は彼の背中に回されて、行為を歓迎しているようだった。慌てて手を外して「ひどい人」と彼の胸を押すが、彼の身体はびくともしない。

「あなたは、わたし以外に恋人がいるじゃない。……見たもの。接吻をしていたわ」

彼はそれをどこか他人ごとのように聞いている。後ろめたさなどみじんもないように。

「それで？　アリ、続けて」

「裸の女性と抱き合っていた。……あなたは、わたしに言ったわ。わたしがはじめての相手だって。うそつき。わたしは嘘をつく人は大嫌い。あなたも……みんなと同じよ」

ふつふつと怒りを蘇らせたアリーセは、こぶしでルトヘルの胸をぽかりと叩いた。

「わたしから離れて。これ以上は嫌。抜いて。既婚者のくせに。あなたは、妻に申し訳ないと思わないの？　こんな……。胸が張り裂けそう……つらい。あなたが許せない」

「なるほど。アリがぼくを避けていたのはそれが理由？　ドレスを着なかったのも、ずっと塞ぎこんでいたのも、国の外へ行くのを拒んだのも、すべてそれが原因だった？」

「抜いてよ」と彼の胸をぺちりと叩くけれど、ルトヘルは穏やかな表情を崩さない。

「きみはやさしいね。そんなに怒っているのに叩かれても痛くない。手加減している」

「……なによ。どうして気まずい顔をしないの？　わたしは、絶望したしとても悩んだ。それなのになにが『なるほど』なの？　……もう嫌。繋がりたくない。……嫌いよ」

「嫌い？　それは嫌だな。ぼくはきみを愛しているからね」

アリーセはぼたぼたと涙をこぼした。愛という言葉自体がいまは憎かった。

「そんなことを言わないで。愛しているだなんて嘘。大嫌い！　……嫌いよ。抜いて」

ぱたぱたと足を動かすが、彼に押さえつけられ、たやすく静められてしまった。

「きみが、ぼくが他の女と接吻したり抱き合うのが嫌なことはわかった。当たり前のことになっていたから知れてよかった。心が重要だと思っていたから。だめなことなんだね」

「なにを言っているの？　嫌に決まってるわ。どこの世界に受け入れる女性がいるの？」

彼の顔が近づいたので、顔をそむけたけれど、あごを持たれて無理やり接吻された。

「まず、既婚者というのは何？　聞き捨てならない。聞かせて」

アリーセは泣きじゃくりながら、ラドミル王子が言った黒い服について説明した。とぎれとぎれになったり、感情が高ぶって支離滅裂になっても、彼は辛抱強く聞いていた。

「へえ、コーレインのしきたりね。もちろんぼくも知っている。母が王女な以上、ぼくもあの国の王族だからね。でもぼくはエルメンライヒから一歩も出たことはないし、出る権利がない。そんな男が黒を着たからといって、どうしてそれが既婚者の証となるの？」

彼はアリーセに身を起こさせると、一旦楔を解いて座り直し、アリーセを自身のひざの上にのせた。その際、当然であるかのように、大きな性器をまたくちゅりとおなかに埋めてゆく。目をまるくすると、彼の口の端が上がった。

「離れたくないんだ。ねえ、アリ。きみはラドミル王子とぼく、どちらを信じるの？」

「……でもあなたは、二年前から黒の衣装を着ているのでしょう？　だから……」

「ぼくは、先ほども言ったようにコーレインの王族だ。じつのところ、かの国とたびたび文を交わしている。彼らはぼくを取り戻そうとしているようなんだ。コーレインの王はすでに亡くなり、母も亡くなり、いまのところ直系はぼくしかいないからね」

ルトヘルは肩をすくめた。

「コーレインの者たちはぼくを取り戻す前提で事を進めていた。それが発覚したのは二年前。国王代理が自分の娘をはじめとするコーレインの有力貴族の娘たちをぼくの婚約者候補として選んだ。当時のぼくは、すでに妻がいると嘘をついて断った。それもあり、コーレインのしきたりに則って、ぼくは黒を纏うようになったんだ。願掛けともいえるかな。実際、妻にしようと決めた娘がいたんだ。……ねえアリ、それがきみ。きみが火傷を負ったのは十二歳。それから毎日きみを気にかけていた。いじめにひとりで耐えるいじらしいきみを守りたくて仕方がなかった。愛に変わるのはすぐだったよ。それが黒を纏う理由」

アリーセが唇を震わせていると、そこに彼の口がしっとり重なった。

「ぼくは二年前にアリを娶ると決めた。ねえアリ、夫にして。ぼくはきみをはじめて抱いた日から、きみを妻だと思っているけれど。何度も言う。きみを愛している」

彼が目を合わせてくる。ふたたび唇がつき、わずかに離れた。

「きみのわだかまりを解きたい。すべて説明できるよ。ぼくは武器を持つことができない。母持てたとしても隠せる小さな武器だけだ。それではエルメンライヒでは生きられない。母に捨てられた四歳のぼくは死んでたまるかと思っていた。生きるために人を騙すことを覚えた。男にも女にも愛らしく振る舞うことで自分を他人に守らせた。接吻や抱きしめる行為は、ぼくの剣のようなものだった。ぼくは生きるためならどんな相手にも接吻できる。老若男女問わない。成長したぼくは、既婚の女と接触することで、彼女たちから、その夫の情報を得ていた。情報はそのまま王弟の力となっている。ぼくは四歳のころから王弟の庇護を受けているんだ。彼に命じられれば人を殺した。恨みのある無しは関係ない。生きるため。そうやって、いまのぼくがいる。ぼくが王弟派なのはそういうことだよ」

なにも言葉にできない。重い過去に呆然としているアリーセの腕を彼がさすった。

「アリ、これだけは信じていて。ぼくの身体はきみしか知らない」

さすがにそれは見え透いた嘘だと思った。うつむいたアリーセは唇を尖らせる。その唇を長い指でつつかれて、見上げれば、笑顔の彼と目があった。彼は笑うと幼く見える。

「拗《す》ねてかわいい、これはきみのくせだね。二歳児みたいだ」

ルトヘルの前で拗ねたことがあっただろうか。思い出そうとしていると、彼が言う。

「嘘じゃないよ。それに、相手が裸だとしても、ぼくは服を脱いでいない。どう？」

アリーセはまつげを伏せて、「服は……、着ていたわ」と認めた。

「ぼくは他人とは肌を合わせられない。性器に触れることは許せても服だけは別だ。脱ぐのはきみと肌を合わせる時だけ。抱きたいのはきみだけだ。アリ、そもそも男は勃たないと性交できない。ぼくはきみ以外に反応しない。信じてくれる？」

アリーセは目を閉じる。彼のことをすべて信じるのは、他の女性との接吻を見た以上、どうしても無理だった。けれど、信じたいという思いはある。だが、それだけではなかった。彼の話がすべて嘘だとしても、もう心は偽れない。彼に対して芽生えた心はいまでも変わっていないのだ。だからこそ心底つらかったし、深く悩んできたし、意固地になった。

「わたしはあなたの話を信じる、だなんて言えない。過去のことはこの目で見たり聞いたりできないことだもの。でも、いまあなたが他の女性が好きだとしても、結婚していても、それでもいいと思ってる。ただ、わたしがあなたを好きな気持ちは許してほしいの。あなたを愛していることだけはどうしても変わらないから。それに……よく考えればわたしは十六歳だわ。あなたから見れば子どもでしょう？　あなたが抱きしめていたあの妖艶な女性に勝ちたいと思っても無理だもの。敵うはずがないし、勝負にならない。だから」

ルトヘルの額がアリーセの頭にこつんとつけられた。

「きみはいじわるだね。何度も愛していると伝えても、まったく信じない。自分を卑下してばかりだ。でも嬉しい。アリの口から愛が聞けた。ぜんぜん足りないけど、いいよ」

彼の言葉の続きは長々とした接吻の後だった。息も絶え絶えなアリーセを見つめて言う。

「きみが信じられるようにいまから行動で示す。二度と女に触れないし、きみ以外と接吻しない。これからのぼくを見て。……ねえアリ、だからきみをくれないか。ぼくは時間がある限りひとつになっていたい。ぼくにとって性交は、愛を伝える大切な行為だ」

アリーセは、じろじろと彼の顔を瞳に映した。

「……………ほんとうに、わたしだけ？」

「きみだけだよ。ぼくは、きみが昔から大好きなんだ。愛してる。アリは？」

小さく頷いたアリーセが、彼の背中に「好き」と手を回して抱きつくと、彼が蕩けるように微笑んだ。その顔が幸せそうに見えて、ふたたび彼を信じてみたくなってくる。

押し倒されたアリーセは、背中にひんやりしたシーツを感じながら目を閉じる。一生、浮上できない不幸のなかにいるのだと思っていた。けれど、幸せを感じて泣けてしまった。


長椅子に座るルトヘルに、アリーセは、こくりと首を動かした。彼に「本当に行くの」と訊かれたからだった。ラドミル王子のことを思い出したのは行為の最中だ。それを彼は気に入らないようで、なかなか許してもらえない。めずらしくしかめ面をしている。

「あの……ダクマが言っていたわ。日を延ばせば延ばすほど苦悩は増すのだって。それに、求婚をちゃんと断らないと……いけないと思うから。十八日も経っているのだもの」

「もう十九日だよ。アリ、行くとしてもひとりではないよね？」

「ダクマと一緒に行くわ」

いまだに自分の質素な部屋に彼がいることに慣れない。彼は先ほどまでの行為で身体が熱いのか、服をはだけさせ、気だるげに椅子に腰かけて水を飲んでいる。めずらしく髪はくしゃくしゃでかわいらしかった。それでもにじみ出る色気にアリーセの鼓動は速まるばかりだ。家族を失い、悲しみの底にいて当然なのに、彼が側にいるから立っていられる。

アリーセがどのドレスにしようかと、化粧着姿でうろついていると、「待って」と止めたルトヘルが呼び鈴を鳴らした。示し合わせたように入室してきたのはダクマだ。彼女は二着の真新しいドレスを抱えていた。薄桃色と檸檬色。それぞれ素敵なドレスだ。

「アリーセさま、ルトヘルさまが仕立ててくださったドレスです」

戸惑っていると、すかさずルトヘルがその後を引き取った。

「式典のドレスを仕立てた時に用意したんだ。好きなほうを着てみて」

「でも……それは、どちらもわたしには過ぎたドレスだわ。あまりにきれいで……」

「その遠慮は悪いくせだ。アリ、きみにとってぼくは何？」

「……あの、その………夫よ」

行為の最中、ぼくたちは夫婦だと言われ続けていた。彼を窺えば、銀色の瞳が細まった。

「そう、夫だよ。妻は夫のために着飾るものだ。きみはどちらのドレスが好き？」

本当は桃色が大好きだ。けれど、彼に苦手だと暴言を吐いてしまっていたから、檸檬色を選ぼうとした。が、その前にルトヘルが、「桃色のドレスがいいな」と言った。

恐縮しながら着てみたが、改めて思った。やはり桃色はかわいくて素敵だ。いままで華やかな色はあまり纏ったことがない。あったとしても、母のお下がりの色褪せたドレスだ。

アリーセは、思わず鏡の前でくるりと回り、全方向からドレスを確かめた。

上部は白だが、下に向けて徐々に桃色の濃さが増している。花びらみたいだと思った。

にっこりしていたアリーセだったが、ふいに悲しげな顔になる。

――このドレスはきれいですばらしいけれど……わたしなんかが似合っているかしら。

ドレスに着られているようで、彼に披露していいものか迷っていると、ルトヘルが自ら近くに寄ってきて、アリーセを子どものように抱き上げる。

「素敵だ。やっぱりアリには桃色だね。世界で一番かわいいよ。妖精みたいだ」

ぽっとアリーセの頬が色づいて、知らずにはにかんでいた。

「あなたのように褒めてくれた人はいままでいなかったわ。だから、お世辞に思えてしまう。けれど……そう言ってもらえて嬉しい。きれいなドレスをありがとう」

「お世辞じゃないよ。接吻してくれる？」

アリーセはますます赤くなりながら、彼の頬に手を添えて、形のいい唇に短く吸いついた。性交しているあいだに少し上達した気がするけれど、下手なことはわかっている。

「アリ、ぼくはここで待っているから、用事を終えたらすぐに戻ってきて。——ダクマさん、ぼくの大切な妻です。彼女をお願いします。どうか守ってください」

ダクマはルトヘルに向け「承りました」とひざを折る。彼の態度もダクマの態度も、自分が大切にされているような気がしてむずがゆかった。疎外されるのが当然で、慣れていないのだ。どのように反応していいのかわからなかった。けれど、嬉しい。

部屋を出ると、母と弟が亡くなっていたあの食卓が目についた。何事もなかったかのようにきれいに片づけられていて、あれは夢だったのではないかと思わせる。いまだに心の整理はついていない。バーデのことさえ受け止めきれていないのだ。

回廊を歩く足取りはいつものとおり重いものだが、背筋を伸ばしていられたのは、ルトヘルのおかげだろう。桃色のドレスは心を引き上げ、力をくれる。

「ねえダクマ、ラドミル王子からいただいた宝石はどうしたの？」

「先日返却しました。ただ、こちらでは高価な宝石の警備や管理ができないといった弱い理由です。残念ながら侍女の立場としては、それがせいぜいです。王子はスリフカ国であなたにふたたび渡すと言っていました。なので、あなたが求婚を断る必要があります」

アリーセは怖じ気づいたが、それでもあごを持ち上げた。

しかし、心を奮い立たせたのも束の間、長く保ちはしなかった。前方に第五王女のアウレリアの一行を見たからだ。彼女は桃色のドレスを着ている。色かぶりをしてしまった。どうか、こちらに来ないでほしい。そんな願いはもちろん打ち破られる。

漂う花の芳香はアウレリアのしるしだ。アリーセは、心の底からすくみ上がった。

「邪魔よ、どきなさい。あなたが視界に入るだなんて最低。目が腐りそう」

アリーセはびくびくしながら道を空けたが、蔑みの視線が突き刺さる。

「流行病だったそうね。よくもまあ長い間行事を怠《なま》けられたものだわ。それに、あなたの弟も怠けて参加していないそうじゃない。卑しい者は行動まで卑しいのね」

続いてドレスについても責め立てられたが、違和感を覚えていた。アウレリアは弟が生きている前提で話しているようだった。流行病というのも、なんのことだかわからない。

アリーセが混乱していると、第五王女は自身の従者に目配せした。これから彼に突き飛ばされるのだろう。桃色のドレスもどろどろに汚され、破られると知ってる。

普段のいじわるが始まるのを覚悟していた時だった。いつもはなにもしないダクマが、小刀をすらりと鞘から取り出した。

「……おまえ、なんのつもりなの！」

激昂するアウレリアを尻目に、アリーセは動揺していた。第五王女に歯向かえばどうなるか。ダクマはいますぐ切り捨てられて、殺されてもおかしくはない。

「ア……、アウレリア……あの……ダクマは」

「なんであなたがわたくしの名前を呼ぶのよ！　許可していないわ！　穢らわしいっ！」

「アリーセさま、先に向かっていてください。少々用事ができてしまいました」

ダクマは、アリーセとアウレリアの間に割って入る。彼女の背中は恐怖などないかのようにきれいに伸びている。アリーセのおどおどとした背中と大違いだ。

「すぐに私も追いかけますのでご安心を。さあ、お早く」

ダクマがこちらを見ずに言う。しかし、有無を言わせぬ物言いだ。

アリーセはおろおろしたが、ダクマに「アリーセさま」と促され、従ったのだった。


早く早く、と、アリーセはラドミル王子のもとに急いだ。ダクマを救うために取れる行動は、王子に助けを求めることだけだ。以前、助けてくれた彼なら力を貸してくれると思った。本当は、ルトヘルのもとに行きたかったが、アウレリアがいて引き返せなかった。

ひざがきりきりと悲鳴をあげた。走れない足がもどかしい。なんとしてでも急ぎたいのに、情けないことに、早歩きにもなっていない速度だ。

王子の貴賓室に近づき、まずアリーセを見つけたのは、王子の従者の片割れだった。

「おや、アリーセ王女殿下ではないですか。どうなさったのですか？」

息が切れてうまく話せない間に、強引な従者によって貴賓室に引き入れられた。

扉に案内された直後、ラフな格好をしたラドミル王子がやってくる。

「これはアリーセ王女、素敵なドレスだね。よく似合っている。私のために着飾ってくれたのだとうぬぼれてもいいかな？　――ああ、その前に」

突然、王子がアリーセの前に片ひざをつくものだから驚いた。王子はアリーセの右手を掲げ持つと、甲にくちづけを落とした。いきなりの行為に身体がこわばる。

「きみが流行病だと聞いて、居ても立ってもいられなかったよ。毎日花を届けていたのだけれど、受け取ってくれたかな」

花など知らない。しかし、知らないなどと言える雰囲気ではなかった。

視線を泳がせれば、王子はやわらかく微笑んだ。目じりのしわが大人を感じさせる。

「身体は大丈夫？」

声が出なくて、アリーセは失礼を承知で、こくんと頷くことしかできない。

第五王女と同じく、王子もアリーセを流行病だと思っているようだった。おそらくダクマがわけを作って時間を稼いでくれたのだ。人の前に出られる状態ではなかったからありがたい。だからこそ、やさしいダクマを絶対に助けたいと思った。

アリーセが、「あの」と切り出せば、声が小さかったのか、王子の言葉が被せられた。

「先日、きみがいじめられているところを見て、私はきみを守ると決意したんだ。だからその足できみの父君に申し上げげた。第七王女のきみを娶りたいってね。他の王女を勧められたがゆずらなかった。ようやく許可が下りたよ。いま、私の父の返答を待っているところだ。父の親書が届き次第、婚約は成立し、きみは私とともにこの国を出ることになる」

——…………え？

心臓を鋭い痛みが貫いた。どくどくと脈打って、鼓動が速くなっていく。

「そんな……。あの……、帰国の日に、わたしの返事を聞くと……、あなたは」

「きみが結婚する気がないことは知っているよ。けれど、私はきみをこの国に置いておきたくないんだ。これ以上きみに傷ついてほしくない。この国にいても、きみは疲弊していくだけじゃないか。強引だとは思っている。だが、きみに後悔はさせない。私と行こう」

王女という立場が重い。父が許可したのだとしたら、アリーセは断れない。王の意向は絶対だ。国の結婚は本人の意志とは別のところにある。

立ち尽くしていると、背後から声がした。

「アリーセさま」

ダクマだ。ぎこちなく彼女のほうを向いたアリーセは、すがるようによろよろ近づく。

「…………ダクマ、よかった。無事でいてくれたのね。わたし、なにも役に立てなくて」

涙をこらえていると、ラドミル王子も軽やかに側に来た。

「嫁ぐ際には、きみの侍女ももちろんスリフカ国へ来てもらっていい。通常、きみには身ひとつで来てもらうところなのだが、きみには支えが必要だとわかっている」

アリーセがかたかたと震えていると、王子はダクマに視線を移した。

「ダクマといったね。きみもそのつもりで仕度をしてほしい。遅くとも十日以内には父の返事が来ると思う。いま、父は外遊中だから遅れているんだ」

ダクマは王子の前であるにもかかわらず、毅然《きぜん》として言った。

「ラドミル王子殿下、アリーセさまはまだ病が完治しておられません。失礼ながら部屋へお戻ししてもよろしいでしょうか。婚姻の時期やスリフカ国への旅については、医術師の判断を仰がせていただけたらと思います」

「そうだね。アリーセ王女はたしかに顔色が悪い。蒼白だ。医術師に従おう」

ダクマがいてくれてよかったとつくづく思った。もしも彼女がいなかったなら、この場から立ち去るすべはなかった。アリーセは人に萎縮してしまういくじなしだ。

居室へ戻る間も、ずっと震えは止まらなかった。ルトヘルとともにいられない未来を思うと、怖くてたまらないのだ。ダクマに支えられなければ、ろくに歩けない。頭のなかは、どうしよう、どうしよう、とぐるぐると言葉がめぐるばかりで、八方塞がりになっていた。

部屋の扉を開けて、本を読むルトヘルの姿を見たとたん、こらえていた涙がぶわりと溢れ出て、彼にすがって泣きじゃくった。

アリーセからはろくに説明できず、ダクマが彼に話してくれた。

行く末を悲観し、怯えるアリーセの額にルトヘルの唇がのせられる。

彼は、静かに「なにも心配いらないよ」と言った。

＊　＊　＊

金茶色の髪にくちづけをして、まるい頬にもキスをした。

アリーセは、この世の終わりとばかりにクッションに顔をうずめて泣いている。その涙を止めるべく彼女を背後から抱きかかえ、ひとりではないと教えるために繋がった。

「アリ、ぼくを見てくれないの？　性交の時はぼくを見てって約束したよね」

「ふ。…………いま……不細工、だから、……ふ……。いや」

「ぼくはどんなきみでも好きだよ。ねえアリ、きみは嫁がなくてもいいんだ」

「王が……許可したわ。国の……く……国の結婚は……わたし……」

「大丈夫。きみの夫を信じてくれる？　こうなることも想定していた」

性器を収めたおなかを撫で回し、秘めた芽に指を這わす。彼女の気持ちがいい箇所だと気づいてからは、この二年、丹念に調べて育てている粒だ。アリーセはか細く喘ぎ、狙いのとおりにふるりと揺れる。さらに奥を暴こうとしていると、外でかたりと音がした。

身を起こせば、楔は解けて、ふたりのなまめかしい液が滴った。

アリーセは不安でたまらないのだろう。「嫌」と身をよじってこちらを確かめる。離れたくないと泣きべそをかく彼女はひどく幼く見えて、懐かしい日々を思い出させた。

「アリ、窓を見てくる。すぐに戻るからそれから続きをしよう。休んでいて」

ルトヘルは黒いガウンを肩にかけると、窓辺に近づいた。小さなアリーセが頬杖をつき、待ってくれていたあの窓だ。外でなにが起きたかは想像できる。見ると、予想どおりダクマが男を殺害していた。

このところアリーセは執拗に狙われている。王女たちが国の異変を察知しているからだろう。特に第五王女の刺客が多かった。手練れ揃いで、雇った護衛はすぐに死ぬ。そのため、最近ではダクマとセースが護衛を担っていた。

ルトヘルが指を動かし、合図を送ると、気づいたダクマは頷いた。今のダクマは普段の女装ではなく、簡素な黒い服を着ている。侍女ではない、別の仕事のためだった。

外を窺うルトヘルは、表情らしきものはかけらもないが、振り向けば、とたんにやわらかな顔つきになる。寝台で、彼女が緑の瞳をぱっちり開けてこちらを見ている。

ふたたびガウンを脱ぎ捨てて裸になると、彼はアリーセに覆いかぶさった。

二度と忘れられないように、ずっと、彼女に刻みつけていたいのだ。

＊　＊　＊

〈そういえば、犬を拾ったのだろう？〉

〈ああ。ルトヘルさまが連れてきた。だが、母犬は死んでしまった。俺は泣いたね。黒い犬でさ。……なあ、歳をとるといやに涙脆くならないか？　俺はもうびしょびしょだ〉

〈私はあくびでしか涙が出たことはない。子犬の数は？　アリーセさまがお喜びになる〉

〈やめろ。いまは犬とアリーセさまを結びつけないでくれ。バーデを思い出す……うっ〉

ダクマとセースの会話は場にそぐわない形で行われていた。ふたりはアリーセの居室近くの庭に潜み、刺客と戦いながら話をしている。

騎士の息子である彼らは幼少のころから鍛錬を怠らなかったが、エルメンライヒでもなまけたりはしなかった。先代王に仕え、それから十三年間、敵だらけの若い王に仕えている。しかし、ふたりは知っている。その若き王に信頼されているわけではないことを。ルトヘルが信頼し、心を開くのは、世界でただひとり。アリーセだけだということを。

〈しかし、なにがきっかけだろう。ルトヘルさまは人嫌いだ。にもかかわらずアリーセさまにだけは違う。かわいらしく、おきれいな方だが、アリーセさまも人には違いない〉

〈セース、その辺りは考えるな。とにかくアリーセさまはコーレインの王妃だ〉

ダクマは、雇い入れた隠密が刺された姿を目の端に捉えると、即座にそちらに向かって敵を斬る。その際、窓にルトヘルが現れて指示が出た。すぐにダクマはセースに言う。

〈後は任せる〉

コーレインの貴族のダクマが黒い服を纏うのは、ルトヘルのように妻がいたり、誓いを立てているわけではない。ただ、黒い服に返り血が隠れて見えなくなるからだった。

ダクマは足音を立てることなく、第五王女の居室を目指す。道すがら、昼間の回廊での出来事を思い出していた。

『おまえ、なんのつもりなの!?』

第五王女のアウレリアが激昂したのは、ダクマが鞘から小刀を出したからだった。アリーセをラドミル王子のもとに去らせると、ダクマは第五王女に近づいた。

『なんなの、侍女の分際で。死にたいの？　望みどおり殺してやるわ！』

『殺せるものなら殺していただいても構いませんが。アウレリアさま、内密にお話ししたいことがあります。人払いとともに、少々お時間をいただけませんか』

『ばかなの？　おまえが凶器を持っているのに、人払いするわけがないでしょう！』

片眉をあげたダクマは、ひっつめている髪を下ろしてみせた。そして無造作にくしゃくしゃと髪をかき混ぜ、前に垂らした。片目が髪に隠れると、アウレリアは目を見開いた。

『アウレリアさま、人払いをお願いします。よろしいですね？』

すぐに王女は周りを見回し、自身を囲む従者や侍女に『先に行きなさい』と命じた。

彼女が次に声を発したのは、人払いが済んだ後だった。

『……信じられない。おまえはテインじゃないの』

テインとは、アウレリアの母親がエルメンライヒの情勢を危惧して、一年前、自身の生国、大国ホルダより送ってもらった凄腕の隠密だ。その優秀さは、異国の者でありながらエルメンライヒの城内にしのびこめていることからもよくわかる。だが、テインは第五王女に命じられ、ルトヘルを探ろうとしたため、ダクマが死闘の末に抹殺していた。その際、テインが小柄な男だったことから、ルトヘルは、同じく小柄なダクマに彼の代わりを演じろと言ったのだ。それからダクマはテインとなった。

成り代わるのは楽だった。エルメンライヒは大国ホルダと言語が同じで、言葉の壁は存在しない。おまけに、テインは顔に火傷を負っていたので、普段からミイラのように布を巻いていた。ダクマはアウレリアや彼女の母親の前で布を取り、顔を晒して、テインとして認識させたのだ。

『テイン、どこへ行っていたのよ。お母さまもわたくしもずいぶんおまえを探したわ』

『申し訳ありません。ホルダ王には、別の任務も与えられていますのでご容赦を』

『おまえの格好、見つからないはずね。女装だなんて。少年だからお手の物なの？』

ダクマは首を傾げた。彼は二十七歳だ。少年からはかけ離れた年齢だ。

『アウレリアさま、あなたはアリーセ王女に仕える私を何度も見かけていますが、お気づきになっていらっしゃいませんでした。女でいたほうが諜報は楽ですので、ホルダ王の任務を遂行するためにも、現在侍女に扮しています。いかがでしょうか』

『似合うけれど、だからってなにもアリーセの侍女なんかになることはないじゃない』

『アン＝ソフィーさまの居室は隙が多く、入り込むにはなにかと都合がいいのです。実際、誰にも怪しまれていませんし。アリーセ王女も疑っていませんせん』

『ふん、アリーセのもとにしのびこんでいるならちょうどいいわ。あの女を殺してよ』

『アウレリアさま、あなたは外に目を向けている場合ではありません。のちほど母君には改めて報告しますが、事はますます悪化の一途をたどっています。前もってお伝えしたとおり、あなたのお父君の世はもうもちません。王弟はますます力を蓄え、近々王位の簒奪が行われます。王弟の世となったが最後、母君はホルダへお戻りになるでしょうが、王の血を引くアウレリアさまは別です。処刑を免れません』

さっと青ざめたアウレリアは『そんな……』と悲痛に眉をゆがめた。

『幸いラドミル王子はこの国に滞在中です。一緒にスリフカ国へ行かれたほうがいいのではないでしょうか。このままアリーセ王女にスリフカ国の妃の座を取られてしまえば、あなたに待つのは破滅です。そうなれば最後、いくら私でもお救いできません』

『では、わたくしが選ばれるようにアリーセを殺してしまえばいいでしょう？』

『あなたはこれまでアリーセ王女に多くの刺客を放っています。結果はどうですか。それに、王女を殺めても、第二第三のアリーセ王女が出てくるだけで、いたちごっこです。全員殺すのですか？　現実的ではありません。あなたには時間がないというのに』

アウレリアは、たんっ、と豪奢な繻子《しゅす》の靴で大理石を踏みつける。

『いまいましい！　このわたくしが追いこまれるなんて。……ねえ、テイン。ラドミル王子は純潔主義者らしいの。そんなばかな男にわたくしが嫁いだらどうなるの？　以前ルトヘルが言っていたわ。王子は自分以外と性交したという理由で妃をふたり殺したのだって』

『その真偽は調査しますが疑わしいですね。王子はどのように貞操を判断するのでしょう。思うに、経験がない者のような恥じらいがあればいいのではないでしょうか。とにかくあなたの生きる道はスリフカ国に嫁ぐこと。期限は簒奪が行われるまでです。それをお忘れなきよう。私はアリーセ王女の侍女として、これより王子のもとに参ります』

『テイン、王子とアリーセの縁談が進みそうなら壊してちょうだい。いいわね？』

しかし、縁談を妨害したくても、ラドミル王子はすでにアリーセを選んだ後だった。

ダクマは〝凄腕の隠密テイン〟を演出するべく、外から二階に登り、第五王女の部屋へゆく。しかし、窓を開けたとたん聞こえてきたのはなまめかしい嬌声と寝台のきしむ音だ。

ダクマは咳払いして存在を知らせた。

「あ。あん。………あ。ちょっと、止まりなさい。テインが来たわ」

アウレリアは自身の上で腰を振る男を止めて、彼を去らせた。男は彼女の従者だった。

「感心しません。あなたは経験のない娘を演じなければならないというのに」

ダクマの指摘に、アウレリアは裸のままで立ち上がり、杯にある水を飲む。

「わかっているわよ。で、ラドミル王子とアリーセはどうなったの？」

「ふたりが結婚するのは時間の問題です。ラドミル王子は二十日ほど前、あなたの父君にアリーセ王女との結婚を申し入れていたようです」

アウレリアは、飲んでいた杯を「なんですって！」と床に投げつける。

「どうするのよ!?　わたくし、断頭台送りになってしまうじゃない。嫌よ！」

「ラドミル王子とアリーセ王女の婚約が成立するのは、スリフカ国の王の親書が届くまで——大体十日です。王子は婚約が成立した後アリーセ王女を連れて国へ帰る予定だそうです。そして、王位の簒奪が行われるのは、おそらくラドミル王子の帰国後でしょう。王弟とて、他国を巻きこむことはしません。つまり、あなたの命の期限はあと十日です。十日以内に王子と婚約しなければ、残念ながら断頭台は限りなく近くなるでしょう」

「そんなの八方塞がりじゃない。絶望しかないわ！」

ダクマは首を振って、「いいえ、手立てはあります」と否定する。

「あなたはただの姫君ではありません。母君の祖国ホルダの強固な後ろ盾があります。エルメンライヒが唯一、一目置く大国です。だからこそあなたの父君もあちらのスリフカ国の王も、当初はあなたをラドミル王子の妃として推していました。つまりアリーセ王女を望んでいるのはラドミル王子のみです。ホルダに動いてもらえば情勢は一変するでしょう。王子の意思ではなく、ホルダ国とスリフカ国の間でまずは婚約を進めるのです。二国の王が乗り気になれば、エルメンライヒの王とて無視はできません。内部からではなく外部から。ラドミル王子になんの権限があるでしょう。早速動かれたほうがよろしいです」

「そうね、そうするわ。生きるためならなんだってする。……もう、最悪よ」

アウレリアは乱れた髪を櫛で梳くと、裸身に薄い化粧着を纏った。そして、ダクマの狙いどおりに、「お母さま！」と叫びながら出ていった。

十章

ルトヘルがアリーセの部屋から出たのは二十五日ぶりのことだった。扉を開ければ、召し使いのバルベが大きな図体を折り曲げ、せっせと床を拭いていた。埃を嫌うダクマが彼に命じたのだろう。ルトヘルは、あくせく働くバルベに近づいた。

「これはルトヘルさま、お出になるのですか」

「妻はぼくが戻るまで起きることはないだろうが、招かれざる客はすべて殺せ」

いまやアリーセの居室で働く者は皆、男も女も侍女や召し使いの顔をした護衛に成り代わっている。アン＝ソフィーの死後に入れ替えたのだ。そのため秘密は守られる。

「日の入りとともに妻に湯浴みをさせる。皆に仕度をするよう伝えろ」

ルトヘルは、静かに佇む侍女から黒い上衣を受け取ると、きっちり着こんで出ていった。白い花が揺れている。花びらが舞い落ちて雪のように視界にちらついた。だが、香ってくるのは鉄のにおいだ。風上で血なまぐさいことが起きている。

このところ処刑がない代わりに白昼堂々殺しが起きていた。しかし、貴族たちは談笑し、うさんくさい笑みを顔に張りつける。疑心暗鬼になりながら相手の腹を探りあう。国の異変を肌で感じていても対処のしようはなく、いつもどおりに過ごすしかないのだ。

いくらエルメンライヒが大国だとしても、終焉に向かう流れは止まらない。

計略を練り、実行し始めて十三年。いま、実を結ぼうとしている。

ルトヘルは歩くたびに声をかけられたが、応えようとはしなかった。もとより人に興味はないのだ。飾りとしての生は終わった。

彼は人目を憚らず王弟の居室がある回廊を歩ききり、黄金造りの扉の前に立った。王弟派を堂々と名乗れるほどに、情勢は以前とは様変わりしていた。王はいまや、王弟派だからといって、たやすく排除できないのだ。そもそも王弟派は少数派ではなくなっていた。そのため、王は内戦に備えようというのか、はたまた亡命を目論《もくろ》んでいるのか、スリフカ国をはじめとする他国との同盟を急いでいるようだった。

「殿下はご在室か」

「はい。ルトヘルさまはいつでもお通しするよう仰せつかっております」

衛兵により、金の扉は重々しい音を立てて開かれる。

あらゆる贅を見せつける室内で、最も目を引くのは巨大な寝台だ。その黄金の寝台では全裸の男女が絡みあっていた。王弟マインラートとその愛人だ。

「ルトヘルではないか。このひと月どこへ行っていた」

「お久しぶりです殿下。恋人が流行病で臥せっていましたので、側についていました」

「――恋人？」

ルトヘルが「人払いをよろしいですか」と告げると、王弟は「どけ」と女を追いやった。

「興味深い話ではないか。最近はおまえがおらず退屈しておった」

王弟があごをしゃくると、ルトヘルは椅子にかかった真紅のガウンを取り、王弟のむきだしの肩にかけた。

「殿下は以前の言葉を覚えていらっしゃいますか。ぼくに褒美を与えてくださろうとしていました。ぼくはその栄誉にあずかれるくらいにはお役に立ったと思います。ラムブレヒト卿の殺害。王の重鎮アレトゼー卿およびヨードル卿の殺害。この時点で、事は殿下の思うがままです。いつでも王位につくことができるのでは」

「それを余に語るとは、おまえの望みはよほどでかいとみえる」

「必ず叶えていただきたいので、仰々しくお伝えしています。かつて殿下が幼いぼくに命じた邪魔者も、ひとり残らずこの世にいないという事実も考慮いただけると幸いです」

そこで王弟に酒を所望された。ルトヘルは酒を満たした杯を渡したあと、話を続ける。

「王位の簒奪の際、第五王子のノアベルトだけは生かしてください」

「第五王子？」

酒をひと口飲んだ王弟は、斜め上を見た。顔を思い出そうとしているのだろう。

ノアベルトは身内や目下の者には尊大だったが、普段はおとなしく、影が薄かった。

「ならぬ。王子はあの男の血を引いている。禍根を残すではないか。諦めよ」

「しかし、第五王子の母親はアン＝ソフィーです。いまだに情報は行き渡っていませんが、彼女の生国ヒルヴェラは滅亡しました。アン＝ソフィーも流行病で虫の息。今日明日にでも死ぬでしょう。第五王子は後ろ盾もなく弱い。あなたを脅かすことはありません」

「――待て。アン＝ソフィーといえば、かつておまえを苦しめた女ではないか。そんな女の息子の助命とは狂ったか。おまえが執心するとしたら、助けた娘のほうではないか」

「娘……アリーセ王女ですね。興味はありません。接近を禁止された後は会っていませんでしたが、先日、式典で王女と話しました。殿下、ぼくは男色です」

　王弟は、ふん、と鼻を鳴らした。

「つまり、第五王子がおまえの恋人というわけだ」

「彼は男でありながら男ではありません。ぼくなしでは生きられない、無害な雌です」

　ルトヘルは目を細めた王弟にさらに言う。

「殿下、あなたのご子息はお亡くなりになられたばかりで、いま跡を継げる男児はいません。万が一殿下が崩御し、第五王子もいない世になれば、王位は巡り巡って先代王の息子のぼくに来るでしょう。ですが、それは迷惑です。ぼくはあなたをお慕いし、お仕えしていますが、この国に思い入れはなく、野望もなく、それればかりか飾りとして扱われているのですから、どちらかといえば憎いです。ぼくに王位が来ようものなら、あなたのいないこの国には興味がないので滅ぼします。つまり、この国の永続をお望みでしたら第五王子は生かしておいた方が賢明かと。少なくともあなたに男児が生まれるまでは。ただでさえ継承権を持つ傍系の男は、王位の簒奪を恐れたいまの王に絶やされているのですから」

部屋にけたたましい笑い声が響いた。王弟のものだ。

「おまえは恐れ知らずだな。余の死後を語るとは。殺されても文句は言えまい」

「お忘れですか。ぼくはかつて死を望んだ男です。いまさらなにを恐れるでしょう」

「なにげにおまえは第五王子の命も、余に男児が生まれるまでと限定している」

「ぼくは彼に夢中ですが、愛ほど不確かなものはない。明日にはこの想いもどうなるか」

王弟は杯を傾け、空にして、ルトヘルに満たせと命じた。

「食えないやつめ。余の妻のうち、四人孕んでいるが、どれかは男を生むだろう」

「存じています。ささやかながら、安産を願わせていただきます」

「知った上での発言か。……よい。一度おまえの恋人とやらを連れてこい。余に見せろ」

「彼は流行病で臥せっています。殿下に感染させたら一大事。治り次第でも？」

ルトヘルが、表情なく杯に葡萄酒を注ぎながら告げると、王弟がこちらを見据えた。

「おまえも飲め。第五王子との馴れ初めを聞かせよ。おまえが愛などというものにうつつを抜かす日がくるとはな。笑える」

「自分でも意外だと思います。ですが、先に申し上げましたが、いまのぼくは彼に夢中です。この想いを抱えたままノアベルトが死のうものなら、ぼくは殿下のしもべから敵に変わる可能性を否定できません。心は移ろうものですが、いまの彼への思いは凶器になり得ます。なにせ、愛を知ったのははじめてのことですから。それをご承知おきください」

「警告か。男児が生まれるまでは手出しはするなと言いたいのか。――ふん。おまえはそうでないとつまらぬ。余は諸刃の剣を手にしているというわけだ。気をつけねばな」

王弟は目を細め、くくくと肩を揺らした。

「ところで、殿下はいつ王を討つのですか。それともまだ待機なさるおつもりで？」

笑っていた王弟は、口の端を邪悪に持ち上げる。

「スリフカ国王のせがれの婚姻の日に、玉座より引きずり下ろす。兄はスリフカとの同盟は盤石だと油断する。希望から絶望へと叩き落としてくれるわ。ただでは殺さぬ。やつは城壁の飾りとなる。生きたまま徐々に朽ちるのだ。飾りのおまえも胸がすくだろう？」

ルトヘルは、新たな杯に酒を注いで、それを王弟に向けて掲げる。

「ついにあなたの世の幕開けですね」

「ああ、飲め。存分に祝え。ルトヘル、余を祝福しろ」


足がふらついて、ルトヘルはめずらしく回廊の手すりに手をついた。不特定多数が触れたものは彼にとっては汚物と等しく穢らわしいが、王弟に浴びるほど酒を飲まされては敵わない。いくら取り繕えても、まだ二十歳だ。酒に慣れているわけではない。せめてもの救いは、王弟に酔いを気取られなかったことだけだ。

辺りは夜の帳が下りていた。アリーセの湯浴みを手伝いたかったが、機会を逃したことが悔やまれた。生きることを楽しんでいない彼女が穏やかな顔をするのが湯浴みのひとときだ。悩んでいないその顔を眺めていたいのだ。

〈ルトヘルさま、こんなところにいらしたのですね。なにをなさっているのです？〉

いつの間にか従者のセースが側にいた。普段は彼の気配は読めるが、酔いで鈍っているらしい。まったく気づけなかった。いま襲われたら、ろくに抵抗できずに死ぬだろう。

〈誰もいないか厳重に確かめろ。コーレインの言葉を使う時には特にだ〉

〈鋭いあなたがめずらしいことをおっしゃいますね。当然誰もいません。気配もないですし。ダクマがあなたを探していました。アリーセさまがひとりで湯浴みをなさったのだとか。……ルトヘルさまは、アリーセさまを少々子ども扱いしすぎなのでは？　あの方の状況を思えば仕方がないとも言えますが、ゆくゆくはコーレインの国母になられる方です〉

〈国母など知るか。アリは皆のアリではない。……私がいないと生きていけない娘だ〉

声に出すつもりはなかったが、つぶやいていたようだった。が、あまりに小さかったのか、セースは気づかない。

〈ルトヘルさま、どうかなさいましたか？　お疲れのようですが〉

〈疲れていない。セース、王弟の妻と愛人をすべて調べあげ、男児がいれば殺せ。孕んでいる者がいれば監視だ。産月をひとりひとり調べて知らせろ〉

このセースには、五日前に王弟の息子を殺させている。

〈たぶん五、六人ほど腹が膨れていた気がしますが、人を手配し、徹底的に調べます〉

〈男児をひとりでも生かしてしまえば、アリーセは死ぬ〉

〈お任せください。――そうだ、お知らせしたいことがあります。黒いちびたちですが、すくすく育っています。ぜひ彼らに名前をください。さすがに番号呼びはちょっと〉

〈子犬か、とにかく死なせるな〉

〈わかっています。そろそろミルクの時間ですよ。最近、アリーセさまの警護が楽になったと隠密や護衛たちが話していまして、俺もそのように感じています。第五王女からの刺客がぱったりと消えたようですね。おかげでちびたちと過ごす時間が増えました〉

〈第五王女はアリーセを殺める必要がなくなった。セース、もう行け〉

　セースは会釈ののちに闇にまぎれて見えなくなった。同時にルトヘルは歩き出した。

＊　＊　＊

　部屋はどこか退廃的な雰囲気が漂っていた。蠟燭の火が揺らめいていて、香炉がくすぶっている。自分の部屋のはずなのに、まるで違うかのようだった。

　彼がアリーセの脚を開かせ、秘部をねっとり舐めて、自分のものだと主張している粒をもてあそぶ。様子を窺っているのだろう。脚の間で視線だけはこちらに向けていた。

　アリーセが終わりのない刺激にぐすぐすと泣きべそをかいていると、身を起こした彼は、形のいい鼻をアリーセの鼻に突き合わせた。

「アリ、おはよう」

淫靡な夜が嘘であるかのように、さわやかで、甘ったるい微笑みだ。

彼は、真夜中にアリーセのもとに戻ってきたが、それ以降、胸の先と秘めた芽に執着し、指と口でいじめ続けた。空が白み、朝になってもやめたりしなかった。おかげでアリーセの下腹は彼をほしがり、痛いほど奥がうずいていた。

「たくさん果てたね。かわいかった」

唇が重ねられる。舌を絡ませる濃厚なくちづけだ。アリーセは自分の性のにおいや味を知っている。彼に染みついているからだ。あふ、あふ、と息を漏らして彼の肉厚な舌に応えていると、その最中に熱い塊が秘部にあてられ、ぐちゅ、となかに入り込む。

待ち構えていた身体は彼を歓迎し、必死にうごめいて、強く搾りだす。ひくひくと奥が痙攣して収縮し、弛緩《しかん》する。彼は、けもののように呻いて、熱い息をこぼした。アリーセもまた、吐息だけでなく、叫び声をあげていた。

もみくちゃに抱きしめられながら、愛していると何度も告げられる。アリーセも、何度愛を告げただろう。彼は愛を言いたいし、つねに聞いていたいようだった。

肌を合わせ、重なっていれば時間を忘れられる。行為の終わりは、彼が尽きた時だった。くちづけを交わし、汗が引くのを待っていた。けれど、楔は解かずに繫がったままでいた。彼はこれが好きらしいが、いまではアリーセも好きになっていた。彼をひとりじめできている気がして満たされるのだ。アリーセは、ひそかに〝わたしのもの〟と思った。

「……幸せだね。アリはどうかな。いま、不安？」

アリーセは、すぐに頷いて認めた。くよくよ悩まないように、彼が不安を散らしてくれるけれど、官能で隠されたとしても、こびりついて消えたりしない。

「わたしの結婚はどうなるの？　あれからなにも知らせが来ないから不安だわ。ラドミル王子の使いも、王の使いも、宰相の使いも来ないの。どうなっているのかわからなくて」

アリーセを抱きしめる彼の腕が強まった。

「なにも心配はいらないと言っても、きみは心配するんだね」

「深く悩むのがわたしの性格だから。とてもうじうじしていて陰気で心配性よ。ダクマはよくこんなわたしと四年間も一緒にいてくれたと思うわ。もちろん悩まないように努力をしているの。けれどだめだわ。わたしは自分が嫌い。……あなたは？　嫌？」

「嫌だなんて思ったことはない。ぼくは悩まない性格だから、ぼくたちは足して割るとちょうどいいんじゃないかな。きみの憂いを払うために、後で王子に会ってもいいよ」

意外な言葉に、アリーセはまつげをまたたかせた。ルトヘルは、アリーセが王子と会ってからというもの、外出を許さなかったのだ。

「今朝方、ラドミル王子の従者が火急だと言って、きみに面会の約束を取り付けに来た」

「……本当？　会おうかしら。こんどこそ、どうしても結婚はできないって伝えるの」

「そうだね。きみはぼくの妻だから。でも、ひとりで会うのは禁止」

「ダクマと一緒に行くわ。いいでしょう？」

アリーセが、返事をしながらルトヘルの首に手を回してその口に接吻したのは、さみしそうに見えたからだ。すると、「愛している」と告げた彼に、そっとキスを返された。

纏ったのはルトヘルが用意した檸檬色のドレスだ。着たあとで、なぜ彼が檸檬色を選んだのかがよくわかった。アリーセは桃色が好きだが、似合うわけではないのだ。似合っているのは檸檬色。服の色は、好きなだけではだめだと知った。

だからだろう、いつもはまるくなる背筋だけれど、ぴんと伸ばしていられた。ドレスに着られているわけではない。自分が着こなしていると思えているからかもしれない。

ダクマの目配せに、アリーセはこくんと頷いた。これから、貴賓室の扉を叩く。

こぶしを握り、決意をこめた四度のノック。そのあと、ラドミル王子の従者が扉を開けた時には怯んでしまったが、見えた景色は意外なものだった。

長椅子に座っている王子は荒れていた。まじめな彼が昼間から酒を飲み、いつもは整えられている髪もぼさぼさだった。無精ひげまで生えている。

「アリーセ王女。……すまない、私から訪ねなければならないところなのだが、酒を飲まなければやっていられなくてね。——くそ、どうしてこのようなことに。最悪だ」

ラドミル王子は酒をあおり、髪をくしゃくしゃとかきながら、従者に満たせと命じた。

アリーセはわけがわからず困惑していたが、王子の話を聞くにつれ、内心安堵を覚えた。

彼がアリーセに謝るわけは、昨日までは順調に進んでいた婚約が、急遽彼の父親——スリフカ国王が、妃を第五王女にしろと命じてきたからしい。断ってもはねつけられ、どうにもできなかったそうだ。また、エルメンライヒの王も第五王女を推《お》し、ついには第五王女の母の生国、大国ホルダものりだしてきて、結婚が進められることになったという。しかも、結婚の日に三国間で同盟が結ばれるらしい。明日には第五王女を連れ、帰国することになったそうだ。王子は憎々しげに語ったあとで、ふたたびアリーセに謝った。

「わたしは大丈夫です。謝らないでください。もとから、結婚は無理な身です」

「火傷のことかい？　私は気にしないというのに。本当にすまない。束の間だったが、きみと出会えたことは忘れない。きみをこの地獄のような国に置いていくことが心残りだ」

アリーセは王子に手を包まれて、頭を下げられながらも、喜びに溢れていた。王子の部屋を辞してからも、嬉しくて胸がいっぱいだった。

婚約がなくなった。誰にも憚《はばか》ることなくルトヘルといられる。エルメンライヒは地獄でも、彼のいるところがアリーセの居場所だ。

居室に戻って意気揚々と扉を開ければ、上衣を脱いで、湯で洗髪をするルトヘルがいた。彼は驚いた様子で、銀色の瞳を少し大きくしている。扉が突然開いたことより、アリーセの表情に驚いているようだった。アリーセは、知らず満面に笑みを浮かべていた。

「アリ、どうしたの？　きみがそこまで明るく笑っているのはめずらしいね」

「あの……聞いて。ラドミル王子との婚約がなくなったの。だからわたしはあなたといられる。ずっと悩んでつらくて苦しかったの。その、嬉しい。あなたも喜んでくれる？」

「うん、嬉しいよ。来て」

アリーセは腕を広げた彼の胸に飛びこんだ。

ルトヘルはろくに髪を拭いていない。そのため、アリーセにもぼたぼたと水が滴った。

「あの……ルトヘルさん。………わたし、いまからあなたを愛したいの。いい？」

「いいよ。アリから求めてくれるのははじめてだね。ぼくを愛して」

この時アリーセは知らなかった。アリーセを抱きしめるルトヘルが、背後にいるダクマに目配せしたことに。そして、頷いたダクマが、足音もなく去っていたことに。

それからというもの、アリーセは人が変わったように彼を求めた。憂いが消えたことで独占欲がむくむく湧いて止まらない。また、ルトヘルも積極的に身体を差し出してくれた。疲れると、今度は彼がアリーセをむさぼり出すから行為はいよいよ終わらない。

疲れきり、朦朧として、繋がりながら眠りについた。起きたらまた、行為がはじまる。

性交が愛というのは本当だ。アリーセが彼を求める心は愛だし、彼から求められれば、愛を感じて満たされる。言葉で伝えきれない愛を、身体で刻みこむ。その時生じるのが快感だから、その感覚すら愛おしくなり、もっともっとと求めてしまう。

時間を忘れて行為に耽《ふけ》る。六日経ってもやめたくなかった。彼と離れるのが怖いというのもあったけれど、この素敵な人を誰にも奪われたくないのだ。絶対に。

「ルトヘルさん……ルトヘルさん……。離れたくない」

「離れないよ。きみのなかにいる。どうして不安なの？」

「わからないわ。でも、失いたくない。わたしは……あなたがいないと生きていけない」

「アリ、ぼくもきみがいないと生きていけない」

自ら、彼にたくさん接吻をしたし、彼に跨がって腰も振った。何度も彼を果てさせたし、眠る彼の上にのり、ひそかに繋がったりもした。とにかくひとつになっていたいのだ。

けれど、限界がやってきて、アリーセは意識を失うように寝台に沈んだ。最後に覚えているのは彼からの濃厚な接吻と、囁きだ。

〈……アリ、もうじき夜が明けるよ。本当の意味できみは幸せになれる。それがぼくの願いだった。この十四年、毎日思った。きみと幸せに生きていきたい〉

久しぶりに聞くコーレインの言葉だ。よく意味が把握できないけれど気持ちがいい。

アリーセは、朦朧としながら彼の肌に頬をすり寄せた。

彼と十指が重なり合っていた。下腹もひとつになっていた。それは確かなことだった。が、目が覚めた時に、そのぬくもりは消えていた。

裸で彼と絡みあっていたはずなのに、アリーセは、母のお下がりの色褪せたドレスを身につけ、寝台に横たわっていた。髪も自分で結ったかのように、以前と同じ髪型だ。

彼はどこを探してもいなかった。しかも、ルトヘルどころか、ダクマもいない。

泣きながらふたりを探した。しかし、異変はそれだけではない。アリーセの居室にいるはずの侍女や召し使いが誰もいなかった。部屋はやけに整えられて、塵《ちり》ひとつ落ちていない。まるで、アリーセだけを残して、世界中から人が消え失せたかのようだった。

愕然としながらバーデの墓へ行こうとした。ルトヘルの従者がいるかもしれない。

しかし、ケープを纏って居室を出たとたん、物々しい足音が聞こえて、いつの間にかいかめしい騎士たちに取り囲まれた。皆、アリーセを憎んでいるのか、侮蔑のまなざしだ。

羽交い締めにされたアリーセは、すっかり萎縮し、わけがわからぬまま引っ立てられた。

ぴちゃん、ぴちゃん、と水滴が落ちる音。小動物の気配を感じて目を凝らせば、どぶねずみがとことこ逃げ去った。悲鳴をあげかけたが、声にはならなかった。

すきま風が入り込み、アリーセは自身の身体を抱きしめる。これはなんの悪夢だろう。

陰気を濃縮したような闇が辺りを埋め尽くす。光は鉄格子の扉から漏れてくる蠟燭の光のみだった。アリーセは、か細い光を頼りにひざを抱えて座っていた。

まるで、天国から地獄に叩き落とされたかのようだ。

アリーセは、自分の居室をみすぼらしいと思っていたが、いまいる場所よりは遥かにましだったと思い知った。ここには机も椅子も絨毯も存在しない。あるのは、黒々とした煉瓦づくりの壁と、ぬめぬめとした石畳の床のみだ。さらに、部屋の所々に得体の知れない真っ黒な水溜まりがあり、それがとんでもない汚臭を放っている。

入ったことがなくても嫌でもわかる。ここは、エルメンライヒの地下牢だ。アリーセは独房に入れられていた。なぜ捕らえられてしまったのか、その理由は叫び声でわかった。

「ちょっと、わたくしを出しなさいよ！　なんなの？　ひどい目に遭わせるわよ！」

その声は王女のひとりだったが、アリーセには誰なのか判別できない。

「黙れ小娘、おまえもろとも全員三日後に処刑だ。――ふん。いつまでも踏ん反り返っていられると思うなよ？　散々俺たちをこけにやがって、このどぶすが」

「し……しょ……、処刑!?　なんでわたくしが処刑なの？　冗談じゃないわよ！」

「ばかなおまえに教えてやる。おまえたちの父親、拝金主義の圧政野郎は、いま城壁に吊るされている。王弟マインラートさまがご即位したのだ。おまえたちは過去の遺物。そうそう、おまえの母親は、おまえを捨てて生国に逃げ帰った。娘などどうでもよく、我が身がかわいいんだとよ。当然助けは来ない。泣け、わめけ、断頭台で派手に散れ」

『信じない』や、『嘘』といった、悲痛な叫び声が聞こえる。懇願はむなしく拒絶され、その後はわけのわからない悲鳴となった。それは他の王子や王女も同じだ。彼らの声が牢内に反響し、さらに増幅されて、アリーセの心身に圧を与える。

他の皆が騒ぎ立てているからか、アリーセは比較的冷静でいられた。動転しているのは確かだが、不思議とルトヘルに助けてほしいとは望まなかった。彼が来れば、彼も危険に晒されるとわかっているし、それならばひとりでそっと散りたいと思うのだ。

――以前のわたしだったら泣いていたかもしれないわ。……でも、いまは違う。

アリーセは、さらに強く自分の身体を抱きしめる。ルトヘルを愛したこと。彼からも愛してもらえたこと。その思い出だけで強くいられる。

抱えたひざにあごをのせ、目を閉じる。眼裏に浮かぶのはルトヘルの姿だ。

彼に会った日のことを思い浮かべ、ひとつずつ過去を噛みしめる。池のほとりで、四阿で、彼の居室で……。彼の声ははじめて聞いた時から好きだった。深みのあるいい声だ。

しかし、時というのは無情なものだ。しくしくとした寒さや闇がアリーセを蝕み、思い出を食い散らかして、徐々に恐怖に染めてゆく。一日も過ぎれば、アリーセはがたがたと震えていた。幸せを知ってしまったアリーセには、死は恐ろしいものになっていた。

まだ、生きていたいと強く願う。せっかく愛する人と夫婦になれたのだ。

恐怖におののくアリーセが、他の王子や王女たちと違って、騒いで悲鳴をあげたり、発狂せずにすんだのは、おそらく王女としての矜持のおかげもある。王女としての特権を与えられていたわけではなかったし、他の王女に比べてろくに学ぶこともできず、知らないことだらけで、しかも虐げられていた。けれど、無様ではいたくなかった。

すっと背筋を伸ばしてみる。しかし、すぐに丸くなる。落ちこんでいるのだ。彼と二度と会えないから。そして、やはり恐怖に支配されていた。

アリーセが蠟燭の揺らぎに気がついたのは、そんな、虚勢をはっている時だった。

鉄格子ごしの炎が揺れていた。誰かがこちらに近づいている。しきりに首を横に振りたくり、いまにも悲鳴をあげそうな口を押さえる。ついに自分の番がやってきたようだ。

先ほどから、王女らしき悲鳴とともに卑猥な声を聞いていた。まぎれもない強姦だ。そこかしこで響いていたから、相当被害は出ているだろう。王子も例外でないようだった。

足音が近づくたびに、はっ、はっ、と浅い息が出た。ルトヘル以外に触れられるのは嫌だった。あれは愛を伝えあう行為だ。穢されるくらいなら舌を嚙み切って死のうと思った。

やがて現れたのは、分厚いフードを目深に被った人だった。背が高いから男だろう。陰気な色のローブ姿が怪しくて、アリーセはごくりと唾をのみこんだ。

独房の隅まで這うように逃げて、縮こまりながらかたかた震える。すると、その人はおもむろにフードを下ろした。

小さな光のなかで見えたのは、銀色の髪。美しいルトヘルだ。

——うそ……。

アリーセは信じられなくて瞠目し、彼の名前を呼ぼうとした。が、即座に遮られる。

微笑む彼は、口もとに人差し指をあて、「しい」と静かにするように促した。

その彼のしぐさに既視感を覚えて、アリーセは呆然としてしまう。同時に、わけもなく胸が焼きつくようなせつなさがこみあげた。けれど、少しも思い出せない。

潤んだ瞳で彼を見つめていると、その形のいい唇が、声には出さずに言葉を伝える。

〝アリ、いま行くよ。静かに待っていて〟

固唾を呑んで見守っていると、ルトヘルは音を立てないように慎重に鍵を開け、歩いてきた。駆け寄って抱きつきたいのに、足が痛くて立ち上がれない。というよりも、腰が抜けていた。そんなアリーセを抱き上げ、彼は唇を近づける。待ちきれなくなって、アリーセの唇はわなないた。早く、接吻してほしい。愛しているからだ。

「ごめん、遅くなった」

囁きの後、待ち望んでいた熱がもたらされた。

アリーセは彼の首に手を回し、ルトヘルの名前を何度も呼んだ。

「本当は……来てほしくなかったの。……ううん、来てくれて嬉しい。でも……あなたが危険になるのは嫌なの。あなたにだけは死んでほしくない。命がけでしょう?」

ルトヘルは首を横に振って否定する。彼は独房から出ると、明かりのほうを指差した。

通路で剣がかち合う音がする。戦いを見慣れないアリーセにもわかる。手練れの人だ。ほどなくして、誰かが倒れ伏し、生き残った手練れの者がこちらへ手を振った。大股でルトヘルが近づけば、それは、バーデの世話をしていた従者のセースなのだとわかった。

「ささ、こちらへ。ちょっと狭くて臭くて汚いところを通りますが――」

セースはちらとアリーセのドレスを見て頷いた。ドレスは汚れてどろどろだ。

「うん。いまさらですね。もっと汚れちゃいましょうか、アリーセさま」

セースの言う、〝狭くて臭くて汚いところ〟というのは本当だった。アリーセもルトヘルもセースも全身泥だらけになっていた。それは隠し通路だったが、城の東側にある湖が増水した結果、およそ十年水に浸りっぱなしで使えなくなっていたものらしい。半年前の干ばつで水位が下がり、ようやく道が使えるようになったのだとルトヘルは言った。

彼曰く、この隠し通路は、直系の王族にのみ伝わる秘められた道とのことだった。アリーセの父や王弟は直系ではないため知らないのだ。そんな隠れた通路は他にも四つ存在しているという。アリーセは興味を引かれたが、においを思い出して顔をしかめた。

ルトヘルと落ち着いて会話ができたのは、彼の居室にたどり着いてからだった。ドレスを脱がされ、前もって用意されていたのであろう浴槽に連れて行かれた。

「ルトヘルさん、あの……わたしにお母さまのお下がりのドレスを着せたのはあなたね？……その、わたし以外の王子や王女たちは、美しい服を着ていたの。でも、彼らは集められた広間で服を裂かれたわ。生意気だって。だから、わたしは独房で辱められることなく、ドレスを着ていられたの。あなたは未然に防いでくれたのではないかしら？」

彼は答えることなく、アリーセの髪を梳きながら、首を傾げただけだった。だが、無言でいるからこそ正解なのだと思った。

「ひとつ教えてほしいの。わたしが起きた時、あなたもダクマも誰もいなかったわ。それはどうして？　みんなどこへ行っていたの？」

ルトヘルは懐から短剣を取り出して、傍に置いた。

「王位の簒奪が行われることは前から知っていた。きみが処刑の対象になることも。だが、きみがどの牢獄に連れて行かれるかは把握できなかった。そのため、皆に手分けして見張ってもらった。じつは、最近アリの居室にいた召し使いや侍女は、ぼくの居室から連れて行った者たちなんだ。だから、彼らの本当の職場はここだよ。不安にさせたね」

「不安だなんて……わたしのために、なんていっていいのか……」

ルトヘルは、アリーセの髪を指に巻きつけながら言う。

「ねえアリ、心苦しいが、これからこのきれいな髪を切らなければならない。なぜなら、きみは本来ならば処刑されてしまう王女だからだ。でもぼくは、夫としてきみを失う気はない。だから、いまからきみは別のきみに生まれ変わる。いいよね？　頷いて」

思ってもみない言葉に戸惑ったけれど、納得できる。王の娘が生きていられるはずがないからだ。アリーセはきょろきょろと緑の目をさまよわせた後に、小さく頷いた。

彼は、「いくよ」と声をかけたのちに金茶色の髪を短剣で削いでゆく。

想像以上にたくさんの長い髪がふぁさりふぁさりと肌を滑り落ちていた。女性としてあるまじき長さになっているような気がして不安になる。王族の女性の短髪は前代未聞だ。

目を閉じていると、肌につく髪を払われる。そして、彼とともに姿見の前に移動した。

鏡の前に立ったアリーセは、目をめいっぱいまで見開いた。

そこに映っているのは弟のノアベルト。髪色が黒髪だったら、完全に弟だ。

「アリ、きみはいまから第五王子のノアベルトだよ。第七王女は、まもなく消える」

十一章

銅鑼の音が鳴り響く。アリーセは、この音が身震いするほど怖くて嫌いだ。どんなに聞いても慣れたりしない。汗ばむこぶしを握りしめ、必死に平気なふりをした。だが、平気になど見えないだろう。極限まで気が張り詰めている。

ばっさりと切り、短くなった髪は侍女によって黒に染められた。襟足に吹きつける風がこれほど冷たいなんて知らなかった。身に纏うのは群青の衣装――弟の服だ。アリーセは名実ともにノアベルトとして生きてゆく。同時に、第七王女は消えるのだ。

ふたたび空いっぱいに銅鑼の音が轟くと、黒い頭巾で顔を隠した大男たちが、よたよたとふらつく者たちを引っ立てた。数は男が五人に女が八人、かつての王子と王女たちだ。兄弟たちには、これまでの華やかな面影はなく、ぼろを纏ってあわれな姿を晒している。アリーセは、夢なのではないかと思うほど信じられなかった。いじめられていた時には、絶対に太刀打ちできない人たちだと思っていたのに、いまは儚く見える。

十二人いた王女が八人に減っているのは、ひとりは国の外へ嫁ぎ、残りは王女同士のいさかいや、母親同士の母国の絡んだ争いにより、敗者が消されたかららしい。だが、アリーセが気になっているのは、少なくなった王女の数ではなかった。

異母姉妹たちの列のなかほどに立つ娘は誰なのか。アリーセはここにいるのに、処刑されまいともがく娘がアリーセとして扱われている。しかも、体型も髪色も自分と同じだ。

あのもがいている娘は、間違いなくアリーセの代わりに殺される。

動悸が激しくなってゆく。眩暈すら覚えていると、隣に座るルトヘルがアリーセの手に己の手を重ねた。彼に聞きたいけれど無理だった。近くには王弟派の貴族が大勢いる。

「しかし、なぜここに第五王子《ノアベルト》がいるのだ」

貴族のひとりがぼそりとつぶやけば、周りの貴族も同調してざわめいた。無理もない、アリーセとて、なぜノアベルトとして生きることになったのかわかっていないし、処刑を免れている理由もなぞだからだ。本来なら、ノアベルトも断頭台にいるはずだ。

弟に関する数々の噂話が飛び交って、息が吸いずらくなってくる。居たたまれずに顔をうつむけていると、鋭い声がした。ルトヘルだ。

「こそこそと見苦しい。ノアベルトの身はぼくの預かりです。噂話も大概に」

これほどきびしい声を出すルトヘルははじめてだ。それをきっかけにノアベルトへの口さがない言葉はやんだが、居心地の悪さは増してゆく。向けられる視線が痛かった。

縮こまり、心臓をばくばくさせていると、ルトヘルに手を強く握られ、肩を抱かれた。

その親密な態度はアリーセを混乱させていた。これでは恋人同士に見えるだろう。

その時、玉座に座る王弟――新王マインラートが肩を揺らして「くくく」と笑う。

「おまえたち、少しはものを考えよ。ルトヘルがよい例ではないか。この男は先先代の王の息子。しかし、いまは余の自慢の忠実な臣下だ。前王の息子がひとりこちらに混ざっているからといって、目くじらを立てるほど余は小さき器ではない。……ふん。ルトヘル、見せつけるではないか。じつに仲睦まじきことだ」

アリーセがびくびくしながら新王を窺うと、彼は口の端を上げた後、言った。

「ノアベルトよ。十四と聞くがずいぶん小心だな。男らしさのかけらもない。それでは男に生まれた意味がないであろう。堂々としろ堂々と、恥を知れ」

圧倒されてなにも言えない。かすかに震えていると、ルトヘルが「陛下」と割りこんだ。

「ノアベルトに対する苦情がありましたら、まずはぼくを通していただきたく思います。ご覧のとおり、彼は野心を抱きようのない無害な少年です。そのあたりは」

すかさず新王は、「わかっておる」と言ったが、その目はアリーセを見据えたままだ。

「城壁の飾りになっていたおまえの父親は今朝方死んだ。飲まず食わずでたったの四日、いや、三日しか保たぬ弱き男。あまりに脆くて笑えたぞ。見たところ、やつの血を引くおまえは二日がせいぜい……いや、一日すら怪しいな。試してみたいところだが、いまのところ、ルトヘルに免じて好奇心を抑えてやる。……おまえは、父を殺した余を恨むか」

新王は話しながら、右手を小さく上げて合図を送った。すると、断頭台で王子や王女の背後にそれぞれ立っていた処刑人たちが、大きな剣を一斉に振り上げた。おもむろに振り下ろせば、首はあっけなく次々に落とされた。アリーセの身代わりの娘もだ。とたん、かつて闘技場だった場に、拍手喝采《かっさい》が巻き起こった。

「これでおまえと同じ血を持つ者はエルメンライイヒから消えた。おまえが生きているのは奇跡。ひとつの世は消え、新たな余の世のはじまりだ。——祝うがよい」

その言葉は残酷で、まるで刃だ。視線も表情も、残酷そのものでできている。

新王の時代がはじまっても、以前となんら変わらない。否、周りはすべて敵だらけだ。

結局、エルメンライヒはエルメンライヒ。ここは、地獄の国なのだ。

＊　＊　＊

〈ルトヘルさま。アリーセさまのご様子はいかがですか〉

小声で話しかけてくるダクマに、ルトヘルは首を横に振る。わかっていたことだったが、アリーセと新王の相性は最悪だ。新王は怯えている者に対して昔から手厳しい。だが、これまでいじめられ続けていたアリーセが堂々と振る舞えるわけがない。相容れない関係だ。

寝台ではアリーセが眠っている。ルトヘルは、行為に疲れた彼女を寝かしつけ、服を纏いテラスに出ていた。そこに、壁をよじ登ってきたのか、ダクマが現れたのだった。

〈思わしくない。死んだ弟として生きるのはつらいだろう。緊張を強いられる〉

〈だからこそ、あなたは式典の後にアリーセさまを国の外へ出したかったのですね〉

〈ああ、叶わなかったが。これまでの出来事は彼女にとって衝撃だったはずだ〉

ルトヘルはアリーセの存在を関知させずに、無傷で壁の外へ連れ出す計画を立てていた。しかし、失敗した時のことを考えて、いくつか計画を並行して進めていた。現行の計画は、できれば避けたいと思っていた。アリーセを危険に晒すからだ。

この計画は、アリーセが一年前、第四王女の侍女に階段から突き落とされた時にはじまった。侍女は、金茶色の髪に小柄な身体つきをしていて、顔がなければアリーセに似ており、死体役にうってつけだった。そのため、侍女は生かしておいた。アリーセをいじめぬいた王子や王女も同様だ。彼らによりひどい苦痛を味わわせたかったからだ。狙いどおり、王子や王女は牢獄でよほど恐ろしい思いをしたのだろう。彼らの何人かは髪の毛が真っ白に変わっていた。

〈ダクマ、ここへ来たのはなぜだ。アリーセのこととは別の目的があるのだろう〉

〈いいえ、アリーセさまは重要です。あの方抜きにあなたは生を望みませんし、簡単に王位をお捨てになる。ですが、アリーセさまが王妃でいる限りあなたはコーレインのために動き、玉座に留まるでしょう。……国王代理のメルヒオールさまより、あなた方の居室と御子の部屋を整えたと知らせがきました。あなた方が夫婦になられて二年になります〉

つまり、国王代理はアリーセの懐妊を期待して、ダクマに探りを入れたのだろう。

〈あなたはこのところ一日中アリーセさまと営まれています。いつ身ごもってもおかしくはないかと。一度、アリーセさまを医術師に診せていただきたいのですが。じつのところ、面倒なことにメルヒオールさまから頻繁にせっつかれています〉

〈子はできていない〉

ダクマは、〈なぜ言いきれるのですか？〉とめずらしく片眉をあげる。

〈二年前から避妊の薬を飲んでいる。ハーブを煎《せん》じた簡単なものだ。効果には疑問を持っていたが、いまがその結果だ。そもそもコーレインの王族は近親婚を重ねた結果、男は子ができにくいと聞くからそのせいもあるだろう。それに、孕んだとしても、母体が危険であれば堕胎を選ぶ。ぼくが大切なのは、子より妻だ。あと二年は薬をやめるつもりはない。国王代理にくだらない探りを入れるなと言っておけ〉

〈メルヒオールさまにはそのように伝えますが、アリーセさまは母親になる必要があるような気がします。あの方は守るものがあると強くなられる。バーデがいい証拠です。いまは儚すぎます。いつまた死にたいなどと言い出すか。あの方は悩むのが得意ですから〉

ルトヘルは言葉を返さず、鼻先を上げるに留めた。

〈ところで、スリフカ国はどうなっている。ラドミル王子とアウレリアの婚姻は済んでいるだろう。おまえのもとに知らせは？〉

〈つつがなく式は終えたようです。婚姻に伴い、スリフカ、エルメンライヒ、ホルダの三国同盟はなされました。ですが王子は、第五王女との初夜を拒んでいる様子〉

舌打ちをしたルトヘルは、鼻にしわを寄せた。

〈媚薬でもなんでも構わない。とにかく、早く初夜を迎えるようにしろ。このままではアリーセがもたない。急いで事を進めろ〉

ダクマが会釈をして去った後、ルトヘルはアリーセの眠る寝台に近づいた。

ノアベルトとして生きるアリーセは、新王マインラートに新たに居室を与えられ、住まいを移したものの前王の息子だ、当然ながら監視の目があった。居室の前に立つ衛兵は、彼女を守っているようでそうではない。その刃はアリーセに向けられている。

彼女は特定の場所以外での行動を禁じられ、不自由を強いられていたが、びくびくした態度が功を奏したのか、無害な軟弱者だと判断されて、新王の関心は薄れていった。それは幸運と言ってもよかった。大抵の催し物の不参加を許可されたからだ。ルトヘルは、極力部屋の外に彼女を出したくなかったため、願ってもいないことだった。

部屋から出したくない理由は、彼女の精神状態を危惧しているのもあるが、アリーセにとっては、胸を隠すのは苦痛を強いられることだからだ。革で胸と背中を挟みこみ、紐で締めつけなければならない。あまりに長い時間の男装は限界がきてしまう。

いつまで秘密を隠し通せるのか、ルトヘルにもわからない。

事の終わり《デッドライン》は、半年後に迫る教会の儀式だろう。その儀式は、男は強制参加で、禊《みそぎ》と称して湖に浸からなければならない。髪を黒く染めた女の身体のアリーセには乗り切れるものではなかった。それまでには、なんとしても彼女を連れて、城を出なければならない。

新王に呼び出され、会議に参加したルトヘルは、自身の居室に戻ることなく、アリーセのもとに来た。もとより離れがたくて彼女の部屋に入り浸っている。

アリーセはルトヘルを心待ちにしてくれているが、今日は違った。本を広げたまま寝台に横になっている。居眠りをしてしまったのだろう。

眠る彼女の顔を眺める。世界で一番かわいい顔だ。見ていて飽きない。

視線を下へすべらせ、平らな胸をも見つめる。教師が来ていたため押さえつけてある。緊張を強いられ、疲弊しただろうことは想像に難くなかった。

〈アリ、がんばったね。いま取ってあげる〉

彼女の身体を包む上衣をくつろげ、きつく縛られた紐を緩める。とたん豊かな胸が解放されて、ふるりとこぼれた。その白い肌には、こすれたのか痛々しい跡がある。

身をかがめたルトヘルは、その赤い跡に、いたわるように舌を這わせた。

彼女の胸は、ルトヘルにとってはこの世で唯一好きな胸だ。同時に自分のものだとも思っている。惚れぼれするほど形がいいし、みずみずしく張っている。小さな乳首は、彼女の性格を表しているのかささやかに色づき、震いつきたくなるほどいじらしい。

最初は小ぶりな胸だった。かわいらしくてあまりに気に入り、およそ二年間愛でてきた結果、いつの間にか大きくなっていた。女の胸は脂肪の塊だと認識しているが、彼女の胸が特別美しく見えるのは、やはり彼女を愛しているからなのだろう。

ルトヘルの舌は胸の赤い跡を舐め終えて、淡く色づく尖りに移動する。舐めて、吸って、甘噛みすると、アリーセのまつげがぴくりと動いた。やがて現れたのは、澄んだ緑色だ。

この瞳は、彼女が二歳の時から変わらない。

「……ん。くすぐったいわ。また触れさせて？　公平にするって決まりがあるんだ」

「ぼくの粒だから。右の粒にも触れさせて？　公平にするって決まりがあるんだ」

アリーセは頷いたが、窓の外が暗いことに気づいたとたん、目をまるくする。

「大変、陽が沈んでいるわ。わたし、あなたを待ちながら本を読んでいたはずなのに」

「本は片づけたよ。アリ、ごめん。ぼくを許して？」

「どうして謝るの？　おかしなルトヘルさん」

「ぼくが勝手に育てたばかりに、きみを苦しい目に遭わせているからね」

なんのことだかわからないのだろう。アリーセは小首を傾げている。

「ねえアリ、そろそろ〝ルトヘルさん〟はやめにしない？」

彼女の右の乳首を舐めていたルトヘルは、身を起こしてアリーセと鼻を突き合わせる。

「夫という気があまりしない。もっと親密な呼び方はあるかな？　どう？」

「親密な呼び方……。あの……、わたし、親密になった人はあなたがはじめてだから」

「前例がないと言いたいの？　きみは年老いても、ルトヘルさんと呼び続けるのかな？」

彼女はどう呼ぶのか考えあぐねているようだ。その隙に、ルトヘルは彼女の細い脚から下衣を抜き取って、脚を開かせ、露わになった秘部にくちづける。すでにしっとりと濡れているが、秘めた芽に触れれば、さらにじわじわと滴るほどに潤んだ。

「きみはぼくの呼び方を考えていて。愛しているって伝わる呼び方がいい」

真っ赤な顔で困っている彼女を見ていると頬がゆるんだ。その思考が自分のことで満たされているのは心地がいい。それに、悩み深い彼女がどうせ悩んでしまうなら、重苦しいことではなく、くだらないことであってほしいのだ。

「……そんな………やっぱり、難しいわ」

ルトヘルは、寝台に足を伸ばして座り、自身の下衣をくつろげる。すでにそこは熱く猛り、そそり立っていた。

「アリ、入れて」と、彼女に手を差し伸べれば、アリーセはもぞもぞとひざの上にやってきて、ぎこちなく性器に手を添え自分のなかに埋めてゆく。根もとまで受け入れ、息をつめた彼女は、浅い呼吸をくり返した。その間に、ルトヘルは自身の上衣をはだける。

ふたりで見つめあい、どちらからともなく唇を重ねる。舌を互いにねっとり絡ませ、その間にアリーセはゆっくり腰を揺らした。ルトヘルもまた、彼女の華奢な腰に手を添え、下から突き上げる。息も、声も、熱も、唾液も食べあい、置かれた現状も、なにもかも忘れ、ひたすら快楽をむさぼった。

没頭していた行為が終わりを迎えるのは、同時に果てを迎えた時だ。アリーセのなかは、奥で弾けた欲をあまさず飲みこむかのように蠢動《しゅんどう》している。

それでもふたりは唇を離さず、楔も解かない。互いを食《は》み合って、ふたたび高ぶるのを待っていた。ルトヘルはあまりに彼女が好きで離したくなかったし、同じ思いでいてくれるのか、アリーセも退こうとしない。そしてまた、ふたりで寝台をきしませた。

「アリ……、愛してる」

「わたしも。どうしてこんなにもあなたを愛しているのかしら」

「もっと愛して。ぜんぜん足りない。ぼくのほうが愛してる」

ふたたび唇をつけあって、舌を絡ませる。口の周りは唾液がこぼれてべたべただ。

「わたしね、考えていたの。ノアとして生きる以上、あなた以外はみんな敵。あなたはすごいわ。たったの四歳で同じような状況をひとりで乗り越えてきたのだもの。あなたには、いまわたしの側にいてくれるあなたのように、助けてくれる人が誰もいなかったのに」

「たしかに助けはなかったが、きみの想像とは違う。四歳の子どもだから乗り越えられた。子どもは物を知らなすぎてある意味怖いものなしだ。知恵がつけばついたぶん、人は危険を知るから怖気づく。迷いもするし、足がすくんで動けなくなる。大人は枷だらけだ」

「あなたには、怖いものなどなさそうなのに」

「あるよ。ぼくは、きみが死ぬのが怖い。なによりも恐ろしい。想像だけで震える」

「わたしも。あなたが死ぬのは怖いわ。想像もできないくらい」

ルトヘルは、彼女の顔に張りつく髪をどかしてゆく。黒い塗料が汗で少し取れていた。

「きみも、四歳のころは怖いものなしだったと思うよ？　どう？」

「……わたしは、四歳のころの記憶はないわ。五歳までのことは覚えていないの。でも、確実にわかるわ。絶対に、怖がりで臆病者だった。ぶるぶると震えてばかりいたはずよ」

「絶対などと断言するものではないよ。……当時のことは少しも？　思い出してない？」

「ええ、少しも。昔のことは思い出したいと思わないわ。臆病な歴史が増えるだけだから、忘れてよかったって思う。過去に戻ると思うと怖いわ。だって……あなたがいないもの」

「きみが過去を思い出したとしても、ぼくは側から消えたりしないのに？　離さないよ」

アリーセはこちらをじっと見た後、唇を触れ合わせてきた。そして言う。

「……ねえ、ずっと気になっていたのだけれど。……その……、わたしの代わりに処刑された人がいたでしょう？　あれは誰？　たまにあの処刑の光景を夢に見るの」

「さあ。ぼくは牢獄を守る騎士を買収しただけだから。大方、大罪を犯した罪人なのだと思うよ。きみが気にすることではない。あの牢獄にいる者は、遅かれ早かれ必ず処刑だ」

「あなたは以前言ったわ。冤罪がはびこっているのだって……。もしそうだとしたら」

「言ったけれど、正直、罪人のことなどどうでもいいし気にしていられない。彼らの罪をきちんと調べたいとは思えない。平和が確立した世でないと無理だ。それより、ぼくたちはこの国を出ることを考えよう。きみも、いまはぼくとの未来のことだけ考えて？」

頷くアリーセは、納得したように見えるが、わだかまりはあるのだろう。

「ねえアリ。ぼくは、きみといる時だけ幸せを感じられる。こうしてひとつになっていると、さらに幸せだと思える。次は、ぼくからきみに愛を伝えていいかな？」

「わたしも、あなたがいると幸せよ。あなたと繋がるともっと幸せ」

アリーセの額にくちづけて、彼女をベッドに横たわらせる。こんこんと湧き出てくる情愛は、彼女を愛していると気がついてから尽きたことがない。際限なく溢れるばかりだ。

互いに十指を絡ませる。覆いかぶさり、くちづける。

そこに、十六歳だった自分が夢見ていた世界がある。十六だけではない。十七、十八、十九、そして二十歳の自分が彼女に認識されるまで、頭の中で思い描き続けていた世界だ。

ぱっちり開いた緑色。その瞳に、自分が鮮明に映り、訴えかけてくる。

愛している。

——ああ……、アリ。ぼくも愛してる。アリ、大好きだ。愛してる。

ただ、それだけの強い気持ちでいた。ルトヘルは、愛を刻むべく夢中で腰を動かした。


「どうしよう、すごくかわいいわ……」

二十日が経ち、ルトヘルはいつもの庭園で、アリーセと彼らを引き合わせた。それは、セースが猫かわいがりしている黒い幼犬たちだった。よちよち歩きの犬は二匹いて、「名前をつけて」と彼女に伝えると、すぐに彼女は、ベルデとヨルデと名付けた。

池のほとりで彼女が犬と遊んでいる間、ルトヘルはセースとともに四阿で話をしていた。

〈ベルデとヨルデか。とうとうちびたちにも名前が……感慨深いです。しかし、いいものですね。アリーセさまほど子犬が似合う方はいないと思いませんか？〉

〈妻に懸想《けそう》したら殺す〉

〈は？　俺に釘を刺すおつもりで？　やめてください。十六歳はさすがに俺にはじゃりガキです。そんなことより、新王の息子の件ですが、昨夜愛人の子を始末しました。新王の妃は現在四人孕んでいます。警戒したほうがよさそうなのは、ひと月後に子を産む女ですかね。……まあ、俺が手を下さなくとも、新王の妃は野心家が多く、男児の場合は彼女たちの誰かに殺害されそうですが。それというのも、愛人の息子を始末する際、刺客と鉢合わせしたんです。誰かが命を狙っていました。調べたところ、妃は全員疑わしい。嫉妬と怨念うずまく恐ろしい女の世界ですよ。中心人物は、俺に息子を殺された妃ですかね〉

セースは、思い出したかのように付け足した。

〈そうそう、新王は子だくさんですが息子の数が異様に少ないと思いませんか？　俺が殺した息子以外で生きている者はいないなんておかしいです。そう思いまして、調べてみました。結果、これまでそこそこ生まれていたようなのですが、皆、夭折《ようせつ》しています。ちなみに前王に殺されていました。そのためか、新王は息子が死んでも一切嘆きません。慣れたのかもしれませんが、彼はそもそも子どもに興味がないような気もします。自分は種さえ仕込めばいいと考えているのではないでしょうか。まあ、彼は根っからの女好きです〉

髪をかきあげたルトヘルは、しばらく考えをめぐらせる。

〈新王の息子の件はおまえは手を引け。後は私が妃どもを焚《た》きつけておく。犬の世話は、しばらくアリーセとダクマが担う。セース、おまえは私と来い〉

〈来いというのは……、つまりそれは、あなたは壁を越えて国を出るおつもりで？〉

認めると、セースは身をのりだした。無理もない、十三年、壁を越えられなかったのだ。

〈いったいどのようにして出るんです？〉

〈王位が兄から弟へ移った以上、騎士の守りを手薄にするのはたやすくなった。新王が新たな愛人にうつつを抜かしているいまが好機だ〉

新王は、愛人と乳繰り合うのに忙しく、すべてにおいておざなりになっている。ルトヘルはその隙に会議で騎士の配置を変えていた。いま、エルメンライヒは穴だらけだ。

〈……ということは、隠し通路の出口にいる邪魔な騎士を移動させられるのですか？〉

〈ああ。あの通路はすでに使える。限られた時間だけだが〉

〈さすがです。長きにわたり、新王の忠実な臣下でいたことが実を結びましたね〉

〈新王はアリーセへの興味を失っている。しばらく彼女に危険はない。ダクマに任せる。その間に、新王の目を国内から国外へ向けさせる〉

新王が国外にのめりこむことで、さらにアリーセどころではなくなり、彼女の安全がより確保できる。ルトヘルはそう読んでいた。

〈ルトヘルさま、いまの機会にアリーセさまを壁の外へお連れしてはいかがでしょう。あの方の安全が確保されない限り、我々は喉もとに剣を突きつけられているも同然です〉

〈彼女が動けば新王に気取られる。いまは新王に異変を感じさせないほうがうまくいく〉

ルトヘルは組んでいた脚を組み替えた。

〈ようやくスリフカ国に動きが出た。初夜を迎えたラドミル王子は、案の定、純潔でない第五王女のアウレリアを殺害した。慌てているのはスリフカ国王だ。大国ホルダの王女の娘の殺害は、さすがに許容できることではないらしい。現在、スリフカ国はエルメンライヒとホルダに対し、アウレリアの死を隠そうと必死だ〉

セースは驚いたのか、椅子からわずかに腰を浮かせた。

〈殺すなど、同盟がありながら短絡的ではないですか？　王子の行動とは思えません〉

〈スリフカ国の純潔主義は宗教観からきている。王子は敬虔な信徒なのだろう〉

ルトヘルがセースに耳をよこせと合図を送ると、彼は指示に従った。

〈いま、埋葬されたアウレリアを掘り起こし、死体の一部をホルダ国に届けさせている。彼らは怒り、近々戦争になるだろう。手を打たなければスリフカ国は滅ぼされる〉

〈……つまり、あなたは王だというのに、スリフカ国を勝たせるために現地に乗りこむつもりですね？　やめてください。いくら聡明なあなたでも騎士ではない。死にますよ？〉

〈コーレイン、バルヴィーン、属国のいくつかに話は通してある。私は死なない〉

セースはくしゃくしゃと頭をかき、盛大にため息をついた。

〈それが、あなたが考え出したアリーセさまをお救いする方法なのですか？〉

〈そうだ〉

〈わかりました。この命を使ってください。俺はあなたを信じます〉

ルトヘルは、今後の展望をセースに語りだした。しかし、目の端に犬と戯れ、転んだアリーセを捉えると、途中で話を切り上げて、彼女のもとに急いだ。

＊　＊　＊

侍女がアリーセの胸当ての紐を締めつける。それは、これまでルトヘルがしてくれたことだったが、彼はいまはいない。アリーセを城の外へ出すために動くと言い残して出ていった。待っていてと彼は言ったから、待っていると決めていた。けれど、すでにひと月が経過していて、その割には軽すぎる物言いだったとアリーセは不満でいた。知っていたら、もっとかける言葉があったし、接吻できたし、抱きしめられた。

アリーセの足もとには、子犬のベルデとヨルデが駆け回っている。一見、二匹とも黒くて見分けがつかないが、少し離れ目がベルデで、丸顔がヨルデだ。ルトヘルの従者のセースが言うには、母犬と兄弟犬の二匹は亡くなってしまったらしい。彼は、その犬たちはバーデの近くに埋めたから、全員さみしくないのだと教えてくれた。

アリーセの胸を隠し終え、侍女に手伝われながら衣装を纏っていると、ダクマがミルクの入った器を持って近づいてきた。すると、子犬たちは元気にダクマのもとへ駆ける。

「ねえダクマ。今日はバーデのもとに行きたいの。ベルデとヨルデも一緒に。いい？」

「ええ。構いませんが、ルトヘルさまからお手紙が届いていますよ」

ぱっと笑顔になったアリーセは、ダクマから小さく折りたたんだ紙をもらって、こっそり開く。こそこそするのは、にやけてしまって変な顔になるからだ。

誰にも見られないよう、壁に向かって開いた手紙には、きれいな文字が並んでいた。

〃アリ、今日も愛している。いつもきみを思っているよ。早く会いたい〃

――わたしも。愛しているし、いつもルトヘルさんを思っているわ。早く会いたい。

アリーセが、ルトヘルが側にいなくても耐えていられるのは、彼が時々手紙をくれるからだった。短くても長くても、どんな手紙でも嬉しい。けれど、唇を尖らせたのは、また今回も帰ってくる日が記されていなかったからだ。それに、返事が不要な内容ばかりだし、彼に手紙を書こうにも届ける手段がなかった。彼は、毎日移動しているらしいのだ。

「……不思議だわ。ルトヘルさんはどうやってわたしに手紙を送っているのかしら」

そのぶつぶつとしたひとりごとに、ダクマは「ふくろうです」と言った。

「ふくろう？　……見てみたいわ。いつ来るの？」

「夜行性ですし、警戒心が異様に強いので、待つのは難しいかと。それに、来たらすぐに餌をあげなければなりません。アリーセさまには無理だと思います」

アリーセが待つのを断念したのは、餌は生きたねずみだと聞かされたからだった。とてもではないがあげられない。

「アリーセさま、お食事をなさってください。続きの間に用意してあります」

「ありがとう」

アリーセの日常は、二匹の子犬とダクマとともに、彼の手紙を待ちわびながら過ぎてゆく。生活はこれまでと比べ物にならないくらい恵まれていると言っていい。食べ物が足りなくておなかがすくことはないし、比較的穏やかな気持ちでいられる。

周囲も落ち着いているようだった。新たな王はアリーセに無関心だし、虚弱な設定のためか、来客は一切ない。ほぼ毎日、自由に過ごしていられる。

しかし、だからこそ違和感を覚える。ノアベルトとして生きるようになった時に感じていた閉塞感や圧迫感はきれいさっぱり消えている。あまりにも静かすぎるのだ。こんなエルメンライヒははじめてのことだった。

処刑もなく、催し物もなく、なにより絶対参加として呼びつけられない。

――これは考えられないことだわ。しかも、ひと月も平和だなんて、ありえない。

アリーセは部屋のなかをうろうろと動き回る。

――ルトヘルさんは、いつ戻るのかしら……。なんだか嫌な予感がするわ。

「アリーセさま、どうなさいました？」

ダクマを見れば、布や湯の入った桶《おけ》を用意してくれていた。

彼女はルトヘルが出かけてからというもの、毎日アリーセの足にハーブをまぶして揉んでくれている。足の痛みを軽減させるものらしいが、ルトヘルに頼まれたのだという。足が軽くなるような気がするから、きっと効果があるのだろう。

「ねえダクマ、いつルトヘルさんは戻ってくるのかしら。わたし……」

胸さわぎがする、と続けようとした時だ。扉がいきなりけたたましく叩かれたものだから、アリーセは肩をびくりと跳ね上げる。〝やっぱり〟と思ってしまった。

アリーセの人生はいつだって邪魔が入ってきたし、晴れ間が見えても、たちまち雲行きが怪しくなる。分厚い雲が覆い尽くして、雨が降るのだ。

＊　＊　＊

エルメンライヒを出てから十日が過ぎていた。ほどなくスリフカ国の城にたどり着く。

ルトヘルは、アリーセの安全を確保するとともに、さみしい思いをしないように苦心していたが、エルメンライヒの壁を越えたとたん、落ち着かなくなったのは自分のほうだった。彼女のもとへすぐに駆けつけられない状況はもどかしく、不安にさせられる。

〈しかし上達しましたね。見事に乗りこなせています。騎士たちと遜色ありません〉

〈黙れセース、私の馬術に何度も口を出すな。次に言えば覚えていろ。……妻の様子は〉

〈ダクマによれば相変わらずだそうです。――ああ、ひざの硬さが取れてきたそうですよ。ルトヘルさまの読みは当たっているかもしれません。足は改善するでしょう〉

この、長距離に及ぶ連絡のやりとりは、ダクマとセースに任せている。もともと彼らは本国に頻繁に手紙を送り、生家や国王代理と情報の共有を欠かさない。彼らなりの仕組みがあるようだった。そのため、ルトヘルの命令も隅々まで行き渡る。

〈そうそう、ルトヘルさまの居室に新王の使いがたびたび訪れているそうです。ノアベルトさまの流行病が移ったことにしていますが〉

〈そのまま私は臥《ふ》せったままだ。新王の使いなど無視しておけ〉

当初、ルトヘルはセースとふたりでスリフカ国を目指していたが、いまや騎士を五十人ほど従えている。途中で同盟国のバルヴィーンに立ち寄って、滞在していたコーレインの騎士を吸収したからだ。たとえ初見でも、彼らは即座に若い王を受け入れた。ルトヘルが前王のアーレントに似ていたからだろう。それに、銀色の髪と瞳は彼らにとっては特別だ。

〈セース、宣戦布告は〉

〈いいえ、まだです。ですが、ダクマによれば、大国ホルダの使者がエルメンライヒ入りしたとのこと。ほどなく宣戦布告はなされると思います。あなたの予想どおりに〉

〈それまでにスリフカ国の城に入りこんでおかねばならない〉

初夜を迎えたラドミル王子が、第五王女を殺害した知らせは、スリフカ国が隠そうともすでにホルダに届いていた。

大国ホルダ――。ラドミル王子に殺された第五王女アウレリアの母親は、ホルダ王が目に入れても痛くないほどのお気に入りの娘だった。その彼女は、溺愛している自身の娘がエルメンライヒの政変の際、処刑を免れたことに安堵していたようだが、後日、その娘の右手が宝石箱に入れられ、スリフカ国からはるばる届けられたものだから発狂したという。ホルダ側の怒りは、当然ながら相当なものだった。腐った右手の指には、ご丁寧にも、王が孫に授けたホルダ国の紋章入りの指輪がはめられていたのだから、スリフカ国の暴挙は許されるものではない。指輪が、ルトヘルの指示で後からはめられたのだとしても、すべてはスリフカ国の責任となる。

ホルダ王は、即刻エルメンライヒに使者を向かわせた。それが昨日の出来事だ。

当然新王はアウレリアの死になど興味はないだろうが、ホルダは無視できない大国だ。彼らに促されれば宣戦布告をするだろう。なにせ、エルメンライヒは王位の簒奪が行われたばかりで、国内の勢力は一枚岩ではない上に、めぼしい屈強な騎士はルトヘルが始末した。彼らにホルダの要求を突っぱねる力は、いまは損なわれているはずだ。

スリフカ国の城門をくぐったルトヘルは、申請していないにもかかわらず、急遽、王に目通りを願った。それはすぐに叶えられた。来訪を必要以上に歓迎されたのは、スリフカ国が戦争の気配を感じているからだろう。

「これはコーレイン王のフローリスどの。よくぞいらした。貴殿はペドラサの式典に向かう途中なのだとか。具合の悪い騎士が出るとは災難だな。我が国で存分に癒やされよ」

「お気遣い痛み入ります。少々危険なきのこをうっかり食べたようで。――セース」

セースは「痛たたたた……」と腹を抱えて苦しむ演技を見せている。

「彼は私の右腕、ビクネーセ家のセースです。彼が私の騎士隊を率いていますので」

「ほう、コーレインの二大騎士家のひとつだな。東のビクネーセ、西のボスハールト」

「北方諸国の方ならばまだしも、よくご存知ですね」

「貴国とは交易しているのだ。国が安定しているか調べさせてもらった」

「我が国は、スリフカ王のあなたのお眼鏡にかなったでしょうか」

「ああ、満足だ。貴殿とは一度お会いしたいと思っていた。――これほど若い王だとは」

ルトヘルは王の案内で奥の部屋へ通された。そこは、貴賓を招く部屋なのだろう。

「父が早くに亡くなりましたので、若輩者ですが継ぐしかなかったのです。王よ、私もあなたにお会いしたかった。再三の誘いをお断りして申し訳ありません」

スリフカ王が眉をひそめたのは、ルトヘルを招待したのが、盛大に行われたラドミル王子の結婚の儀式だったからだ。当時はコーレインに国の威信を見せつけたかったのだろう。だが、いまでは彼の息子も結婚も、結ばれた大国との同盟も、国を滅ぼしかねない厄災だ。

「ところで、私はあなたのご子息、ラドミル王子と面識があります。彼にぜひごあいさつをさせていただきたいのですが、王子はどちらにいらっしゃいますか」

ますますスリフカ王の顔が険しくなってゆく。いま、王子は謹慎中との報告を受けていた。これを直ちに解かねばならない。

王が断ろうとしたところで、ルトヘルは言葉巧みにどれほど王子と交流しているかを説明した。当然それは嘘なのだが、スリフカ王を納得させられたようだった。

ラドミル王子と再会したのは、ルトヘルを歓迎して開かれた晩餐会だ。青白い顔をしていた王子は、ルトヘルの姿に驚愕して目を瞠る。無理もない、彼がよく知る〝エルメンライヒの飾り〟の青年が、越えられない壁を越え、コーレインの王として現れたのだから。

「これは一体……どういうことだ。説明を求めたい」

ルトヘルは、ひどく困惑しているラドミル王子に、彼の居室に連れ出された。

王子はひどくやつれているようだった。謹慎はつらい日々なのだろう。

「ルトヘル、きみがここにいることに私はひどく驚いている。だが、それよりなぜ平気でいるんだ？　アリーセ王女が処刑されたのだぞ!?　私は胸が張り裂けそうだ。無理にでも彼女との結婚を進めておけば……くそ、こんなことには。……私は悔やみ続けている」

ルトヘルは片眉を持ち上げる。王子は戦争になりかけている現状を憂いているわけではない。第五王女を殺したことに後悔はなさそうだ。スリフカ国の宗教上、純潔ではない女は穢れとして扱われる。彼にとっては、穢れをただ除去しただけにすぎないのだ。

「私の勘違いだろうか。きみもアリーセ王女を好ましく感じているのだと思っていたが。どうしてそのように涼しげに立っていられる？　打ちひしがれた様子がない」

その言葉には非難が含まれている。王子は苦しげな顔をして、目頭を親指で押さえた。

「おっしゃるとおり、私にとってアリーセ王女殿下は大切な方。当然、お救いできずに悔やんでいます。しかし、私とあなたとは立場が違う。あなたに私の過去をお話しします」

ルトヘルは、自身の出生とアリーセとの出会いをかいつまんで説明した。ふたりの関係を創作し、演出を加えるのも忘れない。目的が、ラドミル王子の懐柔だからだ。すると、王子のまなざしは非難めいたものから同情的なものに変化した。

「――なるほど。貴殿がエルメンライヒを恨むのはもっともだ。さぞ憎かろう。しかし、数奇すぎる運命だ。聞いているだけでも泣けてくる。幼いきみが必死に助けた少女は、大人になり、きみの目の前で断頭台に儚く散った。これほど残酷なことがあるだろうか」

「ええ。胸が張り裂けそうでした。だからこそ私はエルメンライヒと戦うことになりうるスリフカ国に来ました。あなたも感じているでしょう？　戦争が起きるのだと」

「ああ、感じている。……つまり、貴殿にとっては、これは弔《とむら》い合戦か」

　ルトヘルはゆっくり頷いた。

「話が早くて助かります。私は王女を奪ったエルメンライヒが許せません。ですが、どれほど恨んでいても私はコーレインの王です。王が個人的な事情のために動くわけにはいかない。そこであなたに頼みたいのです。エルメンライヒを滅ぼしてください。協力は惜しみません。このスリフカ国を必ず勝たせると約束します。もっとも、戦争は避けられません。私の話を蹴るなら、あなたがたは一国で大国二国を相手取り、戦うことになります」

　部屋のなかをうろうろと歩き回り、落ち着きがなかった王子は、ぴたりと足を止めた。

「貴殿の言葉は一理ある。それに……さすがにエルメンライヒとホルダを相手に戦えば、この国は滅ぶだろう。だが、それ以前に私もアリーセ王女のために戦いたい。このままでは彼女はあわれだ。ルトヘル、まずは協力とはなにを指すのか。父を納得させるだけの貴殿の戦術を聞かせてほしい。我が国の存続がかかっている以上、下手なことはできない」

「王子、決断をありがとうございます。概要を説明しますので、紙を拝借《はいしゃく》できますか」

　ルトヘルは王子から紙とペンを受け取ると、そこに地図をさらさら描いた。

「これは笑いが止まらぬ。貴殿と貴国のおかげだ。ささ、フロ―リス王、飲んでくれ」

エルメンライヒの王都からほど近い平野に、いかめしい騎士が大勢たむろしている。彼らは連日戦いに明け暮れて、夜になれば集うのだ。彼らの表情はいずれも明るい。戦況は、最初は劣勢だったが、いまではははるかに優勢だ。

その野営地のなかほどにあるひときわ大きな天幕にて、上機嫌のスリフカ王がルトヘルに酒を勧めたが、彼は弱いことを理由に断った。代わりに杯を受けたのはラドミル王子だ。

「この愚息が妃を殺したせいで、我がスリフカ国が滅びかけた。しかし、我が国がここまで善戦するとはな。じつのところ滅びる覚悟までしていた。まさに貴殿は渡りに船」

「私も貴国に滞在していましたので、参戦しなければ命を落としかねませんでした。必死でいて、未熟な部分も多々あったかと思いますが、無事に切り抜けられて幸いです」

「なに、貴殿は見事だった。さあさあ、遠慮なく馳走を食べてくれ」

明日、夜明けとともにスリフカ国はエルメンライヒに突撃する。

とうとうここまできたのだ。十四年にも及ぶ悲願は果たされる。

ルトヘルは、皿に積み上げられたりんごを取り、かじりながら、スリフカ国にたどり着いてからのひと月の出来事を反芻する。

ルトヘルは、コーレインの属国ペドラサ国の式典に向かう途中、たまたま部下の調子が悪くなり、護衛騎士たちとともにスリフカ国に立ち寄った。その際、自身の国と交易があるスリフカ国王に、あいさつのために目通りを願ったのだが、そのあくる日に、たまたま、スリフカ国は、エルメンライヒに開戦を宣言され、スリフカ国の門が閉じた。結果、運悪く立ち往生するはめになった。

当初、スリフカ王は、大国からの宣戦布告に籠城の構えを見せていた。エルメンライヒを迎え撃とうというのだ。ましてや敵側には攻城戦に長けた国、ホルダも参戦している。誰が見ても負け戦だ。ラドミル王子は青ざめて、『籠城など国が滅ぶ。なんてばかな！』と叫んでいたが、ルトヘルは愚策だとしてもあえてそのままにした。エルメンライヒの騎士をできるだけ壁の外へ出したかったからである。

やがて、圧倒的な戦力の差を前に、スリフカ王は国と散る覚悟を決めたらしいが、ルトヘルはたまたま居合わせたことを理由に、スリフカ国に共闘を申し出た。それは、スリフカ王に即座に受け入れられて、ルトヘルは動いたのだった。

彼は、まずコーレインの属国ペドラサ国をはじめとする属国化した国々と、同盟国のバルヴィーンに使いを送り、協力を取り付け、スリフカ国の軍備を補強した。その後、エルメンライヒとホルダの軍勢が合流し、大きな勢力となる前に奇襲をかけた。結果、彼らの軍勢はぱっくり分断し、以降はホルダの騎士たちをいなしつつ、エルメンライヒ側になだれこむように攻勢を仕掛けた。

同時にルトヘルはホルダ国に親書を送った。彼らはルトヘルの親書からコーレイン国のひそかな参戦を知り、エルメンライヒを見限った。そもそもホルダ王はエルメンライヒにおける孫娘の処刑の危機に不信感があったため、運命をともにする気はなかったらしい。

ダクマによれば、このひと月で、エルメンライヒはみるみるうちに弱体化して、国内で処刑を行う余裕もなくなっているという。

すべては計画どおりで、エルメンライヒを滅ぼすために仕組んだことだった。

ルトヘルはコーレインの新たな王になってから、国王代理のメルヒオールに五つの国の属国化を命じていた。属国化したのは、エルメンライヒと比較的近い国々だ。たとえ北方のコーレインが遠く離れていようとも、属国にそれぞれ駐留させたコーレインの騎士軍は、王の一声で即座に動ける。それというのも、コーレインにおける二大騎士家の子息は、ルトヘルに長年仕えるダクマとセース。事は円滑に進められた。王に即位してからおよそ十三年の時をかけ、エルメンライヒを滅ぼす算段はついていた。

ルトヘルは、スリフカ国が正面からエルメンライヒを叩いている間に、混乱に乗じてアリーセを連れ出すつもりだ。

「私はそろそろ引き上げます。明日は早いですから」

退席の言葉とともに立ち上がり、ルトヘルは自身の天幕に向かう。

道すがら、眠る前にアリーセに手紙を書こうと思った。明朝、彼女がそれを見て、ダクマとともに隠し通路に潜んでいれば、すぐに合流できるだろう。

思いをめぐらせていると、〈ルトヘルさま〉と、セースが慌ただしく近づいてきた。

〈ダクマより知らせが入りました。新王が今朝暗殺されたそうです。彼には息子がいないため、おのずと新たな王に、ノアベルト王子が即位。……大変なことになりました〉

ルトヘルは、めいっぱい銀色の瞳を見開いた。

〈……どういうことだ。ノアベルトが即位だと？〉

考えを整理しようと、ルトヘルは聞いておきながらセースの発言を止めた。

新王が突然死ぬなど想定していなかった。彼は用意周到で、自身の守りを鉄壁と称していたが、実際、甲羅に隠れた亀を連想させるほど守りは堅い。兄王からの刺客や毒をことごとくかわしてきたのだ。だからこそ、つかの間だけでもアリーセを彼の次代に据えていた。それが完全に裏目に出た。

ルトヘルにとって、最悪と言える展開は、アリーセが表舞台に立つ――すなわち、王になることだ。あとわずかというところで覆り、ないと思っていた最悪の事態が訪れた。

いまさら戦いを止めることなど無理だった。たとえルトヘルの意志ではじめた作戦でも、いまや手を離れ、流れは濁流と化し、行き着くところまで行き着かないと止まらない。明日にでもエルメンライヒは落ちるだろう。城壁のそこかしこに兵や傭兵が待機しているし、隠し通路は解放された。皆、一気に玉座を目指し、王を見つけたが最後、首をはねられる。

新王を必ず仕留めるために仕組んだあまたの刃が、新王亡きいまアリーセに向かうのだ。

――十三年かけて仕組んだことが、こんな……。間抜けにもほどがある。

ルトヘルは、自身への罵詈雑言を嚙みしめて、心を落ち着けようと、あえてアリーセの話題を避けた。

〈セース、言え。新王は暗殺からは遠い男だ。情報は確かなのか〉

〈ダクマは冗談からは遠すぎる男です。彼にはユーモアのかけらもない。確かです〉

〈アリーセさまは宰相に連れて行かれたそうです。王の間へ〉

ルトヘルは、知らず額に手を当てた。最も連れて行かれたくないところへ連れて行かれてしまった。王の間は厄介極まりない部屋だ。前王が好んで使っていた部屋で、その守りは新王の部屋の比ではない。新王は、兄を王の間から引きずり出そうと躍起になっていた。

〈ダクマは？　アリーセとともにいるのか〉

〈いいえ。ダクマもアリーセさまに近づけない状態です。侵入を試みているそうですが〉

セースの一連の言葉は、アリーセがひとりぼっちでいることを意味している。

ルトヘルは気が気でなくなった。家族を失ってからのアリーセはあまりに危うい。ダクマがいたから安心できたが、脆いのだ。いつくずおれてしまうかわからない。

それに、エルメンライヒが落日を迎えた時の結末は、想像するだけでも恐ろしい。最悪の展開しか見えてこない。しかも、その結果に確信を持っている。

彼女は臣下たちに自決を言い渡され、実質、殺される。

しかも、アリーセは女だ。服を脱がされれば知られてしまう。ノアベルトではないと気づかれてしまえば、彼女はどうなるか。

〈セース、イエルクを呼べ〉

指示に従うセースを後目に、ルトヘルは大急ぎで自身の天幕のなかへ行き、木の机で羽根ペンを動かした。書き終えれば、腰に剣を装着し、ローブを羽織る。外へ向かうと、セースの腕には、斑模様の大きなふくろう——イェルクが、羽をふぁさ、と広げていた。

手紙をつけたふくろうが飛び立つさまを見送る。ルトヘルが馬のほうへ歩いてゆくと、セースが後を追ってきた。

〈アリーセさまのもとへ向かわれるのですね？〉

〈当然だ。このままでは死ぬ〉

〈俺もお供します。コーレインの騎士、総員に声をかけますか？〉

〈いま方針を転換させれば、士気に関わる。スリフカ側をかき乱すわけにはいかない〉

〈では、せめて二十名ほど騎士を伴いましょう。夜間の移動は野盗の危険があります〉

時刻は真夜中と言っていい。雲は分厚く空を覆い、月明かりに期待はできない。そのため、松明《たいまつ》を灯さなければならない。野盗の危険など百も承知だ。

馬に跨がったルトヘルは、〈勝手にしろ〉と言い残し、先に駆け出した。


空のはしが白んでいるものの、まだ夜は明けていなかった。しかし、雲は流れて切れ間が徐々に広がっている。今日はおそらく晴れだろう。

エルメンライヒの城壁付近までたどり着いたルトヘルは、馬を降り、城壁上部にいる者に合図を送った。待機していたのはダクマだ。その場から姿を消した彼は、やがて隠し通路の扉を開けた。そこは、内部からしか開かないつくりになっている。

ルトヘルは、隠し通路に入ったところで、セースと騎士たちに言った。

〈セース、夜明けとともにスリフカ国の軍勢がなだれこむ手筈になっている。通路を閉じ、できうる限り妨害しろ。やつらの士気は異様に高い。おそらくラドミル王子もくる〉

〈そうでしょうね。絶対に勝つはずもなかった戦いが勝利目前ですから〉

いまや、セースが率いるコーレインの騎士の数は、野営地から連れてきている二十名から百五十名ほどまで増えている。壁近くに控えていた騎士たちが合流したのだ。

〈極力やつらを殺すな。殺したとしても表沙汰にするな。堂々と殺してよいのは、やつらが私の妻に襲いかかった時だけだ〉

〈心得ています。見事、妨害しつつ嫌がらせしてやりますよ。ですが、限度があります。一気になだれこまないようにはしますが、こぼれるぶんにはご容赦を〉

〈わかっている〉

〈ルトヘルさま。できればちびなわん公たちのことも頭の片隅に留めておいてください〉

ルトヘルは、鼻先を上げることで理解を示し、歩き出した。

背後に続くダクマは、なぜかホルダ国から遣わされた隠密テインの姿に偽装していた。彼なりの事情があるのだろう。

〈ダクマ。バルベに犬を連れて城の外へ脱出しろと伝えておけ。それからアリーセは?〉

〈セースに伝えたことがすべてです。アリーセさまは王の間へ連れて行かれました。現在の状態は知り得ません。新王の死はあまりに突然で、準備も対処もできませんでした〉

〈新王は誰にやられた〉

〈あなたは以前話されました。新王は新たな愛人にうつつをぬかしていると。その愛人の犯行です。女は新王の妃の侍女でしたが、前王の息子、第三王子の情婦だったようです〉

愛にはさまざまな形がある。新王や第三王子のものは欲望という名の病。愛人のものは、命をかけた情愛だったのだろう。男の仇を討ったのだ。

〈結局、性欲に狂ったあの男はあっけなく女で散ったか〉

次に目を瞬かせた時には、ルトヘルの頭のなかから十六年関わり続けた新王は、あっさり消えていた。いまは、アリーセのみが占めている。

ふたりはルトヘルの居室に向かい、服を着替えて、そのままアリーセが閉じこめられている王の間に近づいた。近づくといっても、外から遠巻きに眺めることしかできない。そこは、東にある湖の小島に作られており、専用の橋と回廊を通らねばならないが、等間隔に騎士が立ち、警備は厳重だ。

建物を隅々まで確認した後、彼は湖に目をやった。頭のなかはせわしく動いている。

おそらくは、セースたちはあまりもたない。スリフカ国の足止めも必要になるだろう。

ルトヘルは、ダクマに今後の計画をぽつりぽつりと語りだす。

ほどなくして、空は完全に白くなり、やがて光った。

終章

ダクマに足を揉んでもらっている間に、宰相や衛兵たちが大勢なだれこんできた。広々としたアリーセの居室が、ぎゅうぎゅう詰めになったほどだ。最初、処刑が決まったのだと思って、生きた心地がしなかった。けれどそうではなさそうだ。

ひょろひょろした細い宰相が、アリーセの目を覗きこむ。狡猾で、底が知れないような、背筋が寒くなる目だと思った。宰相は後ろの大臣にぼそぼそとなにかを告げている。

「王子は幼いが、この際仕方あるまい」

拾えた言葉はそれだけだったが、なにが仕方ないのだろう。

アリーセは王女とはいえ、この宰相と直接話したことはない。それほど第七王女の地位は低い。彼に見据えられている間は、へびに睨まれた蛙《かえる》のような気分だった。

真意を測りかね、言葉を失っていると、大人たちに囲まれる。

「ノアベルト王子、いらしてください」

ダクマが、「おやめください」とさえぎろうとしてくれたが、突き飛ばされた。

「やめて。なんてことをする――、……するんだ」

弟として出した声は、誰にも気づかれなかった。あまりに小さすぎるのだ。

事態は強引に進む。

ありとあらゆることを把握できないまま、アリーセは女性の立ち入りが禁じられている階へはじめて足を踏み入れた。ダクマも侍女も召し使いも、誰も伴うことは許されない。

身体は不安ではちきれそうだった。なにが起きているのかわからない。心臓はありえない速度で早鐘を打っているし、背中を伝う汗はひっきりなしだった。牢獄へ連れて行かれた時と同じくらい――否、いまのほうが緊張している。不吉な予感がするからだ。

これまでアリーセは、情勢もなにもかも教えられたことはなかった。そして、いまも誰も教えてくれない。聞いていいのかわからず萎縮して、時は無為に過ぎてゆく。

もう少し勇気を持てたらいいけれど、怒鳴られ続けた過去に勇気を潰される。臆病でいくじなしの殻を打ち破れない。心のなかでルトヘルやダクマに必死に助けを求める自分に気がついて、つくづく己の弱さが嫌になって落ちこんだ。

――だめね。全然だめ。どうすればいいのか少しもわからない。……でも考えるのよ。

口を結んだアリーセは、辺りの様子をこわごわ窺った。知らなければならないと思った。

連れて行かれた先にある景色は、すべてが豪華で目がくらむ。花の模様が浮き出た金ぴかの壁。高い天井には神代の世界が精緻《せいち》な彫刻で展開されていて、長い柱は雄々しい神や慈愛に満ちた聖母の姿が刻まれている。座らされているのはエルメンライヒが古来より用いている幾何学《きかがく》模様をあしらった大きな椅子だった。椅子の背後には、翼を広げる空想上の巨大な鳥の黄金像までついている。椅子に腰かけるアリーセが神の使いよろしく、金の羽を広げ、いまにも飛び立つかのように神々しく見える造形だ。

——こんなの、まるで王さまみたいだわ。……………まさかね。どうなっているの？目の前では、アリーセを構っていられないとばかりに、宰相や大臣が慌ただしく動き回り、指示を与え、せっせと手紙を書いている。物々しい雰囲気に、ただ事ではないことが起きていると悟った。

宰相がアリーセにふたたび話しかけたのは、半日が過ぎた後のことだった。

「ノアベルト王子、本日、あなたは王に即位します。これから儀式を執り行ないますので仕度をお願いします」

「……………え？」

アリーセは、こぼれ落ちるほどに緑色の目を見開いた後、ゆっくりとあごを持ち上げた。


こんなことになるなんて、夢にも思っていなかった。

鏡に映る姿はノアベルトによく似たアリーセだ。その顔は青白い。なにせ、宰相が連れてきた侍女たちに胸当てを見られて女性だと気づかれたからだ。だが侍女たちは反応することなく、そのままアリーセを着付けた。だからこそ、押さえつけた胸が妙に痛かった。

事情を知らされた宰相がすぐにでも飛んでくると思った。しかし来ない。どうして不問にしていられるのかわからず混乱した。なにも問われないほうが不気味で恐ろしい。

即位の儀式の着付けを終えて、改めて見る自分は、まだ大人になりきれていないと痛感させられる。小さな身体は、子どもと大人の中間にあるようだ。ドレスではまったく気づかなかったが、王の衣装を身に纏えば、その未熟さがよくわかる。こんなただの貧弱な子どもを、ルトヘルは愛してくれたのか。

――ルトヘルさん……。ルトヘルさん。…………ルトヘルさん。

儀式は司祭が執り行なった。アリーセの前に威厳のある面々がひれ伏していたが、少しも敬う心は感じられない。それればかりか嘲りすら感じる。

華奢な身体には肩がこりそうな白銀のマントがのしかかり、ダイヤモンドに彩られた王冠がずしりと頭にのせられた。ひたすら重くてくらくらした。首への負担がすさまじい。そんななか、宰相により戴冠が宣示された。

茫然としていると、空を覆っている雲にぽっかりと隙間ができたのだろう。光が差しこみ、神を描いたステンドグラスが会場内に映し出された。それは美しかったが、アリーセの目には光ではなく、闇に見えていた。その名は絶望だ。

――耐えられない。どうしてこんなことに……。……ルトヘルさん。

アリーセは、もはや立っているのがやっとだった。

望まぬ王に即位してから一夜が明けた。

彼らに連れてこられた部屋はまたもや豪華な部屋で、磨き抜かれた銀製品があちこちに使われている。なにもかも触れるのがためらわれた。そのためアリーセは寝台を使っていなかった。女性であることを知られた以上、心が休まる時はない。一睡もせずに過ごした。

時間が経つのは恐ろしく遅かった。なにをしても、まったく時は過ぎてくれない。

室内は、ハーゲンベックが描いた銀色の髪の美しい婦人の絵をはじめとし、名匠が創り出した芸術品にあふれていたが、いずれもアリーセの琴線《きんせん》に触れることはなかった。以前のアリーセであれば感激しただろう。だが、すべてが無用の長物に思えてならない。

出された食事は、これまで見たこともないものばかりだ。味も舐めるとおいしかったが、料理は喉を通らず、水ばかりを飲んでいた。

息がつまりそうだった。少しでも息をしたくて、窓に立ち、景色を眺める。

昨日は暗くてよくわからなかったが、彼らが〝王の間〟と呼んでいるこの部屋は、ぐるりと湖に囲まれていて眺めは壮観だ。きっと、孤島に建てられた離宮なのだろう。

湖の周りには騎士が巡回していて厳戒態勢が敷かれている。アリーセが逃げ出すとでも思っているのだろうか。不可能だ。扉の付近には衛兵が立ち、侍女もずらりと控えている。

アリーセは、教会の鐘が聞こえるたびに衣装を取り替えられていた。最初は鮮やかな青色だったが、赤になり、深い緑になり、いまは白地に金の刺繍があしらわれた衣装だ。そのたびに、胸当てを見られて緊張させられた。

——一体どうなるの……？　……わたし。……ルトヘルさん。

アリーセはつねにうつむいていた。二度とルトヘルに会えない気がするからだ。だったら生きていたくない。けれど、もう一度彼に会いたいから生きていたい。相反する思いでぐちゃぐちゃだ。

いつかは来るだろうと思っていた宰相が、大臣たちを引き連れて訪れたのは、空が赤々と色づいたころだった。やはり怖くて、現れたとたん息が止まりそうになる。覚悟を決めようと思っても、うまくいかない。

「さっそくですがノアベルト王。これより自決を願います」

最初は聞き間違いかと思った。アリーセは思わず、うつむけていた顔を持ち上げる。

「名誉ある自決です。この千年続いた誉れあるエルメンライヒは、悪しき国により、本日落とされます。それというのも、前王マインラートさまの愚策によるものなのですが」

宰相は、ひとつ、こほんと咳払いをした。

「もはや打つ手はありません。敵は城を取り囲み、不落の壁を破って、なかに侵入しつつあります。……ご理解を。この国には、エルメンライヒの王であるあなたの自決が必要です。あなたの首を差し出せば、攻撃はやむでしょう。城の存続のためにも、国のためにも、ぜひ。ノアベルト王、自決をお願いします」

アリーセは絶句していた。賢くないと自任しているアリーセだけれど、それでもばかではない。少しは察する知恵もある。

女性であることが明るみに出たアリーセが、それでもなにも言われなかったのは、王ではなく、ただ、王の首が必要だったからだ。ノアベルトが即位したのはこのためだ。彼らは誰でもいいのだ。とにかく王の首を差し出して、敵に助命を願うつもりでいる。

先ほど供された贅をつくした食事はろくに食べなかったけれど、彼らは最後の晩餐《ばんさん》として用意したのだろう。

「ノアベルト王、そもそもあなたは直系ではなく傍系です。すべてのあやまちは、あなたの父君、先先代の王より始まった。おこがましくも直系の王に手を出し、王位を奪いました。ですからこのエルメンライヒは呪われて、このような事態となってしまった。幸い、我が国には直系の王子、ルトヘルさまがおられます。ノアベルト王よ、あなたは父君のあやまちを、この偉大なる千年王国エルメンライヒに償うべきです」

ぶるぶると身体が震えた。この人たちは、父にひれ伏していたのではなかったか。父の存命中は、ノアベルトのこともアリーセのことも王の子どもだとみなさず、見下していた。

「…………それは、あなたたちみんなの総意なの?」

「当然です。さあ、あなたの手でエルメンライヒを正しい国へお戻しください」

アリーセは、きゅっとこぶしを握った。

命が軽く扱われるこの国で、自分の命が重いものと思われるなんてはなから考えていない。あっけなく死ぬとわかっていた。けれど、それでも、宰相をはじめとする大臣や貴族たちを救うために死ぬ、それはひどくばかばかしいことのように思えてならない。

これまで虐げられてきた。そのまま儚く散るのならまだわかる。しかし、利用されるのだけは嫌だった。絶対に、許してはならないし、許さない。

「ふざけるなっ！」

アリーセは思いっきり叫んでいた。こんなにも大きな声が出るなんて、自分でも信じられない。けれど、一度出たが最後、突き動かされるように言葉が溢れる。

「腐敗しきったおまえたちのために死ぬ？　こんな国……滅びてしまえばいい！　わたしはずっと滅びろって願っていた。みんな悪魔だ！　生き延びるなど、なんておこがましい。させるか。残酷な……悪魔は死ね。滅びてしまえ！　跡形もなく！」

叫びながら、アリーセは、自分のなかの父の血を感じた。激情にかられて、どんなひどい言葉も言えるし、それはすべて本心だ。積年の怒りはもう抑えきれない。頭をよぎるのは、幼少のころから見てきた数々の断頭台。残酷な光景だ。こんな国、大嫌いだ。

「おまえたちが言うとおり、わたしは死ぬ。言うとおり、自決してやる！　けれど、わたしの死でおまえたちを生かすなんてことは絶対しない。するもんか！　わたしは、おまえたちにわたしの首をやらない！　誰がやるか！　死なばもろともだ！」

窓の近くにいたのは僥倖《ぎょうこう》だ。アリーセは、側にある銀の水差しを宰相に投げつけ、兵たちが襲いかかってくるなかで必死に急いだ。お願い、わたしの足、動いてと願いながら。

必死になると人とはすさまじい力が出るものだ。アリーセは銀の重い机をどかんとひっくり返し、ハーゲンベックの描いた高価な絵画をべりっと剥がして投げつけて、りんご、燭台、壁に飾られていた宝剣、ありとあらゆるものを投げつけた。手から血が出たけれど、構いはしない。爪は剝がれた。けれど、痛くても痛くない。倒れた蠟燭の火がたまたま絨毯や天蓋の布に移っていって、部屋では火がぷすぷすとくすぶり始めた。

「くそっ、計り知れない価値のある高価な品々が……。早くこの小娘を捕まえろ！」

少しだけ自分のことが好きだと思った。出せないと思っていた勇気を出せたから。

ずっと歯向かいたいと思っていた。それが、ようやく叶った。

強い意志で窓によじ登る。首を渡すものかという一心だった。

だから、ためらわずに身を投げられた。三階の高さでも、ひるまずに湖へ。

アリーセは、自分の身体が湖底まで沈んで、二度と上がらなければいいと願った。

けれど、やはり最後に思ったのはルトヘルのことだった。

——ルトヘルさん、……愛してる。

ぶくぶくと身体は沈む。寒くて冷たく、重くて、眠い。

身体がひどく痛かった。したたかに湖面に打ちつけた。

沈め、沈め、と願い続ける。

本によれば、人は死に至る際、過去の出来事を見るという。だから、アリーセは死が近いと思った。頭のなかに過去が次々と溢れてくるからだ。

よぎるのは母の顔、弟の顔。声をかけられたことはおろか、一度もこちらを見ない父。いじわるな異母兄弟や姉妹たち。我ながら悲しくなる人生だ。

だが、飼っていた動物たちに、かわいいバーデ。側にいてくれたダクマ、それから、大好きなルトヘルが浮かぶと心に火が灯る。悪くはない、幸せだった。

――これでいいのよ。……うん。

『アリ』

ふいに脳裏に響いた声に、薄れる意識で考える。呼びかけてくれたのは誰だっただろう。

『うまく食べられたね。次はこれ。……だめだよ、好き嫌いばかり。食べてみて』

思えばアリーセには好き嫌いはない。食べなきゃだめと教えられたからだ。でも誰に？

『迎えに来るのを待っていて。これは約束の花。さみしくないように、たくさん贈るよ』

約束の花。たくさんもらった。たしか、桃色の花だった。うれしかったのを覚えている。

『アリ、いっしょにがんばろう？　そのぶんぼくがきみを幸せにする』

ずっと、このやさしい声は誰なのだろうと思っていた。

考えて、考えて、次第に頭に浮かんだ名前がある。とたん、がぼ、と空気が口から抜ける。服の重みも手伝って、身体がますます湖底へ向かう。

思わず手足を動かした。だが、もがいても、だめそうだ。

死にたいと思っていたはずだった。けれど、なぜ水の上に無性に行きたいと願うのか。

ただ、このまま死ぬのはとても悲しくなったのだ。

死にたくない。もう一度、渾身の力をこめて水をかく。かいて、かいて、でも、もう動かないのだとわかっていた。

がむしゃらに伸ばそうとしていた手が沈む。あきらめて、沈むにまかせた。

その時、手首に強い力を感じ、わけがわからない間に、ぐっと引っ張り上げられる。

腰にゆるぎない腕が回されて、頬に硬いものが当たった。誰かに抱きしめられている。

急に空気が流れこんできて、アリーセは激しく咳こんだ。このちっぽけな身体を抱きしめてくれるのは、この世にひとりだけ。名前を呼びたいのに、あまりに苦しくて呼ぶことができない。咳込む間、湖面を吹き抜ける風を頬に感じた。

——また、助けてくれた……。

ようやく視点が定まった先にあったのは、赤い光を浴びているずぶ濡れの銀色の髪だった。そして、逆光にある美しい横顔だ。ずっと会いたかった人が側にいる。

話しかけたくても、出てくるのは咳と水。苦しい、苦しい、でも、嬉しくて仕方がない。

彼は器用に泳いでいたが、足が届く位置まで来たのだろう。アリーセを抱え直し、広い肩にあごをのせられるようにした。そして、背中をとんとん叩いて水を吐けるようにしてくれた。口からも鼻からも水が出てきて大変だ。ひどい音を立てて吐き出した。

この身体が震えているのは、寒いせいもあるけれど、そうではない。喜びが溢れて収まりつかないからだった。生きている。もう一度、彼に会えた。

「アリ、もう怖くない。足の届くところにいるから平気だよ。立ってみる？」

思わず首を横に振ってしまった。ずっと、抱きしめられていたいのだ。

「よかった。まだ離したくないから。じゃあ、こうしていよう」

――ルトヘルさん……、ルトヘルさん。来てくれた……。

彼の顔を見たくてたまらないのに、いまだに咳がやまなくて、動くこともままならない。

背中はさすられ続けていた。

うるんだ瞳に映るのは、距離がずいぶんあるけれど、騎士たちが戦っている姿。城には見慣れぬ旗がひるがえる。宰相は敵に攻められていると言っていたが、城は制圧されたのだろうか。わからないことだらけだ。

アリーセは、ふるふるとわななく手をけんめいに動かして、彼の背中に手をやった。

「アリ、がんばったね」

うんと小さく頷いた。とてもがんばった。はじめてがんばれたと思う。

「なにがあったか教えてくれる？　いまではなくて後から。とにかく城の外へ行こう」

彼にたくさん伝えたいことがある。それに聞きたいこともある。アリーセはまた頷いた。

「………城の外……？　壁を、越えられるの？」

「うん、そうだよ。ようやくきみを連れ出せる」

「夢みたい……。こんなことって、ある？　わたしの身の上に……こんな素敵で幸せな」

「あるよ。夢じゃない。この先、きみは幸せにしかなれない。つらいことは仕舞いだ」

ひっきりなしに髪から水が垂れている。目に入り、まぶたを閉じれば、頬に流れるしずくが増えた。

「あなたは……、ふ。あなたはずっと、城の外へ行くために、がんばってくれたのね」

「うん、少しはがんばったかな。自分を褒めたいけれど、それよりアリに褒められたい」

「……なのに、わたしは」

城の外に出るために彼が苦心している間、意固地になって彼を拒絶し、訳も聞かずに一方的に責め立て、ひどいことをした。けれど、アリーセがひどいのはそれだけではない。彼は許してくれるだろうか。

「今日一日中、王の間に入る機会を窺っていた」

「王の間へ？　もしかして……、わたしのもとへ、来ようとしてくれていた？」

「もしかしてもなにも、夫が妻のもとへ行くのは当然だ。いまは、ダクマとセースが騎士たちとともに王の間に侵入している。ごみをきれいにしなければならないからね。……ぼくも王の間へ行こうとしたけれど、叫んでいる君の声が聞こえてやめた。きみは湖に飛びこむつもりでいるのだと思った。だから駆けつけたが、正解だった」

彼の唇が、ふに、と頬につく。首を動かし、彼の方へさりげなく唇を突き出せば、「アリ」と囁きが聞こえたあと、そこにも唇がつけられた。

「誇らしい。きみが大きな声を出すなんて、がんばって奮い立ったんだね。勇敢だった」

アリーセは感情が高ぶって、我慢しても抑えきれなくなり、声をあげて泣き出した。

「きみの落ちた場所は離れていて、湖は冷たく、深く、いまいましいことに、きみをなかなか引き上げられなかった。もうだめかと思って心臓が止まるかと思った。きみを失うかと思って生きた心地がしなかった。アリ……。きみが生きていてくれてよかった」

彼の銀色の瞳と見つめあう。その顔が近づいて、ふたたび唇にぬくもりが伝わった。

「ふ。……ルトヘルさん。来てくれてありがとう。わたし……、死ぬつもりだったの」

「知ってる。アリの声が聞こえた。でもね、死なせないよ絶対に。わかった？」

ひとつ頷いたアリーセは、また彼の瞳を見つめる。ぼろぼろと涙が滴った。

「エルメンライヒは戦争中なの？　そう聞いたわ。……誰に攻められているの？」

「スリフカ国だよ」

「ラドミル王子の国？　どうして……？　たしか、同盟を結ぶのだって言っていたわ」

ルトヘルは苦々しい顔をする。

「ぼく以外の男の名は聞きたくない。とにかく、やつが来る前にここを離れよう」

彼と王子の間でなにかあったのだろうか。ルトヘルは水をかきわけ、歩き出す。

アリーセは迷っていたけれど、やっぱり彼に伝えておかなければならないと思った。

「……ごめんなさい」

「ん？　どうして謝るの？　すぐ謝るのはアリの悪い癖だ。直そう？」

「謝らなければならないの。だってわたし……」

歩みが止まった。彼が、「どうしたの？」と眉をひそめて見ている。緑の目を泳がせたアリーセは、しおしおと顔をうつむけた。

「わたし、以前あなたが初恋だと言ったわ」

「うん。言ったね。ぼくもアリが初恋だよ」

「違ったの。ごめんなさい。初恋はもっと前。……わたし、あなたに恋をする前に恋をしていた。あなたと同じようにわたしを『アリ』って呼んでいたわ。……その、わたしはあなたを愛してる。でも彼のことも大好きで、愛してるのを思い出したの。だからわたし」

彼の顔を見られない。彼を多情だと責めていたのに、自分こそ多情だったのだ。最低だ。

自己嫌悪に陥っていると、彼の吐息が頭上に落とされ、気が気でなくなった。

「アリ、名前は？　相手の名前を覚えてる？　ぼくに教えて」

「……ユト。……わたしはこの期に及んで思ってしまう。どうして忘れていたんだろうって。忘れたくなかったと思ってしまう。あなたがいるのに……、ひどい女で、こんな」

「アリ、顔を上げて」

首を振って拒否すると、「アリ、上げて」と、あごを無理やり持ち上げられる。

彼の顔を見る間もなく、激しく口を塞がれた。歯も当たる。痛いほどの接吻だ。

こんなにも激しく、下手なくちづけははじめてだ。心臓がばくばくと音を立てて苦しい。

頬に熱いものが垂れてくるから、不思議に思う。唇同士が離れると、彼が、涙をこぼしながら微笑んでいた。

泣いている。驚愕していると、アリーセの額に、彼がこつりと額をつけた。

「きみに、とある話をしたい。長い、話になる。幸せになった少年の話だ」

あとがき

母に「あんたは小さなころ、ポケットにアマガエルをぱんぱんに詰めていた」と言われ、想像だけでぎゃああ…嘘だああと叫んでしまいたくなっている荷鳩《にこ》と申します。こんにちは。このたびは本書をお手に取ってくださいまして、どうもありがとうございます！

前回、編集さまや関係者のみなさまにご迷惑をおかけしてしまい、二度とくり返すまいと思っていたのですが、今回もご迷惑をおかけしてしまいました。土下座いたします。

ちなみに回を重ねるごとに文字数が増えてゆく奇病にかかってしまっているのですが、この現象をなんと名付ければよいのでしょう。（このたび、最高文字数をめでたく更新いたしました）そして、わたしは毎回、編集さまの赤字〝性器を別表現で〟に悩まされるのですが、ほんとこれには「またきたよ…」と恐怖を覚えるほどに苦しんでおります。いっそ、全部ちんこでええやんけと言ったら、がみがみ怒られてしまいました。猛省します。

Ciel先生、このたびはとんでもなくすてきなイラストを描いてくださり、感謝いたします！　ヒーローはなかなか鬼畜ですが、先生のお力で、「うん、許す！」と相成りました。

最後になりましたが、編集さま、わたしのような輩をお世話してくださいまして、とてつもなく感謝しています。本書に関わってくださいました皆々さまにも感謝しています。

そして読者さま、お読みくださりほんとうにどうもありがとうございました！

この本を読んでのご意見・ご感想をお待ちしております。

◆ あて先 ◆

〒101-0051
東京都千代田区神田神保町2-4-7 久月神田ビル
㈱イースト・プレス　ソーニャ文庫編集部
荷鴣先生／ Ciel先生

純愛《じゅんあい》の業火《ごうか》

2022年7月6日　第1刷発行

著　　者　荷鴣《にこ》
イラスト　Ciel《シエル》
装　　丁　imagejack.inc
発 行 人　永田和泉
発 行 所　株式会社イースト・プレス
〒101－0051
東京都千代田区神田神保町２－４－７ 久月神田ビル
TEL 03－5213－4700　FAX 03－5213－4701
印 刷 所　中央精版印刷株式会社

ISBN 978-4-7816-9727-7
定価はカバーに表示してあります。